Amy MacKinnon

GESCHONDEN

2008 – De Boekerij – Amsterdam

Oorspronkelijke titel: Tethered (Shaye Areheart Books / New York)
Vertaling: Mariëtte van Gelder
Omslagontwerp: Wil Immink Design
Omslagfoto: Getty Images/Kamil Vojnar

Eerste druk, in licentie, november 2008
Tweede druk, in licentie, februari 2009

ISBN 978-90-225-5069-4

© 2008 by Amy MacKinnon
© 2008 voor de Nederlandse taal: De Boekerij bv, Amsterdam

This translation is published by arrangement with Shaye Areheart Books, an imprint of Crown Publishing, a division of Random House, Inc.

Niets uit deze uitgave mag worden openbaar gemaakt door middel van druk, fotokopie, microfilm of op welke andere wijze ook, zonder voorafgaande schriftelijke toestemming van de uitgever.

Voor zover het maken van kopieën uit deze uitgave is toegestaan op grond van artikelen 16h t/m 16m Auteurswet, dient men de daarvoor wettelijk verschuldigde vergoeding te voldoen aan de Stichting Reprorecht te Hoofddorp (Postbus 3060, 2130 KB) of contact op te nemen met de uitgever voor het treffen van een rechtstreekse regeling.

*Ik draag dit boek op aan
Erica Michelle Maria Green
en alle andere kinderen die nooit genoeg
liefde hebben gekregen*

1

Ik steek mijn duim tussen de plooien van de incisie en haak vervolgens diep in haar nek met mijn wijsvinger. In tegenstelling tot de meeste aderen, die nauwelijks weerstand bieden, geeft de halsslagader zich niet makkelijk gewonnen. De taaie leiding tussen hart en hoofd is vaak aangekoekt met de plaque van jaren, die hem alleen maar sterkt in zijn vaste voornemen niet toe te geven. Des te meer nu de lijkstijfheid zich diep in de oude vrouw heeft genesteld.

Telkens als ik aan die ader trek, denk ik aan mijn moeder. Ik stel me voor dat andere dochters aan hun overleden ouders denken wanneer ze het refrein van een oud liedje horen, of zich gegrepen voelen als ze een gekoesterd verhaal voor het slapengaan op het nachtkastje van hun eigen kind zien liggen. Mijn herinneringen worden opgewekt door de transformatie van een gehavend lijk tot iemand die weer herkenbaar is. Toen mijn moeder stierf, was ik te jong om me haar geur te herinneren en ik weet niet meer hoe haar stem klonk, maar haar wake speelt, net als het ongeluk, door mijn hoofd als een filmspoel: sommige beelden zijn helder en scherp, andere verbrokkeld en wazig. Haar gezicht is echter altijd duidelijk: ervoor, erna en toen weer bij de uitvaart.

Ik herinner me de vriendinnen van mijn grootmoeder, die

op een kluitje bij de narcissen fluisterend hun twijfel uitspraken over mijn moeders eeuwige verlossing. Mijn grootmoeder, met haar gerafelde onderjurk die net onder de zoom van haar jurk uitpiepte, dwong me op mijn geschaafde knieën bij de kist te knielen (*niet kijken!*) en joeg me toen naar de woonkamer, waar ik alleen achterbleef. Ik weet nog dat ik me vastklampte aan mijn pop, een cadeautje van een van mijn moeders vele aanbidders. Hij zei dat hij haar had uitgekozen omdat ze op mij leek, maar ik wist zelfs toen al beter. De pop was rank en elegant, met porseleinen wangen, tere wimpers, lippen zoals die van mijn moeder en ogen die dicht klikten wanneer ik haar 's avonds naast me in bed legde. Ze droeg een rode flamencojurk, gouden oorringen die ik op een keer door mijn eigen oorlelletjes probeerde te prikken en een perkamenten visitekaartje aan haar pols waarop in krulletters *Patrice* stond. Wat ik me echter het best herinner van die dag, is meneer Mulrey, de uitvaartondernemer. De bezoekers van de wake hadden zich in een aangrenzende kamer verzameld, met hun vingers om hun rozenkransen, hun ziel vastgesnoerd aan gebeden, en hun ritmische gemompel vibreerde door me heen. Ik rende die kamer uit in een wanhopige poging te ontsnappen en botste tegen meneer Mulrey op. Hij stond in de deuropening van mijn moeders kamer, die hij helemaal vulde, en leek net zo verdwaasd te zijn als ik me voelde. Ik pakte zijn colbert en hij draaide zich om, nerveus zijn eigen kralen betastend. Hij bukte met zijn hele lichaam, als om een geheven hand te ontwijken; zijn schouders zakten, zijn kin kwam bijna op zijn borst te rusten en zijn ogen, diep begraven onder lage, donkere wenkbrauwen, vonden de mijne.

'Ik wil naar huis,' zei ik. Ik vertelde hem over het huis van mijn grootmoeder, dat op het uitvaartcentrum leek met zijn zware gordijnen en veelheid aan crucifixen; met lange stiltes die alleen werden doorbroken door nog langere gebeden. Hoe ze me aan haar boezem drukte, me verstikkend met haar oudedamesgeur, en zwoer me te behoeden voor het lot dat mijn moeder had getroffen. Ik voelde aan het dikke verbandgaas om mijn hoofd en vroeg of hij me door de doolhof van kamers naar die van mijn moeder wilde brengen.

Hij stopte zijn rozenkrans in zijn zak en nam mijn hand in de zijne, die immens was. We liepen weg van het geroezemoes van de bezoekers en stopten op een paar passen van mijn moeder, die in een verlichte alkoof aan het eind van de kamer lag. Ze lag er blozend en uitgerust bij. Haar anders rode lippen werden nu verzacht door de lichtste tint koraal en haar boezem, die als een kussen was, ging schuil achter een kanten kraagje. Maar daar was ze dan. Door de kaarsen die hypnotiserende schaduwen op het gezicht van mijn moeder wierpen, leek de kamer vriendelijker dan die waar ik net was geweest.

'Niet bang zijn,' zei meneer Mulrey, en hij loodste me naar de kist. Hij was de eerste na het ongeluk van wie ik mijn moeder mocht aanraken. Ik aaide haar hand, maar die was hard en koud, dus legde ik mijn vingers op haar jurk en vlocht ze al pratend door het kant.

'Ik sliep toen we botsten,' zei ik. 'En toen schudde en schudde ik aan haar, maar ze werd niet wakker.'

Hij liet me begaan; ik herinner me althans niet dat hij me het zwijgen oplegde. Hij knielde gewoon naast me, voor mijn moeder, en luisterde. Toen ik was uitgepraat, zei hij niets.

'Mammie,' jengelde ik terwijl ik aan haar arm sjorde en Patrice tegen me aan drukte, die bij elke zwaai met haar poppenogen knipperde. 'Ik wil naar huis.' Ik wilde in mijn eigen bed slapen, niet bij oma met haar muffe dekens, scherpe teennagels en verhaaltjes voor het slapengaan over moeders die naar de eeuwige verdoemenis gingen.

Toen pakte meneer Mulrey mijn hand weer. 'Ze is dood.' Hij streek de lieflijke krul weg die de ergste snee op mijn moeders voorhoofd bedekte en liet me de secure rij steekjes zien die hij had gelegd met vleeskleurig hechtdraad.

'Waar is al het bloed gebleven?' vroeg ik, maar hij begreep me verkeerd. Ik bedoelde het bloed dat haar gezicht had bedekt in onze laatste momenten samen, toen we op straat lagen. Hij trok haar kraag opzij, liet me de drie nette hechtingen in haar hals zien en legde me uit dat hij haar bloed uit de slagader had laten weglopen en het had vervangen door formaldehyde, waardoor ze hard werd vanbinnen. In weerwil van mezelf had ik ontzag voor zijn vermogen de wonden uit te vlakken, me te helpen mijn moeder weer te zien.

Ik kuste mijn pop op haar wang, legde haar naast mijn moeder en keek tot de ogen van Patrice' dicht waren gefladderd. Ik had haar bijna weer weggegrist, ik wilde het echt, maar ik maakte alleen het aan haar dunne polsje vastgebonden kaartje los en verstopte het heel diep in de zak van mijn jurk. Het zou het enige aandenken aan mijn moeder zijn. Toen ik, voelend aan de drie hechtingen (*een-twee-drie, een-twee-drie, een-twee-drie, haal adem*), in tranen uitbarstte, legde meneer Mulrey een hand op mijn schouder en fluisterde: 'Wat de anderen ook zeggen, we zijn allemaal zondaars en alle zondaars zijn van harte welkom bij God.'

Ik liet me echter niet troosten door een god die me mijn moeder niet kon teruggeven, maar liet me verlossen door de uitvaartondernemer die dat wel kon. Ik denk dat ik er daarom zelf ook een ben geworden.

Mijn vinger vindt de slagader in de hals van de oude vrouw en plukt hem door de keel. Tegen mijn gepoederde handschoen steekt haar weefsel nog grauwer af dan het al is. Dat doet kanker met je: het trekt de kleur uit je lichaam zoals het het leven aan je onttrekt, en de ooit vitale halsslagader vergrijst. Ik pak mijn scalpel weer op, snijd de ader open om hem te laten leeglopen en richt mijn aandacht op haar dij, die ooit welgevormd is geweest, zo stel ik me voor. Ik masseer de slappe huid voordat ik de naald van de spuitpomp recht in de dijslagader steek. Het knalroze formaldehyde zal haar huid weer glans geven. Haar ingevallen wangen moeten opgevuld worden, dus maak ik daar ook spuiten voor klaar. Ik kijk naar de foto van haar op het prikbord die ik van haar zoon heb gekregen en maak plannen voor het beeldhouwen van haar gezicht. Het is troostend voor de dierbaren om herinnerd te worden aan de vrouw die ze was voordat de kanker haar verslond.

Terwijl haar bloed wegloopt en haar aderen worden gevuld door de balsemvloeistof, naai ik haar mond dicht. Mensen sterven bijna altijd met hun mond open. Linus, de directeur van dit uitvaartcentrum, heeft eens gezegd dat het volgens hem kwam doordat de ziel met de laatste adem wordt uitgedreven. Daar denk ik vaak aan wanneer ik de naald door de lippen van een cliënt steek. Het lijkt een naïeve opvatting voor een man die zo veel van het leven heeft gezien als Linus. De meeste mensen in het stadje Whitman en het aangrenzende, grotere Brockton laten zich vol vertrouwen door Linus naar hun hiernamaals leiden omdat zijn geloof oprecht is. Ik dacht dat het een ideaal was dat voortkwam uit een goed zakeninstinct. Nu ik opkijk naar het in een gulden gloed gehulde portret van Jezus die uitkijkt over een maanverlicht dorp, en naar de vrouw die voor me ligt, besef ik dat ik beter had moeten weten. Linus heeft het schilderij in deze werkruimte gehangen toen hij zijn uitvaartonderneming opende, meer dan veertig jaar geleden. De kunstenaar, wiens signatuur ik de afgelopen twaalf jaar niet heb kunnen ontcijferen, heeft het *De herder* genoemd. Toen Linus me op mijn eerste dag rondleidde, zei hij dat het hem eraan herinnerde dat de doden en hij niet alleen waren. Zo heb ik het nooit gezien. Ik heb altijd geweten dat ik alleen ben met de doden.

Ik trek mijn handschoen uit en pak een ivoorkleurige kaars en een tuinboek uit een doos die ik in een kast vlakbij heb verstopt. Ik kijk op de bladzij met het ezelsoor en leg het boek op zijn plaats terug. Ik weet niet waarom ik die dingen verborgen houd, of het moet zijn omdat Linus ze zou kunnen aanzien voor werktuigen van mijn geloof, het bewijs van mijn bekering. Ik zet de kaars in de houder, strijk een lucifer af en laat *Mozarts Vioolconcert nr. 5* de somberheid van mijn werkruimte in de kelder verlichten. De kaars lijkt te flakkeren op de maat van het tokkelen op de snaren. Dit is de enige gelegenheid waarbij ik naar muziek luister.

Net als alle ambachten kent ook het mijne een routine. Het is tijdens dit intermezzo, wanneer het aderlaten is begonnen, maar het reinigen nog geen aanvang heeft genomen, dat ik dit kleine ritueel uitvoer. Linus heeft zijn gebeden om de ziel te louteren, maar ik baad het lichaam in muziek en kaarslicht. Gezien de klinische, roestvrijstalen werktafel, die schuin staat voor een maximale afvoer, de tl-verlichting en de ijzige betonvloer lijkt het niet meer dan gepast dat het moment enigszins wordt verzacht, dat het geleefde leven erkenning krijgt. Het is niet bedoeld als een uitgeleide naar een andere wereld, maar meer als een afscheid van deze. Ja, een vaarwel. Waarheen de reis voert, weet ik niet, maar hij gaat meestal de grond in. De overledene verlaat de balsemkamer meestal in een sombere kist met satijnen kussens die de nabestaanden gerust moeten stellen. Dan is het op naar de vers omwoelde aarde of, soms, een opgestookte oven. Slechts weinigen gaan regelrecht van het sterfbed naar de vlammen.

Ik zou het liefst een warm washandje en een sopje gebruiken, zoals een moeder haar pasgeborene aan het begin van het leven zou verwelkomen, maar de wet vereist dat ik een goedgekeurd ontsmettingsmiddel en een wegwerpspons gebruik voor dit laatste bad. Het dikke, weglopende bloed en de geur van bederf bemoeilijken dit proces, maar ik denk gewoon aan de tederheid van dat eerste bad en probeer die in ere te houden.

Wanneer *Pianoconcert nr. 26* begint, ben ik klaar met het wassen van de oude vrouw. Ik trek mijn handschoenen uit, zet de muziek af en blaas de kaars uit. Nieuwe handschoenen en een katoenen mondkapje, de steriele vormelijkheden van dit allerintiemste moment, en dan pak ik de trocart van de haak aan de wand. Ik steek de holle naald in de kleine incisie in de buikwand, vlak boven de navel, en zet de pomp aan. Voor de esthetiek van de wake is het van belang dat alle lichaamssappen en zachte organen zijn verwijderd.

Ik was de vrouw nogmaals, nu alleen met de ruisende waterleiding als achtergrondmuziek, en bedek haar met een laken. Ze zal nog even op haar jurk en pumps moeten wachten. Haar zoon is vergeten ze mee te brengen toen hij haar foto kwam afgeven. Er staat vlak buiten deze ruimte een kast vol kleren om de doden te sieren, hooggesloten jurken van zedige lengte met haakjes opzij en donkere pakken met gesteven overhemden en klittenband op de rug, maar de meeste mensen hullen hun dierbare liever in iets vertrouwds, al bezoekt een dochter wel eens een van de betere warenhuizen voor een ingetogen jurk die mag wegrotten in de grond, vaak met het prijskaartje er nog aan.

Nu het wassen klaar is, zet ik de set elektrische krulspelden aan en pak de beautycase en de föhn uit de kast. Dit aspect van de preparatie wordt vaak over het hoofd gezien, maar het is dikwijls juist wat de nabestaanden zich het best herinneren. Soms werkt het sussend om te weten dat de doden goed gekapt zijn (ik heb zelf nooit make-up kunnen dragen). Het haar is vochtig en ik begin de make-up aan te brengen, dikke lagen foundation om de paar kankerzweren op haar voorhoofd en kin en de couperose langs haar neus te bedekken, rouge om de wangen te verlevendigen en lippenstift in een zachte oranje tint, die ik op haar ladekast heb gevonden. Haar hoofdhuid, die weer roze is, schemert in banen door haar dunne haar. De foto laat een vrouw zien die hield van een paar goed geplaatste lokken op haar voorhoofd en de rest toupeerde en naar achteren kamde om de kale plekken bij de kruin te camoufleren. Ik strijk de punten glad met wax, zet het geheel in de extra sterke lak die in bulk bij de salon verderop in de straat is gekocht en reik dan naar mijn kappersschaar. Ik heb in de loop der jaren geleerd dat een paar extra laagjes voor veel extra volume zorgen.

Nu ze bijna klaar is, pak ik het boeket blauwe winde van mijn tray met instrumenten, haal het vetvrije papier eraf en zet de bloemen in een kan water. Jaren geleden, toen ik mijn eigen tuin aanlegde, heb ik me verlaten op het boek *De overvloed van de natuur: verzorging, onderhoud en betekenis van bloemen*. Het adviseerde de aankomende tuinier niet alleen wat betreft organische compost en de veerkracht van groenblijvende planten in de winter, maar bood ook een lijst van planten met hun betekenis. De oude vrouw krijgt dus blauwe winde (*genegenheid bij vertrek*). Het lijkt een toepasselijke keuze, gezien de toewijding van haar familie.

Ik was mijn handen nog een laatste keer voordat ik het licht uitdoe; zij heeft geen last van het donker. Ik loop de trap op naar de begane grond, waar de lichamen opgebaard liggen, en verwissel betonnen muren en felle lichten voor sfeervolle kamers met leren banken en stemmige dozen met tissues. Het is een soort loutering voor de diepbedroefde nabestaanden om zich hier te verzamelen en elkaar en de doden hun berouw toe te fluisteren.

Het zal er nu leeg zijn. Linus heeft vanochtend een man van middelbare leeftijd begraven die drie kinderen achterliet en de oude vrouw wordt pas morgenmiddag opgebaard. Ik begin al te denken aan de kop thee die ik voor mezelf ga zetten in het huisje dat ik van Linus huur, achter de met blauweregen (*hartelijk welkom*) begroeide schutting die mijn leven scheidt van deze victoriaanse rouwkamers. Linus woont nog dichter bij. Alma en hij bewonen de twee etages boven de zaak; ze hebben geen schutting, hebben niet de behoefte de doden op afstand te houden. Ik kijk om me heen in de ontvangkamer met het gevoel dat er iets niet klopt, maar alles staat op zijn plaats, in alle vertrouwde kleuren van het palet die Alma ook voor haar eigen huis heeft gekozen: chocoladebruine leren banken, bourgognerode oorfauteuils en roomkleurige lambriseringen met hier en daar een gematteerd messing schakelaar. Ik neem aan dat het voor hen vanzelfsprekend is dat ze tussen de doden leven.

Ik loop naar de ingang en leg mijn hand op de deurknop, snakkend naar natuurlijk licht op mijn gezicht, maar blijf staan als ik een beweging bespeur achter de overdaad aan witte aronskelken (*bescheidenheid*) op de tafel in de hal. Het is een meisje.

Ze strijkt met een vinger over het tafeltje. Haar ogen gaan schuil achter een pluk haar. Ze is niet ouder dan acht, tenger en alleen.

'Hallo?' zeg ik.

Ze krimpt ineen en kijkt naar me, maar zegt niets.

'Waar is je vader?' vraag ik.

Ze kijkt me even aan, steekt een vinger op die verstopt zat onder een verschoten roze mouw en prikt hem tegen haar borst. 'Ik?'

Ik kijk voor de zekerheid of er nog iemand is. 'Ben je hier met je vader? Heeft hij de jurk van je oma gebracht?'

Ze kijkt om zich heen en schudt dan van nee.

'Met wie ben je hier?'

Ze keert me de rug toe en loopt weg. Ik denk aan de tientallen kinderen die hier hebben gelopen, te verbijsterd door de gebeurtenissen om iets samenhangends te kunnen uitbrengen, om naar de grote mensen te luisteren; zonden die mijn grootmoeder me zou hebben vergeven met haar varkensharen borstel.

'Wacht,' roep ik.

Het meisje verstijft. Ik kijk om de hoek naar Linus' kantoor, maar de deur aan het eind van de gang is dicht. 'Zitten je ouders bij meneer Bartholomew?'

'Die grote man?' Ze wendt haar gezicht af terwijl ze het zegt. Ze heeft een snoezig profiel en ik vraag me af hoe dat is, mooi zijn.

'Ja,' zeg ik. Ik zie iets op haar gezicht: opluchting, herkenning – ik weet het niet zeker. Haar ogen flitsen heen en weer achter haar pony.

'Draagt hij altijd een trui?'

Haar huid lijkt vreemd geel onder de lampen van veertig watt, of misschien is ze die zongekuste zomergloed kwijt en vaal geworden, net als mijn huid, die gelig wordt in de tanende herfstmaanden in New England en tijdens de zich eindeloos uitstrekkende winterschemerig verbleekt. Zelfs haar benen, bloot onder een spijkerrok, zijn vreemd flets. Wanneer ze praat moet ik wel naar het spleetje tussen haar voortanden kijken, hoe haar tong daar blijft steken. Haar haar, donker en fijn, valt in lange, gedraaide krullen tot op haar middel. Ik vraag me af of ze huilt wanneer haar moeder het kamt.

'Dus je kent meneer Bartholomew?'

'Ik mag hier spelen van Linus.'

Dan schiet me de alleenstaande moeder te binnen die in een van de huurkazernes verderop in de straat is komen wonen. Ik zie haar bijna elke avond met een kind over de stoep sjokken, op weg naar de buurtwinkel van Tedeschi op de hoek. Soms zie ik de vrouw een kruis slaan wanneer ze langs de begraafplaats aan de overkant loopt. Ze wenkt haar kind weg van de stoeprand, weg van de enige drukke straat in de stad. Ze maken de wandeling door weer in wind, de vrouw met gebogen hoofd en een sigaret tussen haar lippen terwijl haar dochtertje voor haar uit huppelt. Het kind lijkt niet te beseffen dat ze langs de doden danst. Dit moet haar zijn, de dochter.

Ik loop op haar af en blijf staan. 'Ik ben Clara. Clara Marsh.' Het kind brengt een hand naar haar mond en bijt op haar nagelriemen. 'Hoe heet jij?' vraag ik.

'Trecie,' zegt ze. Met haar andere hand voelt ze aan een daglelie (*koketterie*).

'Trecie?'

'Ik heet Patrice, maar iedereen noemt me Trecie.'

Een naam, het is maar een naam. Het heeft niets te betekenen.

'Weet je moeder dat je hier bent?' Ik kijk op mijn horloge. Ik heb nog maar een paar uur daglicht over om me te warmen.

'Nee,' zegt ze, en nu kijkt ze me voor het eerst aan. Haar ogen hebben iets vreemds. Ze zijn zo donker alsof haar pupillen smelten, transformeren, terwijl ze me strak aankijkt. Haar ogen lijken zich in me te boren. 'Ze zal trouwens toch wel bij Victor zijn. Ze maken vaak ruzie.'

'Ik denk niet dat ze het fijn zou vinden dat je in een uitvaartcentrum speelt.'

Terwijl ik het zeg, weet ik al dat het niet waar is. Trecie heeft de uitstraling van een verwaarloosde: stille wanhoop en een onnatuurlijke zelfbeheersing. En ik herken nog iets, al weet ik niet precies wat het is: de vorm van haar neus, haar natuurlijke wenkbrauwbogen of dat gevoel van eenzaamheid, ook in het gezelschap van anderen. Het is nu wel duidelijk dat ze nooit zal huilen wanneer haar moeder een kam door een klit haalt.

Ik kijk nog eens of Linus' deur dicht is, of hij een gesprek voert met ontredderde nabestaanden en niet gestoord mag worden voor zoiets onbenulligs als een vergeten kind. Ik heb stemmen in zijn kantoor gehoord.

'Weet je zeker dat je hier mag spelen van meneer Bartholomew? Ga je niet liever naar het speelplein met de andere kinderen? Het is vlak bij de winkel van Tedeschi.'

Ze schudt haar gebogen hoofd en strijkt pieken haar weg die vanachter haar oren zijn ontsnapt. 'Hier gilt nooit iemand.' Ze kijkt met een ruk op en blikt om zich heen, opeens stralend. 'Ik vind de kaarsen mooi, en de bloemen, en de stoelen.' Ze zwijgt en lacht haar tanden weer bloot. 'Jij vindt het ook vast mooi.'

Het is tijd om haar weg te jagen, haar naar huis te sturen, maar mijn pieper trilt op mijn heup en ik bereid me voor op de volgende tragedie. Het is de schouwarts. Het wordt niet de kop thee waar ik zo naar snak, maar een lichaam dat op me ligt te wachten.

Ik werp nog een blik op het meisje voordat ik door de gang naar Linus' kantoor loop en vraag me af of het wel veilig is om een onvoorspelbaar kind hier alleen achter te laten, wat er weg zou kunnen zijn als ik terugkom. Ik druk mijn oor tegen de deur, gespitst op het geluid van stemmen, maar hoor alleen een pen krassen. Ik haal mijn knokkels even langs het eikenhouten deurpaneel en Linus roept me binnen.

Hij zit aan zijn bureau, met zijn vulpen boven een stapel papieren, nog even in gedachten bij zijn werk. Zijn huid is intens zwart, glad en rimpelloos, alsof zijn leven nooit door een tragedie is geraakt. Op een leeftijd waarop anderen verschrompelen en krimpen, is alles aan Linus nog sappig en vol: zijn wangen, zijn lippen en vooral zijn buik, die altijd dik is van Alma's kookkunst. Alleen zijn indrukwekkende lengte en uitstekende houding voorkomen dat je denkt dat hij te zwaar is. Toch is hij een forse man. Zijn haar, dat nu grijs is, al heeft zijn snor nog een beetje kleur, is kortgeknipt, zijn armen en benen zijn lang en beginnen zich te krommen, zijn vingers zijn misvormd, en stel je die tenen eens voor, met artritis en botvorming. Ik denk dat zijn bewegingen in zijn jeugd al loom waren, doelbewust, geschraagd door een opmerkelijke fysieke kracht. Ik heb hem zonder veel inspanning lichamen van het formaat boomstam zien optillen. Het is niet moeilijk om in zijn schaduw te staan. Hij heft zijn gebogen hoofd op, zijn gezicht verzacht zich in een glimlach en ik word binnengetrokken in zijn kring van warmte. Ik zet een stap achteruit.

'Je hebt toch niet weer doorgewerkt zonder lunchpauze te nemen, hè? God, kijk toch eens, je bent vel over been. Ga naar boven, Alma heeft nog wel wat kalkoenpastei met haar zelfgemaakte cranberrysaus.'

'Linus, de schouwarts heeft gebeld.'

Hij laat zijn kin zakken en mompelt een kort gebed. 'Bel maar als je me nodig hebt,' zegt hij dan.

'Dat doe ik,' zeg ik, al doe ik het nooit. Ik wil weggaan, maar dan denk ik aan het kind. 'Er loopt een meisje in de ontvangkamerkamer. Trecie?'

'Trecie?' Hij fronst vragend zijn wenkbrauwen.

'Ja, een jaar of zeven, acht, met lang, donker haar,' zeg ik. 'Ze zei dat ze hier mocht spelen van jou.'

Linus' pen, een goede, blijft in de lucht steken en trilt dan in zijn hand, die verkrampt tot hij hem laat zakken en de vergroeide gewrichten van zijn vingers begint te masseren, waarbij hij me strak blijft aankijken. Ik vraag me af of hij denkt dat ik gek ben geworden, maar dan glimlacht hij. 'Ze heeft me daarnet een bezoekje gebracht. Is ze er nog?'

Ik knik. 'Dus het is goed?'

'O, ja,' zegt Linus en zijn hangwangen worden opgetrokken door een glimlach.

Ik trek Linus' deur achter me dicht en hoor zijn stoel kraken op het moment dat de deur in het slot valt. Hij begint te neuriën en dan verheft zijn bas zich in gezang. Zacht, alleen voor zijn oren bestemd, maar ook voor de mijne: '... *was blind, but now I see...*'

Hoe lang ik Linus ook al ken, hij blijft me verbazen. In ons werk zijn we getuige van de laagste kant van de mensheid: de afgeslachte grootvaders met een gul testament; de gewurgde vriendinnetjes met een dode foetus diep in hun baarmoeder genesteld, de vele doodgeschudde baby's. Toch blijft hij keer op keer de menselijke kant zoeken, al moet dat keer op keer op een teleurstelling uitlopen.

Ik loop terug naar de ontvangkamer, waar Trecie naast een zilveren schaaltje staat dat overloopt van de pepermuntjes in cellofaan. Ik verwacht niet dat het snoep en het schaaltje er nog zijn wanneer ik terugkom.

'Neem er maar een,' zeg ik. 'Eentje maar.'

Trecie schudt alleen haar hoofd en loopt naar de lege kamer waar overledenen worden opgebaard, waar de oude vrouw morgen komt te liggen. Haar rouwboeketten zijn al gerangschikt en de gestoffeerde klapstoelen staan langs de muren opgesteld, klaar om haar nabestaanden te ontvangen. Trecie is bijna bij de plek voor de kist als ze opeens gaat zitten, met haar benen gekruist en haar vingers om haar blote enkels. Haar voetjes zitten verstopt in wat ooit witte sportschoenen waren, met verbleekte stripfiguren erop.

'Ik vind jouw haar mooi. Het lijkt op het mijne,' zegt ze.

Mijn hand gaat naar mijn hoofd en pakt de paardenstaart, een bos weerbarstige bruine krullen, *wollig* noemde mijn grootmoeder het altijd, absoluut niet iets om mooi te vinden. Aangezien de kapsalon niet in mijn dagelijkse routine voorkomt, hangt het bijna tot op mijn middel. Ik heb het niet meer los laten hangen sinds de dag dat mijn eindexamenportret werd gemaakt.

Trecie pakt haar eigen haar en maakt er een paardenstaart van. 'Hoe zie ik eruit?'

'Mooi.'

Ze laat haar haar los, vouwt haar hand om haar kin en kijkt

me aan. 'Toen jij nog een meisje was, had je toen los haar?'

Er zit een wondje boven in mijn nek, open en zoet, onder het elastiekje. Ik voel er onwillekeurig aan.

'Als het lang genoeg was, stak ik het op,' zeg ik. Ze kan het niet weten; het is een argeloze vraag. Ze blijft me aankijken, zonder met haar ogen te knipperen. 'Ik moet nu weg, dus jij kunt ook maar beter gaan.'

Ze aarzelt, haalt haar benen van elkaar en komt langzaam overeind. Ze drentelt terug naar de ontvangkamer, onderweg met haar vingers langs de rouwboeketten strijkend; de bloemen deinen in haar kielzog. Dan blijft ze staan, wijst naar de kamer waar we net uit zijn gekomen en zegt: 'Waar gaan ze heen als jullie ermee klaar zijn?'

Ik moet weg; ik moet de dode naar huis brengen. En ik weet niet hoe je met kinderen moet praten, laat staan over zulke dingen. 'Naar de begraafplaats, zoals die aan de overkant van de straat.'

Ze knikt, maar komt niet in beweging. 'Maar waar gaan ze allemaal héén?' Haar rechterhand kruipt weer naar haar haar en ze draait een streng bij haar kruin op.

Ik kijk gefascineerd naar de beweging, afgeleid. Ik vraag me af wat ze bedoelt, en dan snap ik het. Ja, dit is een plek die zulke vragen oproept en telkens wanneer hier een kind komt, krijgt Linus of een familielid onvermijdelijk die vraag te horen. Niemand is ooit op het idee gekomen het mij te vragen. 'Sommige mensen denken dat ze na hun dood naar de hemel gaan.'

Ze laat haar haar los, fronst haar voorhoofd en laat haar mond openhangen. Ik heb haar in verwarring gebracht. Hoe leg je zoiets uit?

'Net als blijvende planten.' Ik wijs naar een lavendelbloem in een van de bloemstukken van de oude vrouw. 'Irissen liggen in het koudste deel van het jaar begraven, en in mei bloeien ze weer op. Tegen het eind van de lente verliezen ze hun bloemen en in de herfst sterft het blad. Ze sluimeren de hele winter onder de grond, tot het weer lente wordt. Dan komen ze weer tot leven en gaan ze weer bloeien.'

Trecie houdt haar hoofd schuin en kijkt naar het glas-in-loodraam dat granaatrode spikkels op de tegenoverliggende muur werpt. Ze begint weer aan haar haar te draaien. 'Gebeurt dat ook met al die mensen op het kerkhof?'

'Nee.' Ik heb het alleen maar erger gemaakt. Ik doe mijn best om me een wereld voor te stellen die een kind zou aanspreken, een mooie leugen, en probeer het nog eens. 'Heb je een lievelingsplek?'

'Hier.'

'Heb je geen andere plek? Een plek die speciaal voor je is?'

'Victor is een keer met me naar de kermis in Marshfield geweest. Ik kreeg een suikerspin en ik heb de hele stad vanuit het reuzenrad gezien.'

'Nou, zo is het in de hemel. Daar ga je heen.'

Ik zet me schrap voor nog meer vragen die ik niet kan beantwoorden, een smoes en een snelle aftocht, maar Trecie lacht en wringt haar hand uit haar haar, waarbij ze wat losse slierten uittrekt. 'Je liegt!'

Ik loop achteruit weg. Bij elke pas trilt mijn pieper. 'Nee.'

'Welles. Je gaat dood...' – ze knipt glimlachend met haar vingers – '... en dat is het dan.'

Ik zeg het enige wat ik kan bedenken. 'Dat geloven sommige mensen.'

Trecie kijkt me weer aan en ik denk terug aan meneer Mulrey, aan voor het eerst door iemand gezien worden. 'Geloof jij dat dan niet?'

Ik tast in mijn broekzak naar mijn autosleutels, in mijn blazer naar mijn mobiele telefoon. 'Je mag wel hier blijven, als je maar niet naar beneden gaat. Dat is privé, daar mogen alleen meneer Bartholomew en ik komen. Begrijp je dat?'

Ze kan nog net een glimlach bedwingen en knikt. Terwijl ik me naar de lijkwagen haast, dringt het tot me door dat Trecie dat al wist. Ze weet het omdat ze al beneden is geweest.

2

De dood heeft een eigen aura. Of ik nu een lichaam ophaal bij een verlopen ziekenhuismortuarium of bij een hospitium in pasteltinten, de aanwezigheid van de dood maakt zich kenbaar voordat een van mijn vijf zintuigen zich van iets bewust is. Als ik erin geloofde, zou ik zeggen dat de dood het zesde zintuig kietelt, maar het is gewoon een kwestie van intuïtie. Mensen, of eigenlijk alle dieren, zijn geboren om het leven te zoeken en de dood te mijden. Ik zal wel een uitzondering zijn.

Ik weet het zonder naar het adres te kijken dat de lijkschouwer me heeft opgegeven; ik word naar het drie verdiepingen tellende gebouw toe getrokken. Zongebleekte blauwgroene verf, in lange stroken afgebladderd en een futloze roos van Sharon met nog een paar bladeren die knisperen in de wind zijn de enige kenmerken die dit appartementencomplex van de andere onderscheidt. Bijna alles is bedekt met een laagje gruizig vuil. Het hoopt zich op in je oren en ogen, in je speeksel. Het is alsof het hier in Brockton alleen maar stof regent. De auto's op blokken, de uitpuilende containers tussen de panden en zelfs de mensen lijken in grijstinten te zijn uitgevoerd. Er zijn geen plekjes voor een tuin, er is zelfs bijna geen ruimte voor een ligstoel en als die er wel was, was er bijna niets lieflijks om naar te kijken, met uitzondering van de verdwijnende architectuur. Hoewel dit een stad is van buurten – van de Haïtianen, de Brazilianen, de Kaapverdianen, de paar overgebleven Ieren, meestal op leeftijd, en een handvol Denen en Porto Ricanen – zorgen de jonge criminelen en de drugs die ze verkopen ervoor dat bijna niemand die hier woont het zich kan veroorloven een goede buur te zijn. Er wordt wel gezegd dat het leven uit de mensen uit deze stad is gesijpeld toen de schoenfabrieken sloten. Het enige wat ervan is overgebleven, is verpulverde steen en cement, alsof ze zijn gecremeerd door jaren van bombardementen, de resten afgevoerd door de wind terwijl de oorlogsvluchtelingen het puin afstropen op methamfetamine en heroïne, waarbij ze nog meer stof losmaken.

Door de gescheurde hordeur zie ik de surveillant die in de hal schuifelt, met zijn handen diep in zijn ondiepe broekzakken, wachtend tot ik er ben zodat hij weg mag. Voordat ik bij de eerste tree ben, duwt de agent, Ryan O'Leary, de deur al open. Ik hoor andere stemmen uit de smalle gang komen, stemmen met gezag. Ik kijk naar de straat en zie een Crown Victoria tegenover de surveillanceauto staan.

'Vic-to-rie voor mevrouw,' fluistert Ryan terwijl hij de hordeur achter me dicht laat vallen.

'Pardon?'

'Het kreng heeft hem vermoord.'

'Zal ik weggaan? Is de schouwarts nog bezig met zijn onderzoek?' vraag ik. Ik heb zijn auto niet gezien.

'Nee, hij is al weg,' zegt Ryan. 'Hij zei dat het een hartaanval was, maar ik weet zeker dat het kreng hem heeft vermoord.'

Ik kijk naar Ryan, die zenuwtrekkingen heeft en zijn kaak heen en weer beweegt tot er een hoorbaar 'pop' klinkt. Hij is vorige maand teruggekomen van een jaar wisseldienst bij de National Guard, ernaar verlangend er weer bij te horen, en zijn collega's wilden zijn stress graag over het hoofd zien. Hij zat pas twee jaar bij het korps toen hij werd opgeroepen, en hij kwam nog opgefokter terug dan hij toch al was. Hij heeft nog steeds een militair, gemillimeterd kapsel. Dat hij continu in beweging is, moet de reden zijn dat hij zo pezig is, dat de aderen op zijn onderarmen uitpuilen. Hij heeft littekens van jeugdacne, maar zijn gezicht is altijd fris geschoren en ruikt naar Polo. Met zijn handen in zijn zakken en goed in evenwicht dribbelt hij met een aftandse tennisbal tussen zijn voeten. Ryan zou beter in de wijk kunnen surveilleren dan bezoeken afleggen. Naar mijn idee houdt hij meer van achtervolgingen met de auto en nachtelijke inbraken. Mijn blik dwaalt af naar het dienstwapen in de holster op zijn heup. Dit moet een kwelling voor hem zijn.

'Moet ik door die gang?' vraag ik, terwijl ik in mijn zak naar een kaartje zoek om bij de nabestaanden achter te laten. Ze zouden in hun verdriet kunnen vergeten welk uitvaartbedrijf ze hebben gekozen of, in dit geval, de schouwarts voor hen heeft gekozen. Het zou niet de eerste keer zijn. Als er meer mensen zijn, geef ik een kaartje aan het familielid dat het rustigst is en leg ik er nog een op de keukentafel.

'Ik ben hier wel honderd keer geweest wegens huiselijk geweld,' zegt Ryan, die het *pok-pok-pok* van de tennisbal tegen de muur niet lijkt te horen. 'Hij sloeg haar altijd in elkaar. Hé, dat is de gerechtigheid van de straat. Ik kan niet zeggen dat ik het haar kwalijk neem.'

'Waar is het lichaam?' vraag ik.

Ryan vangt de bal onder zijn voet. 'Je mag één keer raden.'

Ik wil niet zuchten, maar doe het toch. Ryan dribbelt even met de bal en schopt hem dan de straat op. Hij stuit tegen zijn surveillanceauto en verdwijnt uit zicht. Ryan houdt de hordeur voor me open en ik loop langs hem heen naar de stemmen aan het eind van de gang. Links is een woonkamer, bezaaid met verfomfaaide kranten en geplette bierblikjes; rechts een benauwde eetkamer die dient als opslag voor verwelkte kerstversieringen en tv-toestellen met antennes erop; en verderop links twee slaapkamers, allebei met een onopgemaakt bed en een rommelig bureau. Ik weet wel dat ik het lichaam niet in een van die kamers hoef te zoeken. Een hartaanval wordt meestal voorafgegaan door darmklachten.

Aan het eind van de gang is de keuken en daarachter de badkamer, waarvan de deur op een kier wordt gehouden door een voet met spataderen.

Twee rechercheurs in burger, Mike Sullivan en Jorge Gonzalez, praten met een vrouw van in de vijftig in een ochtendjas en op versleten pantoffels, met een door rafelige, platinablonde krullen omlijste schapenkop. Ze zit aan een formicatafel aan een gat in haar met vinyl beklede stoel te pulken en laat het gele schuimrubber op de berg kruimels en vuil aan haar voeten vallen. Zo te zien huilt ze. Wanneer ze een verfrommeld papieren servet tegen haar neus drukt, zie ik dat haar wangen net zo droog zijn als haar haar.

Mike Sullivans ogen flitsen over haar gezicht. Hij heeft een hardheid die zijn zachte Ierse trekken grover maakt. Zijn lange lijf is een en al taaie spieren; elke vezel is strak en gespannen. Zijn haar zit op zijn hoofd vastgeplakt en zijn huid is eeuwig bleek. Hij heeft te volle lippen voor een man, en wanneer hij niet praat, klemt hij ze doorgaans op elkaar. Hij heeft een eeuwige rimpel in zijn voorhoofd en de kraaienpootjes verspreiden zich vanuit zijn ooghoeken als droge rivierbeddingen. Alleen zijn ogen lijken met deze wereld verbonden te zijn. Ondoorschijnend blauw als ze zijn, zoeken ze altijd het verhaal van anderen, zonder ooit hun eigen diepten te tonen. Mike heeft een eindeloze reeks vragen. Hij heeft me vaak uitgehoord over een lichaam dat door mij was geprepareerd, meestal na de lijkschouwing. Ik leid uit de toon van zijn stem af dat ik hem later nog op bezoek zal krijgen in het uitvaartcentrum.

'De bovenbuurvrouw zei dat ze u met meneer MacDonnell

had horen ruziën. Ze had ons bijna gebeld, zei ze, zo erg was het. Heeft hij u vandaag geslagen?' vraagt Mike aan mevrouw MacDonnell.

Haar vingers laten het schuimrubber los, trekken een zak van haar ochtendjas tevoorschijn die klem zat onder een dikke laag vet en bevrijden er een pakje sigaretten uit. Ze prutst eraan, wurmt er een sigaret uit en tast met de andere hand naar een aansteker. Wanneer ze de sigaret aansteekt, ontstaan er diepe ravijnen rond haar getuite lippen. Ze inhaleert nog een keer en zegt dan pas: 'Ja, hij heeft me geslagen.'

'Waarom hebt u ons dan niet gebeld?' vraagt de andere rechercheur, Jorge Gonzalez. Hij is een watje, maar hij heeft ook nog niet zo veel van het leven gezien, of van de dood, als Mike Sullivan.

Mevrouw MacDonnell haalt haar schouders op, rookt door en pinkt krokodillentranen weg.

Ik wil het lichaam meenemen, maar ik ben wel zo wijs nu niet te storen. Onder de lagen brandende tabak en afval van dagen ruik ik een nog ergere stank vanuit de badkamer. Ik hoop dat de dode man de wc nog op tijd heeft gehaald om zijn darmen te legen voordat hij door de hartaanval werd overmeesterd. Ik kijk nog eens naar de deur, maar kan onmogelijk aan de hoek van de voet zien of het lichaam languit op de vloer ligt of op de bril zit.

'U zei dat uw man een te hoge bloeddruk had,' zegt Mike. 'Gebruikte hij medicijnen?'

Mevrouw MacDonnell hijst zich uit haar stoel en sloft naar het kastje boven het aanrecht. Ze zoekt tussen de flessen hoestdrank en flacons en pakt twee potjes. Ze tuurt ernaar en zet dan de bril, die aan een koord om haar nek hangt, op haar haakneus. Terwijl ze leest, ontdek ik drie bloeduitstortingen vlak boven haar kraag. Een donkerder, bultige plek, zo kleurig als een olievlek, lijkt net onder haar oor te bonzen.

'Hier,' zegt mevrouw MacDonnell. Ze geeft de potjes aan Mike en laat haar massa weer op de stoel zakken. 'Lipitor en de nitroglycerine die de dokter van de spoedeisende hulp hem vorige maand heeft gegeven. Het is tegen angina.'
'In welk ziekenhuis was dat?' vraagt Mike.
'Brockton City,' snuift mevrouw MacDonnell. 'Denk je soms dat we naar een duur ziekenhuis in Boston zijn gegaan?'
Jorge kijkt Mike aan alsof hij hem smeekt op te houden met zijn vragen, maar ik zie aan Mikes roerloosheid dat hij er nog meer heeft.
'Nog één ding, mevrouw MacDonnell,' zegt Mike op het moment dat de vrouw een nieuwe sigaret pakt om hem met de oude op te steken. 'Gebruikte meneer MacDonnell wel eens drugs, cocaïne, bijvoorbeeld, of methamfetamine? Iets wat invloed kon hebben op zijn hart?'
Ze houdt op met inhaleren en haar ogen flitsen naar Mikes gezicht. Ik wil hier niet meer zijn. Het interesseert me niet om te zien hoe de grillen van andermans drama zich ontvouwen, maar ik begrijp de ongeschreven regels van het toneel en beweeg me niet; alleen mijn ogen, die zien hoe Mike zijn spieren spant, klaar om mevrouw MacDonnell te bespringen.
Die pakt nog een servet en zegt: 'Weet ik niet.'
Mike buigt zijn hoofd voor een directe confrontatie. 'Dus als ik een test liet uitvoeren, een toxicologische test om zijn bloed op drugs te laten onderzoeken, zou er niets worden gevonden?'
Mevrouw MacDonnells vingers vinden het gat in de stoel weer en trekken er gehaast grote plukken schuimrubber uit. 'Hoe moet ik dat verdomme weten?'
'Mike,' zegt Jorge, 'kan ik je even spreken?'
'Blijven jullie maar hier,' zegt mevrouw MacDonnell, die zich aan de tafel ophijst. 'Ik moet naar de plee.' Ze kijkt van opzij naar de voet die uit haar eigen badkamer steekt en zegt: 'Als jullie me nodig hebben, ben ik bij de buren.'

Ze wachten tot de hordeur dichtslaat voordat ze iets zeggen.
'Mikey, hoor nou,' zegt Jorge, die dicht bij zijn partner gaat staan. 'De zaak is rond. Hij gebruikte medicijnen, de schouwarts heeft de doodsoorzaak vastgesteld. Ik heb de dokter van die man gesproken, godsamme, het was een hartaanval. Waar ben je in godsnaam mee bezig?'

'Kom op, zeg.' Mike harkt met zijn hand door zijn haar. 'Hoe vaak is de politie hier geweest? Hoe vaak hebben die twee gedreigd elkaar te vermoorden?' Hij gaat nog zachter praten, zodat ik hem bijna niet meer kan verstaan. 'Ik geef je op een briefje dat we poeder vinden als we een kijkje nemen. Als we het aan de dealers vragen, kunnen die je vertellen dat die lieve mevrouw MacDonnell op zoek was naar meth. Ik garandeer het je.'

Ik wil naar buiten glippen, naar de hal, waar Ryan nog loopt te ijsberen. Zelfs zijn gezelschap is beter dan dit, maar de spanning nagelt me aan de grond. Dat doet de woede van anderen met je.

Jorge gaat nog dichter bij Mike staan. 'Wat wil je nou, een huiszoekingsbevel halen? De zaak is gesloten, Mikey. Gesloten.'

'Laten we gewoon een toxtest doen.'

'Het duurt maanden voordat het lab aan zoiets toekomt. Je weet hoe groot de achterstand daar is en dit heeft niet bepaald de hoogste prioriteit. En dan? Bewijzen dat ze drugs in zijn ochtendkoffie heeft gedaan? Zelfs al heeft ze hem vermoord, dan nog is al het bewijs weg.' Jorge steekt zijn handen op alsof hij met confetti strooit. 'Weg.'

Hij loopt weg bij Mike, die strak naar MacDonnells voet blijft kijken, en zegt: 'Laat het rusten.'

'Mag ze ongestraft moorden?'

Jorge legt een hand op Mikes schouder. 'Mikey, hij sloeg haar verrot. Is er zo veel aan hem verloren?'

Mike kijkt verslagen en ik probeer me onzichtbaar te maken,

bang voor wat er gaat komen. 'Dus ze mag ongestraft moorden?'

Jorge zucht. 'Wat er met jou is gebeurd, Mikey, met Jenny, dat was fout. Die gast had levenslang moeten krijgen voor wat hij heeft gedaan. Maar dit is anders, er zijn niet eens aanwijzingen van een misdrijf.'

Jorge schudt vriendelijk aan de schouder van Mike, die van hem weg blijft kijken. 'Weet je, misschien moet je naar de baas luisteren, een tijdje verlof nemen, met die psycholoog gaan praten...'

'Verdomme, Jorge...'

'Mikey, wat moet ik dan zeggen? Je ziet weer spoken.'

Ik geloof dat ik in het behang vol nicotineaanslag ben gesmolten; ik ben me niet meer van mezelf bewust en zij lijken ook niet meer te weten dat ik er ben. Het is me vaak gelukt, het is vaak gebeurd dat niemand in de kamer zich bewust was van mijn aanwezigheid.

Maar dan schrikt Jorge. 'Jezus, Clara, waar kom jij opeens vandaan?'

'Ik kom het lichaam halen. De schouwarts heeft me gebeld.'

'Hoe lang sta je daar al?' vraagt hij.

Mike kijkt langs me heen naar de gang, waar Ryan over het parket naar ons toe loopt.

'Is het lichaam daar?' Ik wijs naar de badkamer.

'Ja, op de pot, zoals ik al zei,' zegt Ryan, die de keuken in stapt. Hij knikt ongeveer in die richting en wipt van zijn tenen op zijn hielen.

De badkamer is vlakbij en terwijl ik die paar passen zet, word ik opeens overspoeld door opluchting en wil ik niets liever dan die spanning achter me laten. Als ik de deur openduw, is alles vergeten.

'O.'

Ryan gluurt over mijn schouder, even sprakeloos van ontzag

of weerzin, en fluistert dan: 'Dat noem ik nog eens een Big Mac-aanval.'

Het is waar; meneer MacDonnell is een bijzonder forse man. Hij zit een beetje scheef met zijn hoofd tegen de wand van de douchecabine. Er is geen bad. Hij heeft alleen een wit hemd vol koffiespatten aan en een verschoten witte boxershort om zijn enkels. Elke vierkante centimeter van zijn blote lijf is bedekt met rode en grijze krulharen, die rossig afsteken tegen het blauw van zijn lippen. Zijn vet is niet zacht en geplooid, maar compact en stevig, wat aangeeft hoe verschrikkelijk zwaar hij moet zijn. Hij kijkt wazig en nietsziend uit verbijsterend blauwe, lichtelijk uitpuilende ogen. Zijn waardigheid wordt nog een beetje in stand gehouden door de *Boston Herald* van die ochtend, opengeslagen bij het sportkatern, die zijn geslachtsdelen bedekt.

Ik sta in de deuropening van de badkamer in te schatten hoe deze verwijdering moet gebeuren. Als ik bad, zou ik de Heer danken dat MacDonnell op de wc zit, maar desondanks heeft hij een zodanige omvang dat hij zijdelings verwijderd zal moeten worden; veel tillen, want ik kan de brancard niet naast het lichaam zetten en het in een lijkzak rollen. Dit is een van die gelegenheden waarbij ik een van de sjouwers zal moeten oppiepen die Linus soms inhuurt. Ze zijn meestal jong, werken in het voorjaar en de herfst als tuinman, rijden met sneeuwploegen in de winter en assisteren het hele jaar door waar nodig bij verwijderingen. Linus huurt er ook wel eens een om een limousine te besturen bij grote begrafenissen; een benijdenswaardige functie, gezien de beloning en de fooien, maar er zijn er maar een paar die dat voorrecht genieten. Maar weinigen van die jonge mannen hebben een pak.

'Waarom help je haar niet even, Ryan?' zegt Jorge.

'Ik raak dat niet aan!' Ryan huivert.

'Geeft niet, ik kan het wel alleen,' zeg ik zonder me om te

draaien. 'Houden jullie de familie op afstand terwijl ik het lichaam weghaal?'

'Jorge, ik zie je wel op het bureau,' zegt Mike. 'Ik blijf hier om Clara te helpen en Ryan brengt me wel terug.'

Ik kijk hen bijna aan. 'Dank je, maar dat hoeft niet.'

Mike wuift me weg. Ik zie dat hij de medicijnpotjes nog in zijn hand heeft en besef dat zijn motieven niet alleen van menslievende aard zijn.

'Kom op, Mikey, mijn dienst zit er om vier uur op. De vrouw verwacht me over een uur met Chinees eten,' zegt Ryan.

'Jij moet bij de voordeur blijven voor het geval mevrouw MacDonnell of iemand anders naar binnen wil,' zegt Mike. 'Het wordt geen pretje om hem hier weg te krijgen.'

'Ik doe het liever alleen.' Ondanks de koele herfstmiddag voel ik de hitte langs mijn ruggengraat omhoogkruipen. In mijn nek vormen zich zweetdruppeltjes die vervolgens over mijn rug omlaag druppelen.

Jorge kijkt van mij naar het lichaam. 'Oké, Mikey, blijf dan maar hier, maar geen geintjes, beloofd? Denk erom: de zaak is rond.'

Ryan en Jorge lopen naar de veranda en Mike gaat de badkamer in. Ik voel in mijn zakken en loop weg om mijn spullen uit de lijkauto te pakken. Ze horen me niet aankomen en doen dus geen moeite om zachter te praten.

'Kun je je voorstellen dat je het daarmee doet?' zegt Ryan.

'Kom op,' zegt Jorge. 'Mikey moet ergens beginnen.'

'Zoals op het speelplein?'

Jorge laat een geluid ontsnappen dat klinkt als ingehouden lachen. 'O, *mierda*...'

'Hé, ik weet dat het een tijdje geleden is voor Mikey, maar jezus, ze heeft het lichaam van een jongen van twaalf.' Ryan drukt zijn vlakke handen tegen zijn borst. 'En sinds wanneer valt hij op zwarte grieten?'

'Ze is niet zwart, man,' zegt Jorge. 'Ze is een beetje van dit en een beetje van dat.'

'Ook goed. Is hij zo wanhopig dat hij wil helpen een dooie vetzak weg te halen? Ik zou hem niet meer omhoogkrijgen bij het idee waar ze met haar handen aan heeft gezeten, en dat haar...'

'Neem me niet kwalijk,' zeg ik, en ik loop strak naar de roos van Sharon achter hen kijkend de veranda op, maar mijn oren kan ik niet sluiten, en Ryan pruttelt iets en Jorge vloekt wanneer ik langs hen heen loop. Dan ben ik eindelijk bij de lijkauto, waar ik bezig kan zijn en troost kan putten uit het slaande portier van de Crown Vic, die bulderend wegrijdt.

Ik pak twee paar handschoenen uit de auto, grote en kleine, en de brancard, een lijkzak en mijn koffertje. Ik loop terug naar het huis en worstel me de trap op, genegeerd door Ryan. Zijn tanden knagen behendig aan bloedende nagelriemen, wat me doet denken aan een man die ik ooit kippenvleugels zag eten; de manier waarop hij de punt lostrok, de botten van elkaar brak en ze vervolgens schoon at tot ze wit en glimmend waren. Zonder mijn kant op te kijken en nog steeds knagend houdt Ryan de deur voor me open.

Mike staat nu in de keuken, met de medicijnpotjes in zijn hand geklemd, in gedachten verzonken. Hij schudt ermee: *ka-tak, ka-tak, ka-tak*. Het roffelende geratel van de pillen voert me onverwacht terug naar mijn jeugd, naar een openluchtconcert waar ik met mijn moeder was. Ik vang een glimp van haar op, zwierend in een wijde rok met lang, golvend haar dat om haar schouders zwiept, en ik zie mezelf, of in elk geval mijn hand, die een provisorische tamboerijn van een frisdrankblikje met zonnebloempitten schudt terwijl ik dans met Patrice in mijn armen (*goed zo, poppetje*). Mijn haar, zo lang als dat van mijn moeder, al is het donkerder en dikker, zweeft bij mijn middel. Een flits van haar rode glimlach en weg is ze. *Ka-tak.*

'Klaar?' zeg ik. Het is een lange dag geweest en ik word opeens overvallen door moeheid.

'Hoor je dat?' zegt Mike, die nog steeds met de potjes rammelt.

Ik leg zijn handschoenen op de keukentafel en zet mijn kaartje tegen de servethouder. Mike zet een van de potjes ernaast en blijft met het andere schudden. Ik ben dankbaar voor de plotselinge stilte.

'Hoor je dat?' zegt hij weer. 'Er zit bijna niets meer in. Ze zei dat hij die nitro vorige maand had gekregen, maar er zitten bijna geen pillen meer in het potje.'

'Denk je dat hij is overleden aan een overdosis nitroglycerine?' Ik trek de kleine handschoenen aan, laat ze tegen mijn huid knallen en zie de wolkjes talkpoeder opstuiven.

'Nee, ik denk dat zíj hem heeft laten overlijden aan een overdosis nitro,' zegt Mike. 'Ze stoppen die potjes helemaal vol, maar je mag er maar twee of drie nemen als je pijn op je borst hebt. Ze kunnen een hartstilstand veroorzaken. Ze zei dat hij een maand niet in het ziekenhuis was geweest en dat potje is zo goed als leeg.'

'Mag ik het lichaam weghalen of wil je de lijkschouwer bellen?' Ik stel me voor hoe lang we bezig zullen zijn MacDonnells lichaam naar buiten te wringen en hoe lang ik daarna in mijn eentje bezig zal zijn het lichaam met liters en liters formaldehyde te vullen. En ik moet de oude vrouw nog kleden. Het wordt een lange avond in de kelder. Misschien grijpt de schouwarts toch nog in.

Mike kijkt lang naar het potje. Ik kijk naar hem, wachtend op zijn antwoord. Hij is bewegingloos, onmogelijk stil. 'Nee,' zegt hij uiteindelijk. 'De zaak is rond.'

Mike zet het potje naast het andere, keert me de rug toe, trekt zijn colbert uit en hangt het opgevouwen over een stoel. Ik zie hoe recht zijn schouders zijn, het lusje dat zijn riem heeft gemist, de verkleurde handboeien op zijn linkerheup en het dienstwapen in de holster op de rechter. De omtrek van een portefeuille is zichtbaar in de bult in zijn achterzak, waar zijn lichaam zich rondt, en ik vraag me af of hij er foto's in bewaart van Jenny, zijn vrouw van lang geleden. Onwillekeurig pak ik een pluk haar en trek hem bijna uit het elastiek, maar ik kan me net op tijd bedwingen.

Mike draait zich om en pakt de handschoenen die ik voor hem op tafel heb gelegd. Diep in gedachten verzonken trekt hij eerst de rechter en dan de linker aan, waarbij hij een dof geworden trouwring bedekt. Ik kijk naar die plek op zijn vinger en probeer de ring door het dunne laagje latex heen te zien. Dan begint het mobieltje in zijn andere achterzak te loeien.

'Sullivan.'

Er is te weinig ruimte in de keuken om niet te luisteren, dus zet ik de brancard in de laagste stand vlak voor de badkamer. Ik haal wat in alcohol gedrenkte doekjes uit mijn tas. Meneer MacDonnell mag dan op de wc zitten, misschien moet hij een beetje schoongemaakt worden als we hem hebben opgetild. De stank zal dan in elk geval erger zijn. Ik reik Mike het bijna lege potje Vicks VapoRub aan, maar hij wordt te zeer in beslag genomen door het telefoongesprek om het te merken. Ik wilde op weg hierheen naar de drogist in Whitman om meer te kopen, maar er was geen parkeerplaats achter de winkel. Er komen daar veel ouderen en moeders van zieke kinderen. Ik probeer mijn boodschappen 's avonds te doen, wanneer de lijkauto niet opvalt; de meeste winkels waar ik kom, zijn van het soort dat dag en nacht open is.

'Ja, dominee,' verzucht Mike, 'ik werk me erdoorheen.'

Het is even stil en dan: 'Wanneer heeft hij gebeld? Heeft hij een naam of nummer gegeven?'

Weer een zucht en hij zegt: 'Ik zal u bellen wanneer ik weer op het bureau ben. Ik moet eerst even iets afhandelen.'

Mike stopt zijn mobieltje weer in zijn zak en kijkt me aan. 'Oké, daar gaan we. Ik pak hem onder zijn oksels, jij neemt zijn voeten.'

Het is al een worsteling voor Mike om zich de volle badkamer in te wurmen en zijn handen onder de armen van het lijk te wringen. Terwijl ik vlak achter de deur aan de enkels trek, tilt en draait en duwt en kreunt Mike. Onze pogingen worden rumoeriger en dan glijdt Mike uit en valt tegen me aan, bijna boven op meneer MacDonnell. Onze hoofden stoten tegen elkaar, maar niet hard. Hij wacht net even te lang, met zijn neus in mijn haar en zijn wang bijna tegen mijn voorhoofd. Hij snuift. Ik moet het me verbeelden. Voordat hij zich opricht, merk ik dat hij naar pepermunt en oude koffie ruikt.

'Sorry.'

Ik probeer mijn schouders op te halen. Ik houd me met een hand vast aan de deuropening en reik over het lichaam heen om de ogen van meneer MacDonnell te sluiten. Hij is een paar uur dood en een oog is al verstijfd en wil niet meewerken. Mike ademt door zijn mond en reikt achter meneer MacDonnell om door te trekken. De stank wordt erger, maar Mike vraagt niet om de Vicks. Hij leunt tegen de muur en ik zie hoe het zweet hem op zijn voorhoofd uitbreekt. 'Dat was dominee Greene over de zaak van het Lieve Kind.'

Nee, ik wil het niet horen, dus kijk ik maar naar meneer MacDonnell. Zijn hemd is opgekropen, zodat zijn bolle buik zichtbaar is; zijn onderbroek, die maar om één enkel hangt, dreigt van zijn voet te glijden; de krant ligt scheef op de vloer. Het is te laat, ik denk alweer aan het Lieve Kind.

Ik herinner me de honderden hechtingen die ik heb aangebracht, de lagen make-up. De glanzende bruine pruik van mensenhaar die was geschonken door een ander meisje dat over het Lieve Kind in de krant had gelezen, een klein meisje dat zei dat haar kaalhoofdigheid bijna een kleinigheid was vergeleken bij het lot van het Lieve Kind. De lange lagen haar waren een ideale bedekking van de hechtingen die over de schedel zigzagden, de volmaakte hoofdtooi ter vervanging van de afgeschoren lokken. Het was een uitvaart met gesloten kist.

Het lichaam van het meisje was in een strook bos tussen Brockton en Whitman gevonden door een man die zijn hond op nieuwjaarsdag uitliet. Ondanks de koffiebrij die met haar was begraven, pikte de hond de geur van het ondiepe graf op. Door de zware vorst waren haar resten nog vrijwel intact, al waren haar vingertoppen weggebrand. Er was geen kind dat aan haar signalement voldeed als vermist opgegeven; niemand meldde zich om haar op te eisen. Haar hoofd werd een dag later gevonden, een paar meter verderop verstopt in een vuilnisbak, met de ogen nog open en het oogwit bestoven met het stof dat deze stad belegert. In een dergelijk geval blijft het lichaam meestal in het pathologisch-anatomisch lab tot de naaste verwanten hebben getekend voor de vrijgave; het kan jaren duren. Deze keer ging het anders.

Dominee Greene nam het op zich de officier van justitie, een oude vriend en gemeentelid, over te halen de resten via een gerechtelijk bevel te laten vrijgeven aan de doopsgezinde gemeente. De gedachte dat haar lichaam in het pathologisch-anatomisch lab zou verkwijnen, was voor iedereen ondraaglijk.

In zijn grafrede doopte dominee Greene haar het Lieve Kind: 'God, dit kind dat hier vandaag voor ons ligt, is aan U en U alleen bekend, maar ze is geen naamloze. Dit kind is misschien níét gekoesterd door haar moeder, ze is misschien níét gekoesterd door haar vader, een tante, een oom of een grootvader, maar Heer, haar leven was niet minder kostbaar omdat zij haar niet trouw waren. Ja, Heer, we zijn hier vandaag, alle honderden die zich hier vanuit Whitman, Brockton en daarbuiten hebben verzameld, wij doopsgezinden en katholieken, wij protestanten en joden, wij die geloven en zelfs de ongelovigen zijn hier om dit kleine meisje, ons Lieve Kind, te koesteren.'

Linus bood zijn diensten aan, evenals een witte kist met roze satijnen bekleding en een bijpassend doorgestikt kussen. Hij opende de deuren van Uitvaartcentrum Bartholomew twee volle dagen om alle mensen die haar de laatste eer wilden bewijzen ter wille te zijn. Een anonieme gever kocht een plaatsje voor haar op Begraafplaats Colebrook, tegenover het uitvaartcentrum, en iemand anders schonk een grafsteen. Voorlopig staat er alleen HET LIEVE KIND op; haar ware identiteit moet nog in de steen worden gebeiteld. Alma maakte een hooggesloten nachtpon voor haar en ik legde in de kist een bed margrieten voor haar om op te liggen. Tere, witte, grootbloemige margrieten (*onschuld*).

Een deel van de mensen die zich bij haar wake hadden verdrongen, bleef haar graf nog een tijd bezoeken en liet een heel assortiment gedenktekens achter: fluwelen teddyberen met harten, een kakofonie aan ballonnen die na de ochtenddauw meelijwekkend slap hingen en ooit een gehavend babydekentje met verschoten carrouselpaarden erop.

Maar ik ben klaar met dat lichaam; ik hoef er niet meer over te weten. Ik ben niet drie jaar geleden blijven steken. Ik ben nu hier, met het lichaam van meneer MacDonnell, en straks bij de oude vrouw die in het uitvaartcentrum op me wacht. Ik probeer de belofte voor me te zien van bloeiende chrysanten (*vrolijkheid*) en kardinaalsmuts (*wijsheid*) in mijn tuin, mijn terrasstoel, mijn donzen dekbed en een pot thee. Morgen. Nu dwingt Mike me nog terug naar de dag van gisteren.

'Clara, luister je wel?'

'Ja?'

'Ik was je even kwijt. Wil je me iets vertellen?'

'Nee, niets.'

Hij laat het lichaam van meneer MacDonnell niet los; hij verroert zich amper. Ik herken die volslagen roerloosheid, die deze keer ter wille van mij is. Zwijgen is de beste optie.

'Heb je morgen even tijd voor me? Ik wil je nog een paar vragen over het Lieve Kind stellen. Misschien herinner je je nog iets, je weet wel, komt er nog iets boven.'

'Ik heb je alles verteld wat ik me herinnerde.'

'Je weet het nooit. Soms komen er herinneringen boven als je over iets praat. Het kleinste detail zou al kunnen helpen.'

Hij is er niet meer van af te brengen; als het niet morgen wordt, komt hij overmorgen of de dag daarna wel langs. Nu hij me in het vizier heeft, blijft hij drammen tot ik instem. In dat geval kan ik het spervuur van telefoontjes beter voorkomen, maar voorlopig zijn we met meneer MacDonnell bezig.

Na een worsteling van een half uur manoeuvreren we hem in de lijkzak. Mike helpt me de treden af en Ryan houdt de deur open. Terwijl hij in zijn mobieltje praat, trekt hij repen verf van het houtwerk; een bijzonder lange reep blijft steken in het onkruid onder de veranda. 'Ik weet het, schat, ik kom zo snel mogelijk naar huis.'

We rijden de brancard met het lichaam naar de overkant van de straat. Buren staan met hun armen over elkaar in de deuropening van hun huizen onze vorderingen in ogenschouw te nemen. Een oude man met een zuurstoftank naast zich zit op zijn voorveranda, met zijn onderarmen op een rollator en een sigaret in zijn linkerhand. Zijn ogen laten de lijkzak niet los, zelfs niet wanneer hij de sigaret met een indrukwekkende boog over de afbrokkelende stoep schiet. In de verte loeit een vertrekkende metro. Mevrouw MacDonnell komt niet naar buiten voor een laatste afscheid; misschien komt ze nog naar het uitvaartcentrum. Ik gesp het lichaam van haar man vast, sluit het achterportier van de lijkwagen en wacht op het onvermijdelijke. Mikes stem laat me niet in de steek.

'Morgen dan maar? Om een uur of drie, schikt dat?'

'Ja,' zeg ik. Ik pak mijn sleutels uit mijn zak. 'Ik zal wel in de kelder zitten,' zeg ik wijzend naar de achterkant van de lijkwagen, 'dus laat jezelf maar binnen.'

'Tot morgen dan maar.' Ik kijk Mike niet recht aan, maar voel dat hij langs me heen naar het appartement kijkt waar we net uit zijn gekomen. Hij steekt de straat over en draait zich om. Ik zou kunnen doen alsof ik het niet heb gezien, gewoon in de auto stappen en het portier sluiten. Het is al open.

'De dominee vertelde dat hij vandaag een anoniem telefoontje had gekregen.'

Luisterde Mike maar eens naar zijn partner Jorge, begreep hij maar eens dat de dood onomkeerbaar is: *de zaak is rond.* Er heeft zich nooit een dierbare gemeld om het onbekende meisje op te eisen. Ik stel me voor dat ze voor haar moeder, voor haar vader, maar een splinter was, een lastige ergernis waaraan ze peuterden en in knepen tot al het leven er op een zeker moment met spuitende etter uit werd gedreven. Ze is dood, niets doet er nog toe. *De zaak is rond.*

Ik knik terwijl ik in de auto stap, maar Mike houdt vol. 'Die man zei iets over een moedervlek. Herinner jij je daar iets van?'

Ik geef Mike geen antwoord, ik weet niet waarom. Ik weet niet of ik hem ga vertellen over de volmaakte, roze ster die ik onder in haar nek heb gezien toen ik haar hechtte. Voorlopig trek ik gewoon het portier dicht en rijd weg.

3

De granieten boog bij de ingang van Begraafplaats Colebrook flonkert onder een laagje ijs, de eerste vorst van het seizen. Het is alsof de maan en de ijskristallen hebben samengezworen om de inscriptie in de schijnwerpers te zetten: IK BEN DE OPSTANDING EN HET LEVEN. Nabestaanden zullen wel behoefte hebben aan de geruststelling van een wereld na degene die ze hebben voordat ze hier naar binnen durven te gaan.

Het is na middernacht, het enige veilige tijdstip om hier te zijn, behalve wanneer ik een plekje voor een cliënt moet zoeken. Zelfs nu loop ik zachtjes, met voetstappen als een fluistering op deze uiterst stille plek. Wanneer ik bij daglicht over deze paden dool, loop ik altijd het risico gezien te worden door familieleden van een cliënt. Sommigen wenden slechts hun hoofd af met een beleefde weerzin; anderen willen verhalen kwijt over hun dierbaren die nu hier liggen in plaats van naast hen in bed of in de kamer aan het eind van de gang. Ik kan beter 's nachts komen.

De meeste graven hier zijn sober. Geen hoog oprijzende familiemausoleums zoals je zou verwachten in een naburige stad als Hingham of Cohasset. Whitman wordt bevolkt door loodgieters en huisvrouwen, brandweerlieden en administratief medewerkers; de alledaagsheid van hun graven is een weerspiegeling van het leven dat ze hebben geleid. De enige uitzondering wordt gevormd door de oorlogsmonumenten her en der. Die worden allemaal onberispelijk onderhouden. De vlaggen mogen nooit verbleken en in mei en november worden er strijk en zet veteranenkransen gelegd door een erewacht van oude mannen in uniformen die ze niet meer dicht kunnen knopen. Er komt een redelijk aantal stedelingen naar die ceremonies toe voordat ze zich in Washington Street opstellen om de parades te zien. Ze dragen allemaal hun eigen vlag.

Ik trek mijn wollen jas strak om me heen, zodat hij bijna twee keer om me heen gewikkeld zit, en stop mijn handen onder mijn oksels. Ik houd een kleine zaklamp paraat. In de verte, bij de achterkant van het terrein, duiken twee lichtjes op. Ik stap van het pad af, ga op in de schaduw en zorg dat alles om me heen stil is. De bomen staan hier dicht op elkaar, maar de zaklamp is een te groot risico. Ik ken deze paden goed. Er zullen nu geen tieners zijn, maar vanaf het eind van de lente tot de herfst zie ik ze hier vaak elkaars wilskracht testen met blinddoeken en bier. Je kunt hier 's nachts ook jonge geliefden aantreffen die iemands grafsteen en elkaar beklimmen als blijk van hun eeuwige liefde. Ze zouden mijn zolen kunnen horen schuifelen of mijn aanwezigheid kunnen aanvoelen, maar de geest van degene wiens rust ze verstoren, krijgt daar altijd de schuld van. Tijdens mijn nachtelijke rondes inspecteer ik de graven die niet door familie of vrienden worden onderhouden. Er kan een zerk verzakt zijn, of misschien heeft zich afval of onkruid opgehoopt dat verwijderd moet worden; dat is de taak van de beheerder, ik weet het, maar het is mijn plicht. Niet iedereen heeft nabestaanden.

Het maanlicht dat door de kale takken van de reusachtige eiken stroomt die deze plek beschutten, bespikkelt het betonnen pad met duisternis en bundels licht; genoeg om mijn weg naar de achtermuur van de begraafplaats te vinden. Bij de achteruitgang, op maar een meter of vijf van het graf van het Lieve Kind en rechts van de treurwilg, zie ik de koplampen van een auto op de parkeerplaats. De motor draait niet. Ik hoor zachte voetstappen op natte aarde en knappende twijgen. Ik houd mijn pas in en dan duikt zijn gestalte uit het duister op, een soepel lopende schaduw in de koplampen. Ik weet wie er kop aan voet ligt met het Kind. Het moet hem zijn.

Ik duik achter het gemeentelijke oorlogsmonument, een enorme plaat graniet met een ruw gehouwen bovenrand, alsof het een uit het grootboek van de dood zelf gescheurde bladzij is, druk me plat tegen de steen en word kleiner, doorschijnend. Mike blijft een rij voor me stilstaan. Ik houd mijn ademhaling onder controle (*een-twee-drie, in*) zodat hij geen rookpluimpjes boven me kan zien opstijgen, als een spookachtig beeld.

Hij schuifelt door de lagen bladeren die zich hebben verzameld tegen de terp die het graf van zijn vrouw vormt. De tijd heeft de lijnen verzacht; het is nu een grazige verhoging, geen gehavende aarde meer. Het graf van het Kind ziet er net zo uit. Natuurlijk ziet het er net zo uit.

De tijd verstrijkt... Vijf minuten? Tien? Mijn ademhaling is eindelijk regelmatig. Mijn dijen doen pijn van het lange hurken en ik heb geen gevoel meer in mijn handen. Als ik ze uitsteek om me in evenwicht te houden, is elke grasspriet een ijzige pin, en ik voel duizend koude speldenprikken. Hij moet het voelen. Ik kijk zo nu en dan naar Mike, maar hij beweegt zich amper. Ik volg de in het monument gebeitelde letters met mijn vingers om de bloedsomloop weer op gang te krijgen. Er is niet genoeg licht om de woorden te zien, maar mijn vingertoppen kunnen ze lezen. DE DOOD KAN HUN NAMEN NIET UITWISSEN. Ik ken de versiering bovenin: twee rode rozen (*adoratie*). Het is een attent gebaar van de stad om de soldaten te gedenken, maar ze hebben het mis: de dood is het eind van alles. De naam van het Lieve Kind is met haar gestorven, evenals haar verhaal.

Met wensdenken en een granieten steen kun je iemand geen nieuw leven inblazen.

Haar zerk is anders dan die van de meeste kinderen hier. Het is een standaard staande steen in roze graniet, zonder hartjes of engeltjes erin gebeiteld. Nergens tierlantijnen. De enige versieringen zijn de woorden LIEF KIND in krulletters bovenaan, met een gedicht van Emily Dickinson eronder. Ik hoef de letters niet met mijn vingers na te trekken om ze te kennen:

SO HAS A DAISY VANISHED
FROM THE FIELDS TODAY –
BLOOMING – TRIPPING – FLOWING
ARE YE THEN WITH GOD?

Het lijkt nog steeds toepasselijk.

Dan ontstaan er trechtervormige wolkjes afval in de plotseling opstekende wind; bladeren schrapen langs grafstenen en blijven ertegenaan liggen wanneer de bries luwt. Alles is weer stil, tot een enorm geknisper de stilte doorbreekt die deze plaats verstikt. Ik gluur om de hoek van het monument en zie dat Mike met zijn voet door de dode bladeren harkt.

'Jezus, ze liggen overal,' prevelt hij.

Zijn blik blijft rusten op het graf van het Lieve Kind, vlak achter dat van Jenny, dat een paar weken na het hare is gevuld. Zijn schouders zakken en hij buigt zijn hoofd. Hij staat gevangen in een bundel maanlicht, onder de spichtig neerhangende takken van de wilg, als een miljoen vingers die zich uitstrekken om hem weg te plukken.

'God,' roept hij, zijn hoofd naar de hemelen heffend, 'ze liggen overal!'

Hij richt zijn aandacht weer op het graf van zijn vrouw. Zijn bewegingen worden uitzinnig. Hij zakt op zijn knieën, rukt met klauwen van handen de bladeren van Jenny's graf, kruipt dan naar dat van het Lieve Kind en harkt over de aarde tot er alleen nog gelig gras zichtbaar is. Hij haalt met grote, zwoegende teugen adem, snel en onregelmatig.

Ik vraag me af wat het voor ons allebei zou betekenen als ik me vertoonde, maar hij kan me hoe dan ook niet zien; hij is niet meer hier.

Ik trek me terug en maak me nog kleiner; ik wil het niet meer weten. Hij hijgt, snel en onregelmatig, verstikt naar adem happend, en dan hoor ik niets meer. Het is een weerzinwekkend geluid. De frisse lucht is prikkelend; zijn inspanningen hebben de geur van natte aarde en rottende compost losgewoeld. Daar concentreer ik me op, niet op de reden voor zijn plotselinge stilte. Was ik Linus maar, dan kon ik tevoorschijn komen en tegen hem zeggen dat alles goed komt, helemaal goed, en zou hij me misschien geloven. Mijn vingers haken zich in mijn haar en draaien rond en rond tot de opluchting neerdaalt.

Er verstrijken een paar minuten, er klinkt geritsel van kleren en dan flitsen er koplampen en een blauw zwaailicht het parkeerterrein op. Er gaat een portier open en een mannenstem roept: 'Ben jij dat, Mikey?'

Mike komt onhandig overeind. Ik moet wel kijken hoe hij over zijn slaap wrijft. 'Wie is daar?'

De man komt naar ons toe, naar Mike, met een zaklamp die op Mikes gezicht schijnt. Mike tilt zijn arm op om zijn ogen af te schermen en draait zich mijn kant op. Er zit een veeg aarde op zijn voorhoofd en er hangt een dood blad in zijn haar. Ik wil het allemaal wegvegen zodat de politieman het niet ziet. Niet iedereen kent deze kant van het leven.

'Ik ben het, Bully.' De surveillant loopt naar Mike toe, met zijn duimen achter zijn riem gehaakt en een brede borst die zijn te korte benen overschaduwt. Zijn lengte heeft hij te danken aan zijn lange romp, en zijn hangwangen en vlezige oogleden passen bij zijn bijnaam. 'Ik zag een auto staan en wilde zeker weten dat het niet weer die pubers waren die zerken omvergooien. Gaat het wel?'

'Ja, hoor,' zegt Mike met vaste stem en gebogen hoofd. 'Ik reed langs en dacht ook dat ik wat jongens zag.'

Bully schuift zijn riem lager over zijn pens; het leer schuurt hoorbaar onder het rammelen van metaal. Hij kijkt naar de rest van de begraafplaats, die onzichtbaar is in het duister. 'Je had ons moeten bellen. Dit valt buiten jouw jurisdictie.'

Er valt een onbehaaglijke stilte met alleen het brommen van de motor van de surveillancewagen en soms het geknetter van de mobilofoon dat de nacht vult. Ik zie dat de ogen van de surveillant naar de zerk dwalen. Hij kijkt naar zijn voeten en struikelt achteruit van de grafheuvel af. 'Het is al bijna drie jaar, hè?'

Zelfs in het halfdonker zie ik Mike verstijven.

'Weet je zeker dat het goed met je gaat? Zal ik je een lift geven?' Mike leunt naar voren en snuift de lucht op.

Mike schudt zijn hoofd. De surveillant, die een onvolgroeid been heeft, wil een pas naar voren zetten en beseft dan dat hij moet uitkijken waar hij zijn voet zet. Hij blijft staan, wil een hand op Mikes schouder leggen en bedenkt zich. 'Hé, we pokeren nog altijd bij Jimmy. Elke vrijdagavond. Je moet eens komen, een biertje drinken. Hij neemt de wedstrijden van de Patriots op.'

'Ja.'

Bully weet niet wat hij moet zeggen, kijkt vragend naar Mike en wacht te lang. 'Goed dan,' zegt hij uiteindelijk.

We zien hem allebei in zijn surveillancewagen stappen en wegrijden. Mikes schaduw in het licht van zijn koplampen is binnen mijn bereik. Ik zou hem kunnen aanraken. Mijn hand ernaar uitsteken. In plaats daarvan laat ik een vuist vol haar los in de wind, die zijn kant op staat. Mijn voet glijdt onder me weg, waardoor een eigenzinnige eikel weg stuitert, en Mike kijkt als door een adder gebeten om. We verstijven allebei en wachten af. Dan schraapt hij zijn keel en loopt terug naar zijn auto. Pas als hij de hoek om is en de koplampen van zijn auto hun schaduwen een andere kant op werpen, kan ik weer ademen.

4

Terwijl ik de laatste hand leg aan meneer MacDonnells makeup, hoor ik de mensen boven over de krakende planken lopen. De degelijke schoenen van degenen die buiten wachten zijn zichtbaar door het kelderraam. Aan hun voeten liggen bergjes sigarettenpeuken en verfrommelde kartonnen bekers.

Ze zijn hier voor de oude vrouw die hier twee dagen ligt opgebaard. Lang geleden, nog niet zo lang, eigenlijk, kon je een middag vrij krijgen van je werk om de doden de laatste eer te bewijzen, en dan nog een hele dag om de uitvaart bij te wonen. Sinds een jaar of tien blijft de dodenwake beperkt tot een dag, en de uitvaart is de dag erna. De standaardtijden voor het afscheid waren van twee tot vier 's middags, dan twee uur pauze waarin de nabestaanden tot zichzelf konden komen en vervolgens van zes tot acht voor degenen die moesten werken, maar tegenwoordig houden de nabestaanden liever een marathon van vier uur. Ik heb gehoord hoe Linus probeerde zulke mensen van dat idee af te brengen door uit te leggen hoe uitputtend het lichamelijk en emotioneel is om uren bij de kist te staan (de wake is zelden stipt op tijd afgelopen), bekende gezichten uit het heden te begroeten en de confrontatie met geesten uit het verleden aan te gaan. Meestal is er zelfs geen tijd voor een klef broodje rosbief.

De oude vrouw stamt echter uit een andere generatie, een periode toen leven en dood nog werden geëerd. Wat helpt, is dat de meeste bezoekers zelf op leeftijd zijn en dus de mogelijkheid hebben overdag een opgebaarde te bezoeken. Ze kijken uit naar elke kans vrienden te ontmoeten, ongeacht de omstandigheden.

Ik kijk weer naar het lichaam voor me en denk na over de tegenstrijdigheid in het gedrag van mevrouw MacDonnell. Haar blauwe plekken waren nog zichtbaar toen ze de uitvaart met Linus kwam bespreken, maar ze koos een van de duurdere kisten voor haar echtgenoot. En een nieuw pak met klittenband. Ik denk dat meneer MacDonnell niet veel pakken had, áls hij er al een had.

Ik blader in *De overvloed van de natuur* op zoek naar iets gepasts om samen met meneer MacDonnell te begraven: adonisbloem (*droevige herinneringen*), vingerhoedskruid (*onoprechtheid*) of misschien een simpele dennentak (*medelijden*)? Nee, goudsbloemen (*wreedheid in de liefde*) zijn het beste. Hoewel de geur van goudsbloemen sterk kan zijn, ben ik niet bang dat iemand ze zal ruiken. De rouwboeketten zullen de geur van dat kleine bosje meer dan overstemmen.

Ik borstel zijn springerige, weerbarstige wenkbrauwen en knip de verdwaalde haren af die ik eerder heb overgeslagen. Na het scheren en knippen kan ik een glimp opvangen van de man die mevrouw MacDonnell leerde kennen voordat hun leven samen hen over hetzelfde platgetreden pad voerde dat hun ouders voor hen ook wel zullen hebben bewandeld.

Terwijl ik zijn haar een laatste keer kam, wordt er op de deur geklopt. Het is op de kop af drie uur. Mike opent de deur, maar aarzelt voordat hij over de drempel stapt. Ik ben als een om de vinger van een kind gespannen elastiekje, klaar om te springen, maar hij merkt het niet. Hij heeft zijn gebruikelijke uniform aan, jasje-dasje, zijn wapen op zijn heup en zijn penning aan de voorkant van zijn broek geklemd. Ik ruik zijn zeep boven de wolk formaldehyde uit, fris en degelijk. Ik gebruik hetzelfde merk. Mijn vingers jeuken om aan mijn haar te zitten. Mijn ogen zoeken de plek op zijn slaap waar de veeg zat, maar de aarde die hij gisteren heeft omwoeld, zit er niet meer. Hij heeft een versleten map met een paar elastiekjes eromheen bij zich. Zijn ogen dwalen naar de werktafels, ontredderd en onscherp. Ik stoor hem niet; het zal even duren voordat hij weer in het heden is.

Linus laat maar weinig diepbedroefde familieleden in deze ruimte toe. Het zijn zonder uitzondering naaste verwanten, en alleen als de preparatie van het lichaam nog geen aanvang heeft genomen. Die dag vergezelde Linus Mike naar zijn vrouw, die op mijn werktafel lag. Toen Linus hem erheen loodste, bleef Mike onaangedaan; hij stak zelfs geen hand uit om zijn vrouw over haar wang te strijken. Linus bleef een pas achter Mike staan, met een hand op zijn rug. De andere legde hij op Jenny's hoofd. Zonder op het bloed te letten, streelde hij over haar klittende haar, en toen zei hij met die lage, rommelende stem: 'Het is goed, ze kan je horen. Ze horen je allebei. Gooi het er nu maar uit, gooi het eruit.'

Ik kon Mikes gezicht niet zien (ik glipte de ruimte uit zonder te kijken) maar ik herinner me nog hoe hij jammerde toen ik me door de gang haastte.

'Mooie kist,' zegt Mike ten slotte. Zijn ogen blijven op meneer MacDonnell rusten en hij krabt met twee vingers aan een plek op zijn eigen buik. 'We zullen wel nooit weten of die uit liefde of uit schuldgevoel is gekocht.'

Ik maak de klemmetjes van de papieren slab om meneer MacDonnells nek los en gooi die samen met mijn handschoenen weg. Ik ben klaar met zijn lichaam.

Ik loop naar de werkbank en maak de archiefdoos van het Lieve Kind open. Er zitten foto's in van voor en na, een gastenboek, een rouwkaart en een lokje haar. Linus zegt dat hij die aandenkens bewaart voor het geval er iemand komt opdagen die graag gegevens wil hebben over het heengaan van de overledene. De haarlok is echter niet compleet. Haar moordenaar had maar een paar plukjes laten zitten, en die heb ik afgeschoren toen ik haar hechtte. Pas toen, toen ze geen haar meer had en haar huid was gebleekt door de dood, merkte ik de moedervlek op. Als de patholoog-anatoom de tijd had genomen, als hij zich niet had laten afleiden door wispelturige koelkasten, lekkende daken en een naderende overheidsinspectie van de veiligheid op de werkplek, had hij de moedervlek het eerst gevonden. Jammer dat niemand ooit nog de tijd neemt. Zelfs niet voor een vermoord meisje.

'Zoals je ziet, zit er niets nieuws in,' zeg ik, maar toch loopt Mike naar de doos toe, haalt alles er een voor een uit en kijkt ernaar alsof hij het voor het eerst ziet.

'Heb je ook foto's waarop ze op haar buik of haar zij ligt?'

De patholoog-anatoom stelde vast dat haar lichaam twee ijzige dagen in het bos had gelegen, was blootgesteld aan de elementen, maar opmerkelijk onaangeroerd was gebleven door ongedierte. 'Dit is alles.'

Hij staat met zijn lippen op elkaar geklemd en zijn handen op zijn heupen, en ik weet dat ik moet oppassen. Ik heb een paar keer een lichaam opgehaald en Mike op de plek aangetroffen, nog in gesprek met een geliefde of vriend van de overledene. Hij heeft een bepaalde manier om iemand met vragen te omsingelen, langzaam, onopvallend, tot een diepbedroefd vriendje opeens verwilderd uit zijn ogen kijkt, gevangen in de strop die Mike om zijn nek heeft gelegd. Het is meer dan eens voorgekomen dat ik werd weggestuurd en de schouwarts moest terugkomen.

'Mag ik je de autopsiefoto's nog eens laten zien? Zoals ik al zei, komen er misschien herinneringen boven.' Mike trekt het

elastiek al van zijn map, maar hij blijft me strak aankijken.
Hij spreidt een reeks foto's uit op de werkbank. Het zijn er vijftien, allemaal van het onbekende meisje, onherkenbaar beschadigd. De foto's zijn vanuit verschillende hoeken genomen, en op sommige zijn haar zwaardere verwondingen te zien. Op andere zou je haar voor een weggegooide pop kunnen aanzien, en dat zou niemand je kunnen aanrekenen. De aangrijpendste foto's zijn die waarop het simpele gouden knopje in haar linkeroor te zien is, een geste van een volwassene om haar leven meer glans te geven. Haar rechteroorlel was te beschadigd door de mishandeling om zoiets fragiels als een oorknopje te kunnen vasthouden. Vanuit mijn ooghoek zie ik dat Mike naar me kijkt, me bestudeert, terwijl ik de fotocollage van de patholoog-anatoom in me opneem.

Ik wacht tot Mike iets zegt. Hij bekijkt de foto's, schuift ermee, legt de een boven op de ander en kiest dan voor een foto van de rug. Dan zegt hij eindelijk iets. 'Ik heb je geloof ik al verteld dat onze anonieme beller weer contact heeft opgenomen met dominee Greene. Hij had meer dan een jaar niet gebeld, maar hij is alles wat we hebben. De FBI heeft de zaak min of meer aan ons overgelaten. Die lui zullen wel iets anders aan hun hoofd hebben.'

Hij zwijgt weer en neemt mijn gezicht in zich op, maar ik zeg niets en kijk langs hem heen naar meneer MacDonnell. Ik zie dat een lok op zijn voorhoofd van zijn plaats is gesprongen. Mijn vingers jeuken om de kam te pakken, maar ik durf me niet te bewegen.

Mike tikt tegen de foto. 'De beller zei dat het Lieve Kind een moedervlek met een herkenbare vorm in haar nek had. Ik kan niets vinden op de foto's, maar misschien is het ons ontgaan.'

Hij heeft me nog steeds geen vraag gesteld, dus geef ik geen antwoord.

'Nou?' zegt hij.

'Wat wil je weten?'
'Als jij me dat nu eens vertelde?'
Ik zeg het niet, hij kan het niet begrijpen. Hij weet niet hoe het is om onzichtbaar te zijn, om afgedankt en weggegooid te worden. De buitenwereld heeft alleen het lichaam van het Lieve Kind gezien, maar ik weet wat er onder haar huid lag, de lagen die schuilgingen onder de striemen en kneuzingen. Ze heeft echter meer gevoeld dan pijn. Ik kan het weten. Ze hebben haar tijdens haar leven genegeerd; ze hebben het recht niet haar op te eisen nu ze dood is. Dat is mijn taak. Ik wil Mike er ook niet aan herinneren dat toen het Lieve Kind werd gevonden, zijn vrouw nog geen week daarvoor was vermoord door iemand die chronisch dronken achter het stuur zat. Dat hij met zijn Jenny zijn verstand had verloren en me toch niet had kunnen horen. Ik wil hem niet vertellen wat het werken met de doden me heeft geleerd: ze kunnen niet terugkomen, ze zijn voorgoed weg; de dood kent geen gerechtigheid.

Mikes ademhaling is hoorbaar in deze echoënde kamer, zo zwaar alsof hij naar adem snakt in plaats van naar een strohalm. Wanneer hij weer iets zegt, komen zijn woorden traag: 'Dit meisje is vermoord, vermoedelijk door haar vader of het vriendje van haar moeder. Een beest dat een kinderleven heeft weggegooid. Als jij aanwijzingen achterhoudt, kan ik je laten aanklagen wegens belemmering van de rechtsgang of het hinderen van een politieonderzoek. Waarom wil je me niet helpen?' Hij wacht even. 'Clara?'

Mike zal het niet laten rusten, ik weet het zeker. Dit is dus het moment van de waarheid. 'Het was een moederplek in de vorm van een ster.'

Hij draait zich als door een wesp gestoken om naar meneer MacDonnell en drukt een vuist tegen zijn mond. Zijn woede slaat verstikkend tegen me aan, maar desondanks loop ik langs hem heen en pak de zwarte kam van mijn tray met instrumen-

ten. Zonder handschoenen kam ik de kuif van de dode.
Mike loopt naar me toe en komt naast me staan, te dicht bij me. Mijn longen trekken samen, niet meer in staat zich vol te zuigen. Het klinkt alsof hij zijn kiezen op elkaar klemt, zodat zijn volle lippen smal en wit worden. Ik kan er niet naar kijken en ik zou zijn adem niet op mijn oor willen voelen, de gal wanneer hij iets zegt niet willen ruiken. 'Jezus christus, waarom heb je me dat drie jaar geleden niet verteld?'
Ik wacht even voordat ik de weerbarstige krul naar achteren kam, maar hij valt opzij. Ik trek de la met toiletartikelen open en reik naar de gel. Achter het raam blijven de voeten van nabestaanden heen en weer lopen en ik stel me voor hoe ik het open zou zetten als dat kon.
In plaats daarvan knijp ik zo hard in de tube dat er gel over de betonnen vloer spat. 'Laat de doden rusten.'
Mike werpt een blik op meneer MacDonnell voordat hij naar mij kijkt. 'De doden kennen geen rust.'
Hij blijft me aankijken, maar ik richt mijn blik op de klodder gel die over de schuine vloer naar de afvoer druipt. De vertrouwde opkruipende hitte golft van mijn borst naar mijn keel en zet dan serieus koers naar mijn wangen. Ik wil me tegen de het betonsteen van de muren drukken en erin verdwijnen, maar voordat ik een pas achteruit kan zetten, pakt Mike zijn map en laat de elastiekjes eromheen springen. Het geluid van de achter hem dichtslaande deur klinkt als een explosie in deze betonnen bunker. Ik doe nog een poging en dan zit het haar van meneer MacDonnell eindelijk goed. Ik loop naar de wastafel en was mijn handen, zonder op het beven te letten. Een vochtige papieren handdoek in mijn nek verkoelt de opvlieger; mijn vingers willen wanhopig graag een pluk krullen pakken en eraan trekken, scherp en stralend. Ik krijg weer lucht. Het bewijs verdwijnt in mijn zak. Ik kijk naar mijn uitgestrekte hand en druk hem tegen de muur. Nog een keer ademhalen en

hij smelt weg; nog een keer en ik verdwijn helemaal. Ik heb hier geen tijd voor; ik moet de rouwkamer van meneer MacDonnell in orde maken. Zijn vrouw heeft gekozen voor een afscheid in twee etappes morgen, gevolgd door de uitvaart op vrijdag.

Ik klim de trap op, onopgemerkt door de nabestaanden van de oude vrouw, en loop de achtergang in. Het uitvaartcentrum heeft twee vleugels, zodat Linus meer doden tegelijk kan opbaren, een mogelijkheid die hij alleen benut voor verwanten die helaas tegelijkertijd zijn overleden.

Bij het betreden van de rouwkamer zie ik dat Linus al wat bloemstukken op de tafeltjes heeft gezet en dat hij het rek met leren klapstoelen uit de kast heeft getrokken. Ik doe de lampen niet aan om me bij te lichten wanneer ik de stoelen langs de muur zet; ik geef de voorkeur aan het zwakke licht vanuit de gang en dat van de enkele geurkaars (vanille). Mikes woorden vullen mijn hoofd; ik sta wankel op mijn benen en laat een stoel vallen.

Zijn dreigement van een aanklacht boezemt me geen angst in, hoewel... Nee, dat is het niet. Mike leek zo zeker van zijn zaak, en voor hem zal het wel waar zijn: de doden rusten nooit. De geest van zijn vrouw kringelt en zweeft om hem heen, ook tastbaar voor degenen in zijn buurt. Of misschien voelen wij dat hij ook dood is. Ik wijs mezelf erop dat dit het bijgeloof van Alma is, schud het van me af en sta op. Er is werk aan de winkel.

Als ik sta, zie ik dat ik word gadegeslagen door een kleine gestalte in de schaduw. Daar, aan de andere kant van de kamer, staat Trecie. Ik pak de rugleuning van de stoel en probeer te glimlachen, maar ik weet dat me dat niet lukt.

'Wat doe jij hier?' vraag ik.

Ze loopt naar een bloemstuk, een krans van de Veteranen van Buitenlandse Oorlogen in het rood-wit-blauw van de vlag, voelt aan een anjer (*trouw*) en gaat dan voor het grote gemengde boeket ernaast staan. 'Mooi.'

Ik wil zo iemand zijn die naar haar toe zou lopen, een arm om haar smalle schouders zou slaan, en ook mijn jas, en haar mee zou nemen naar mijn keuken. Iemand die haar zelfgebakken koekjes kon geven, met warme chocolademelk en een kaastosti. Ik zou geruststellende geluiden maken terwijl ze haar hart bij me uitstortte en op alle goede plekken in haar verhaal een troostend woord hebben. Ik zou heel graag zo iemand willen zijn, maar niemand heeft me ooit geleerd hoe je dat doet.

'Trecie, het spijt me, maar je moet nu weg. Er is een wake hiernaast.'

'Weet ik,' zegt ze. 'Ik ben er geweest.'

'Dat moet ik bij meneer Bartholomew melden.'

Ze kijkt me aan en gunt me de glimlach die ik niet kon opbrengen. Ik was vergeten hoe mooi ze is, en ik voel een scheut diep in mijn binnenste, maar toch kan ik nog niet het simpelste vriendelijke gebaar opbrengen. Ze voelt eerst aan een gele roos (*jaloezie*) en dan aan een margriet, tot ze allebei loskomen uit het stevige steekschuim van de bloemist. De roos valt op de vloer.

'Wat zijn dat voor bloemen?' vraagt ze met een lief, hoog stemmetje. Zo kinderlijk als het maar kan.

Mijn gedachten flitsen heen en weer. Ik kan ze niet tegenhouden. Dit rouwboeket kan geen bijzondere bedoeling hebben, het is gewoon de aanbieding van zestig dollar.

'Die gele is een roos en die andere is een margriet. Wil je ze terugzetten, alsjeblieft, ze zijn voor meneer MacDonnell.'

Ze zet de roos een beetje scheef terug, niet verankerd in het geheel. Als hij niet in het vochtige schuim staat, verwelkt hij binnen een paar uur. Trecie glijdt naar de andere kant van de kamer, de steel van de margriet tussen haar vingers draaiend. Nu ze met haar rug naar me toe staat, vangt het kaarslicht een kale plek op haar kruin. O, wat zou ik die plek, het spiegelbeeld van de mijne, graag willen bedekken. Ik haast me naar het bloemstuk en steek de roos weer in het schuim, zodat de symmetrie van de rangschikking bijna is hersteld. 'Mag ik die andere bloem houden?' vraagt Trecie.

Ik knik in de hoop dat ze dan sneller weg zal gaan.

Trecie gaat op de vloer zitten, op de plek waar het lichaam van meneer MacDonnell straks wordt opgebaard. 'Wie was die man met wie je praatte?'

Ik haal me de scène met Mike voor de geest en er loopt een rilling over mijn rug. Heeft ze ons gesprek toevallig opgevangen of heeft ze ons op de een of andere manier begluurd? Ik vraag me af of ze me een monster vindt vanwege het werk dat ik doe, of vanwege de woorden die ik met Mike heb gewisseld.

'Hij leek boos. En ook verdrietig.'

'Trecie…'

'Hij is niet je vriendje, hè?'

Ik schud mijn hoofd terwijl ik mijn uiterste best doe mijn zelfbeheersing niet te verliezen. Die lang verdrongen angst voor de eerste kennismaking met de nieuwste minnaar van mijn moeder komt weer boven. We lijken te veel op elkaar, Trecie en ik.

'Goed, ik houd niet van vriendjes.'

Mijn stem, die geoefend is door het jaren samenleven met mijn grootmoeder en vervolgens met de doden, blijft vast. 'Wat wil je nou eigenlijk?'

Trecie blijft aan de steel van de bloem draaien en kijkt ernaar. 'Een verhaaltje,' zegt ze met zachtere stem.

'Ik moet werken. Misschien kan je moeder je straks op weg naar de winkel een verhaaltje vertellen.'

'Waar is jouw moeder?' Ze steekt haar kin omhoog en ik zie haar tanden, klein en recht achter haar glimlach. Ze is nog zo jong. 'Beleefde jij wel eens avonturen toen je zo oud was als ik?'

Ze knippert afwachtend met haar ogen en trekt een bloemblaadje los uit de margriet, dat naar de vloerbedekking met paisleymotief dwarrelt. Ik wil het uit de lucht plukken, maar kan me niet bewegen. Als ik een verhalenverteller was, een die behendig genoeg is om iets wonderbaarlijks te scheppen uit het alledaagse, een sprookje uit een nachtmerrie, zou ik haar over die eerste zeven jaar met mijn moeder vertellen. Hoe ze me, toen ik nog heel klein was, elke zomer in een rugzak meenam over de Appalachian Trail, en dat we bij het naderen van de winter in Maine stopten. Hoe ik, toen ik ouder werd, achter haar aan waggelde en later voor haar uit rende, in beken plonsde en schildpadden en pijlpunten vond (*dat is een grote, poppetje!*). Ze was een bosnimf met haar loshangende haar, glanzend en zacht, en haar lenige, slanke lijf. Zo wil ik me haar althans graag herinneren. Er zijn geen foto's. We hadden niet meer dan wat in onze rugzak paste en vertrouwden op de goedgeefsheid van degenen die ons pad kruisten. Pas later begreep ik wat al die mannen tot hun gulheid dreef, al vond ik hun aanwezigheid destijds een inbreuk op ons leven samen. Wanneer het echt fris werd, lieten we onze tent opgerold in de rugzak zitten en zochten we beschutting op een van de kampeerterreinen; het enige wat ik me nog herinner, is Poplar Ridge.

Mijn moeder had een soort bedrijfje: ze verhuurde haar diensten aan de avontuurlijker ingestelde wandelaars die in Maine aan de tocht begonnen in de weken voordat de winter officieel zijn debuut maakte. Ze reed hun auto's naar het zuiden, met mij naast haar opgekruld, en trof de wandelaars weer op afgelegen plekken als Pennsylvania of Maryland, en één keer helemaal in West Virginia. Ze nam er de tijd voor, in de wetenschap dat het weken zou duren voordat de auto weer nodig was. In de koudste maanden van het jaar woonden wij in die auto's, tot het tijd was om weer naar het noorden te trekken. Die dingen kon ik Trecie echter niet vertellen. Niet elk verhaal loopt goed af.

'Nee, geen avonturen,' zeg ik dus.

Ze streelt met de bloem over haar wang en schiet bijna in de lach. 'Je jokt weer.'

Ik sta mezelf niet toe me af te vragen hoe een zo jong meisje al zo wantrouwig kan zijn, dus probeer ik plekken in de buurt te bedenken waar een kind kan dolen, waar een meisje een avontuur kan beleven. 'Het is een prachtige dag. Moet je niet naar je vriendjes en vriendinnetjes in het park?'

Haar gezicht betrekt, ze laat haar kin zakken en plukt nog een blaadje van de bloem. 'Zijn wij dan geen vriendinnetjes?'

Patrice, nee, Trécie, met het haar en de mond die me zo vertrouwd zijn uit mijn kindertijd, trekt nog een blaadje los en terwijl het pirouettes naar de grond draait, voel ik mezelf ernaast zweven, in een duizelingwekkende afdaling.

'Je zou met andere kinderen moeten spelen. Volwassen mensen hebben volwassen vrienden en vriendinnen.'

In een enkel, vloeiend gebaar trekt Trecie de bloem van de steel, neemt haar haar in haar handen, trekt een grimas en bindt het vast met de steel van de bloem. In een paardenstaart, net als de mijne. 'Maar jij bent mijn enige vriendin.'

'Nu is het genoeg.' Linus moet het maar oplossen. Hij heeft haar hier uitgenodigd, dus moet hij haar ook maar duidelijk maken dat ze weg moet. 'Blijf hier. Ik kom zo terug.'

Ik draai me op mijn hakken om en loop naar de kamer waar de wake wordt gehouden. Linus, die zijn gezwollen, gevouwen handen op zijn buik laat rusten, is in gesprek met de zoon van de oude vrouw. Ik recht mijn rug en loop naar hem toe.

Ik blijf achter Linus staan wachten tot hij zich losmaakt uit het gesprek. De zoon, die sprekend op zijn moeder lijkt, met haar geprononceerde jukbeenderen, hetzelfde kuiltje in zijn kin en dezelfde haarlijn met een scherpe punt op zijn voorhoofd, merkt me niet op, maar Linus weet dat ik er ben. Hij pakt mijn pols, legt een dikke vinger op mijn hand en geeft me een tikje, een lichte streling van zijn vingertop, voordat hij zijn handen weer op zijn buik vouwt.

'... eerst Mary Katherine, afgelopen januari, en nu mijn moeder...' zegt de man, terwijl die kin begint te trillen.

'Hebt u geprobeerd met de kleine Mary te praten?' vraagt Linus. 'Ik praat zelf elke dag met mijn zoontje.'

'Hebt u ook een kind verloren?'

'Het is nu bijna dertien jaar geleden. Alma en ik kregen hem later in ons leven, toen we de hoop op een kind van onszelf al bijna hadden opgegeven. Het was Gods plan, al is het natuurlijk wel zo dat wanneer je eenmaal denkt Gods plan te kennen, Hij zich weer bedenkt.'

De man barst in tranen uit en trekt een prop tissues uit zijn zak. 'Waarom zou Hij me mijn dochtertje hebben afgenomen, meneer Bartholomew? En u uw zoon?'

'Het lijkt onzinnig, hè? Maar ik heb een keer iets tijdens de dienst voor een klein kind gehoord wat leek te kloppen. De predikant op de kansel zei: "Ik weet niet waarom kinderen moeten sterven, maar kunt u zich een hemel zonder kinderen voorstellen?" Het is iets om je aan vast te klampen, lijkt me. We weten allemaal dat de Heer geeft en dat de Heer neemt. Als gelovigen moeten we aannemen dat de Heer ook weer zal teruggeven.'

De man drukt de prop tissues tegen zijn ogen en kijkt dan weer naar Linus. 'Zegt uw zoon ooit iets terug, meneer Bartholomew?'

'Op den duur. Alles op zijn tijd.'

De man pakt Linus bij zijn schouder, knikt en voegt zich weer bij de rest van de familie bij de kist om de condoleances in ontvangst te nemen.

'Ach, Clara.' Linus' basstem is een soepel gerommel en hij

krijgt diepe groeven tussen zijn ogen. 'Wat is er?'
'Het is dat meisje, Trecie. Ze is in de andere rouwkamer. En ze is híér geweest, om de bezoekers te begluren.'
'Juist.'
'Ik vind dat je haar moet wegsturen.' Ik houd mijn stem in bedwang.
'Laten we met het kind gaan praten.'
Hij sjokt door de gangen waar ik net uit ben gekomen. Door de omslag in het weer zijn zijn knieën ontstoken, wat hem traag maakt. Ik loop achter hem aan en dan slaan we eindelijk de hoek om. Een flits haar, voetstappen die door de vloerbedekking heen het hout laten trillen en daar schicht ze langs ons.
Linus wijst de gang in. 'Was ze dat?' vraagt hij.
'Ja.'
'Is ze hier binnen geweest?' vraagt Linus, en hij gebaart in de schemering. Zijn hand tast naar de lichtschakelaar en vindt hem. De hele kamer baadt in het licht: boeketten die nog op de richel staan, stoelen die nog moeten worden opgesteld.
Ik vraag me af hoe lang ik weg ben geweest. Meer dan een minuut? Vijf? 'Misschien is ze nu weer bij de wake aan het gluren.'
Linus' handen nemen hun plek op zijn brede buik weer in. 'Wat wilde ze?'
Het is onmogelijk iemand als Linus, iemands wiens hele wezen oprecht is, te misleiden.
'Ze houdt van de bloemen,' zeg ik, zijn blik zorgvuldig mijdend, 'en van het gezelschap.'
'Clara.' Zijn toon zegt genoeg. 'Ik weet dat het niet in je aard ligt, vertrouwen, maar zou je het over je hart kunnen verkrijgen dit kind te helpen?'
Ik ben in de huizen van gezinnen zoals dat van Trecie geweest, met moeders die hun kinderen verwaarlozen en geweld-

dadige vriendjes. Meestal kom ik het lichaam van de vrouw halen, soms dat van haar tienerzoon die voor zijn moeder opkwam. Huizen die bekend zijn bij jeugdzorg, adressen waar de politie naartoe wordt geroepen na een lange nacht van ruzie en whisky. Geen plekken waar ik vrijwillig naartoe ga. Niet nog eens. 'Ik zou het buurtcentrum kunnen bellen. Of dominee Greene; eens zien wat voor naschoolse activiteiten zijn kerk dit najaar aanbiedt...'

Linus ademt een miljoen frustraties uit, alsof hij tot rust wil komen, en vervolgt dan: 'Zo'n kleine meid moet wel in een pijnlijke wereld leven als ze troost zoekt in een uitvaartcentrum. Ze vraagt niet veel en ik weet dat jij niet veel te geven hebt, maar je bent verplicht te doen wat je kunt.'

Zelfs de riem van mijn grootmoeder kon niet zó hard aankomen.

'Ze heeft jou uitgekozen.' Weer die toon. 'We kunnen een kind de rug niet toekeren. Dat deugt niet.'

'Ik heb geen ervaring met kinderen. Jij wel.' Ik laat het erbij, bang dat de implicatie hem zal kwetsen.

'Clara...' begint Linus. Dan breekt hij zijn zin af. De teleurstelling staat in zijn hangwangen gegrift. Ik kan hem niet aankijken, want ik schaam me voor wat hij zal zien of, erger nog, wat hij níet zal zien. 'Ik herinner me een zwerfhond die een tijdje terug bij me aan de deur kwam. Ze had een lange bruine staart, grote bruine ogen en een lege maag; ze had iets echt uitgeholds over zich. Haar behoefte aan zorg was bijna net zo groot als de mijne om voor haar te zorgen. Alma en ik namen haar in ons huis en hielden zo goed mogelijk van haar, al was het niet altijd makkelijk bij een pup die zo in het rond was geschopt. Maar aangezien wij ouders zonder een kind waren en zij een pup zonder ouders, voelde het precies goed. Begrijp je wat ik wil zeggen?'

'Linus...'

'De Heer heeft je dit verweesde puppy gestuurd en je moet haar helpen. Dat is de juiste handelwijze.'

'Voor een hond zorgen is niet hetzelfde als je over een kind ontfermen.'

Hij laat een diepe zucht ontsnappen voordat hij me weer aankijkt. Achter zijn schouder zie ik een bloemstuk staan voor meneer MacDonnell: de 'Woodland Greens'-mand met een jonge hosta (*trouwe metgezel*). Ik zoek in mijn geheugen naar een geschikte plek in mevrouw MacDonnells tuin om hem te planten – onder de roos van Sharon? – en probeer me in te denken hoe ze in de loop der jaren tegen een overblijvende plant uit een rouwstuk voor haar man zou aankijken. Zou ze nog meer hosta's om de boom zetten of de plant met net een aspirientje te veel vergiftigen? Linus roept me terug naar de werkelijkheid door zijn gewicht van de ene gezwollen knie naar de andere te verplaatsen. Hij zal wel wachten tot ik zwicht. Hij heeft vaker aangedrongen wanneer hij meer van me wilde. Tot nu toe heb ik hem kunnen weerstaan. Vandaag niet.

'Misschien kun jíj haar beter helpen,' zeg ik.

'Clara, een volwassen man kan toch geen tijd alleen doorbrengen met een meisje dat geen familie is?'

'Ik vind het ook niet gepast dat ze haar tijd met mij doorbrengt. Niet hier.' Mijn vingers vinden een manchetknoop die aan een draadje bungelt. Ik trek hem los.

'Een kind moet in iemand kunnen geloven. Ze heeft jóú gekozen. Help haar.'

Hij loopt weg en ik blijf achter met de flakkerende schaduwen van de enkele kaars als leidraad. Zijn stem zweeft door de gang naar me toe: '*... that saved a wretch like me...*' Ik zak op een stoel en luister tot de deur in de gang verderop eindelijk in het slot valt terwijl ik de knoop tussen mijn duim en wijsvinger fijnknijp. Dan zie ik een paar passen voor me iets wat niet klopt.

Op de vloer, op de plek waar de kist van meneer MacDonnell komt te staan, ligt een lok haar, bijeengebonden met de steel van een margriet.

5

Brosse bladeren vliegen voor mijn voeten terwijl ik naar het parkeerterrein loop. Het is maar een klein stukje lopen van mijn huis naar dat van Linus en Alma, maar toch moet ik de kraag van mijn wollen jas warm om mijn nek trekken. De herfst heeft zich met een duchtige vorst in ons New England genesteld, mijn eenzame berk naakt achterlatend in een kring hangende, rottende hosta's.

Ik loop zonder te kloppen – dat vindt Alma prettiger – door de achterdeur naar binnen en neem de trap naar hun woonverblijf. Zo gaat het elke zondagmiddag: ik kom stipt om een uur om Alma te helpen met de laatste voorbereidingen voor het avondeten, waarbij ze me een simpele taak toebedeelt, het snijden van wortels, bijvoorbeeld, en dan zet ze me met een kop thee aan de keukentafel. Terwijl ze in de jus roert – er is altijd jus – luister ik naar haar gebabbel over de gebeurtenissen van de afgelopen week en probeer niet te zien dat ze een heupfles sherry in de zak van haar schort verborgen houdt.

Als ik de keuken binnenkom, worden mijn neusgaten belaagd door de prikkelende geur van ham en kruidnagels. Ik zorg dat ik alleen oppervlakkig ademhaal. Een tweede vlaag lucht voert de sappige geur van bataten, bruine suiker, nootmuskaat en smeltende marshmallows met zich mee. Alma staat bij het aanrecht peper te malen boven een stoofpan met een pak volle room ernaast.

'Clara, ik hoop dat je honger hebt, want ik maak alles wat jij het liefst eet,' zegt Alma, die zich omdraait en naar me glimlacht. Ze heeft vandaag een van haar mooiere jurken aan, donkerblauw met witte biezen. Ik heb haar nog nooit in een broek gezien. Ze is wel volslank, maar gezet zou je haar niet kunnen noemen. Hoewel ze achtenzestig is, heeft haar haar nog veel kleur en het glanst van de zaterdagse was- en watergolfbeurt. De huid in haar hals wordt slapper en haar ooit mahoniebruine huid is grijzig geworden, maar haar gebit verraadt niets van haar ouderdom. Als ze praat, zie je haar fascinerend grote, witte tanden. Ze maken me altijd nederig.

'... karnemelkkoekjes van mijn oma, bataten en wat van die in room gestoofde sperziebonen waar je zo van houdt,' vervolgt Alma. 'Ik heb ook worteltjes. Je mag ermee spelen, ik weet hoe je bent. En voor toe heb ik de appeltaart van mijn moeder gebakken.'

Ik ben lang geleden al opgehouden iets mee te brengen voor onze zondagse avondmaaltijd. De koekjes van Beech Hill Bakery moesten het altijd afleggen tegen Alma's rum- en rozijnencake (*snel, nu hij nog warm is; we bewaren die koekjes wel voor morgen, als je het niet erg vindt*). Wijn zou geen pas geven, want Linus is een gezworen geheelonthouder. In plaats daarvan geef ik Alma een boeket uit mijn eigen tuin, als die in bloei staat tenminste. Dat stelt ze wel op prijs.

Dit is Alma's show en haar victoriaanse keuken is het podium waarop ze haar triomfen viert. Die keuken met zijn oorspronkelijke, kersenhouten kastjes en schrootjes, antieke zespits O'Keefe & Merritt-fornuis met twee lades om servies in voor te verwarmen en bijpassende kobaltblauwe Crosley Shelvador-koelkast is zo traditioneel als Alma zelf. Ze pakt een koperen pan van zijn haak en wenkt me naar de keukentafel van haar grootmoeder, waarop al een pot thee op zijn kanten kleedje staat te trekken naast een wachtend porseleinen kopje van haar moeder.

'Het ruikt zalig,' zeg ik. Ik heb haar nooit verteld dat ik zelden trek heb, dat voedsel geen echte aantrekkingskracht op me uitoefent. Het zou haar kwetsen tot in het diepst van haar wezen en ze heeft al genoeg geleden voor één leven.

'Kan ik helpen?'

Ze geeft me de botervloot en twee onderzetters. 'Wil je deze op tafel zetten?'

Na de vrolijke keuken moeten mijn ogen wennen aan de schemering in de eetkamer. Aan weerszijden van het buffet hangen wandlampen die de notenhouten lambrisering en veenbesrode fluwelen gordijnen amper verlichten. De kroonluchter is nog niet aan. In een ander huis zou ik veronderstellen dat die zwakke verlichting een poging was om stof en spinnenwebben te verdoezelen, maar in Alma's huis heerst altijd de geur van citroenolie. Ik weet dat mijn vingers er glad van zouden zijn als ik de spijl van een stoel aanraakte. Er is voor vijf mensen gedekt in plaats van voor de gebruikelijke drie; de vitrinekast met Alma's goede servies is maar halfvol en de andere helft staat op het geborduurde tafelkleed.

'Wie komen er nog meer?' vraag ik wanneer ik de door Alma aangeboden thee aanneem en aan de keukentafel ga zitten.

'Dominee Greene komt met zijn bejaarde moeder uit Elizabeth City in North Carolina die bij hem logeert. Ze moet tegen de vijfentachtig lopen, maar ze is in haar eentje met de Greyhound-bus hier gekomen; kun je het je voorstellen?'

Alma staat met haar rug naar me toe, dus ze ziet de thee niet op mijn schoteltje klotsen. Ik heb dominee Greene niet gezien in de twee weken sinds Mike me in de kelder bezocht. Ik vraag me af wat Mike hem heeft verteld over zijn Lieve Kind, en over mij. Ik vouw mijn handen om mijn kopje om de kou eruit te verdrijven en luister naar Alma die in de jus roert; het ruikt naar boter, bruine suiker en cider.

Ik heb niets verkeerds gedaan. Zwijgen is geen misdaad. Het leven van een kind was één lange, helse storm en toen werd het in een moment van doodsangst en geweld afgebroken, maar toen was het tenminste voorbij. Wat iedereen daarna ook heeft gedaan, het kon het meisje niet helpen; ze was al dood. De enige goedheid die haar ooit is betoond, is waarschijnlijk pas daarna gekomen: de publieke verontwaardiging in de kranten; de donaties die binnenstroomden ten bate van een beloning voor het opsporen van de moordenaar; de uitvaart die ze van Linus kreeg en die werd bijgewoond door de vrijwel voltallige elite van Brockton en Whitman: politie, brandweer, geestelijkheid en politici van alle gezindten. Ik vraag me af hoeveel van die mensen, los van Linus en Alma, hun pas hadden ingehouden om haar te helpen als ze hadden gezien dat ze een klap kreeg op de groenteafdeling van Shaw's. Ik was vermoedelijk de enige die het droog hield tijdens de dienst; ik leek de enige te zijn die besefte dat de dood haar had bevrijd. Leven is lijden. De mensen denken dat het Kind op de een of andere manier nog aan deze wereld hecht, maar haar leven is voorbij. Ik heb niets verkeerds gedaan door mijn mond te houden.

'Clara, lieverd. Clara?' Alma, die de garde uit de jus heeft gehaald, kijkt me aan. 'Wil je de voordeur opendoen? Ik denk dat het de dominee en mevrouw Greene zijn.'

Ik zigzag vanuit de keuken door de gang naar de hal, en net als ik daar ben, wordt er weer gebeld.

'Hé, hallo, Clara,' zegt dominee Greene vanachter een vrouw die kromgebogen boven een houten stok staat. Ze is piepklein en lijkt elk moment te kunnen omvallen met haar degelijke schoenen en dikke wollen jas. De bruine, pluchen hoed die met haarspelden boven elk oor op zijn plaats wordt gehouden, past bij de handschoenen die haar vergroeide vingers op geen enkele manier kunnen verbergen. Boven haar nette kraagje rust een enkel snoer parels in haar hals. Dominee Greene pakt zijn moeder bij de schouders en zegt met stemverheffing: 'Mama, dit is Clara Marsh. De dochter van broeder Bartholomew.'

'Nee,' zeg ik. Dominee Greene weet dat het niet waar is. 'Ik ben Linus' assistente.'

'Ook goed,' zegt mevrouw Greene. Haar zoon pakt haar bij de linkerelleboog en biedt haar zijn andere arm aan om op te steunen terwijl ze zich over de drempel hijst. Ze richt zich weer op, ondanks de aanhoudende bevingen die haar lichaam teisteren. 'We zijn allemaal Gods kinderen, daar gaat het maar om.'

Voordat ik de kans krijg iets uit te leggen, komt Alma de hoek om en roept: 'Kom binnen, kom binnen.' Ze veegt haar handen snel af aan haar schort en steekt ze dan allebei uit naar mevrouw Greene. 'Moeder Greene, het is ons een eer dat u de zondagse maaltijd met ons wilt gebruiken. De dominee hier is bijna familie van Linus en mij, dus doe alstublieft of u thuis bent.'

Alma omhelst mevrouw Greene en wipt tegelijk met een soepele beweging de jas van haar schouders. Ik vraag me even af hoe die knopen opeens open kunnen zijn, maar er is geen tijd om erover na te denken, want Linus vult opeens de hele ruimte.

'Israel, welkom,' zegt Linus terwijl hij dominee Greenes hand in de zijne neemt. Dan wendt hij zich tot mevrouw Greene, maakt een lichte buiging en slaat zijn ogen neer. 'En dit moet moeder Greene zijn.'

Ik denk eerst nog dat mevrouw Greene zich overweldigd voelt door ons allemaal in de hal, dat haar aarzeling een teken van vermoeidheid is na de lange busreis naar het noorden, maar dan bevrijdt ze haar hand uit die van Linus, trekt haar handschoen uit en neemt zijn hand in haar beide handen.

'Je wordt omringd door geesten,' fluistert ze.

Linus kijkt naar haar gezicht, maar zegt niets. Een vermoeide glimlach zweeft om zijn mond.

'Ze zijn overal om je heen.' Haar linkerhand maakt een gebaar over zijn schouders alsof ze hem met wijwater besprenkelt. 'Ze zijn op je gesteld; ze voelen zich veilig bij jou. Ze denken dat jij ze het pad naar huis zult wijzen.'

Dominee Greene sjort zijn moeder naar de keuken. 'Mama, je hebt een lange reis achter de rug. Misschien kun je beter een glas water drinken.'

We lopen allemaal achter hen aan. Alma kijkt naar Linus, en hij naar de vloer. 'Wilt u een kop thee, moeder Greene?' vraagt Alma, die met haar duim aan een hoek van haar schortzak pulkt. Ik zie eerst een en dan twee steken loslaten. 'Ik heb net gezet. Of hebt u liever een glas limonade?'

Linus sjokt naar de keukentafel en trekt de stoel aan het hoofdeind naar achteren, die met de brede zitting en kussentjes op de armleuningen. Dominee Greene helpt zijn moeder erop neer te zijgen. Alma snelt naar het fornuis om het vel van de jus te kloppen voordat er onsmakelijke klontjes kunnen ontstaan. Ik weet niet wat mijn rol is.

'Thee lijkt me heerlijk, lieve kind,' zegt mevrouw Greene terwijl ze de spelden uit haar hoed trekt en haar handschoenen er opgevouwen in legt. 'Heel graag.'

Ik neem de hoed met de handschoenen aan, blij dat ik iets te doen heb, en Linus trekt dominee Greene mee naar de woonkamer. Ik loop naar de gangkast. Ik hoor Linus' basstem en dominee Greenes gefluisterde antwoord, maar kan de woorden niet verstaan. Op de terugweg naar de keuken treuzel ik bij de vertrouwde foto's in de gang, allemaal van Elton, de zoon van Linus en Alma, van zijn babytijd tot aan zijn diploma-uitreiking, een griezelige collage van de grilligheid van het leven. Ik tuur naar de jongen met zijn platte baret en toga. Zijn ogen lichten op, misschien door de flits van de camera, misschien vanwege zijn prestatie, maar er is niets in te zien wat duidt op voorkennis van het slagaderlijk gezwel in zijn hersenen dat een paar dagen later zou scheuren.

Wanneer ik terugkom in de keuken, kijkt de oude dame me aan. Ondanks dat ze langzame bewegingen maakt en de suiker over het tafelkleed strooit in plaats van in haar thee, kijkt ze levendig uit haar ogen.

'Heb ik je stoel ingepikt, kind?' Ze wijst naar mijn lege kop en schotel die iemand opzij heeft gezet.

'Welnee.' Ik ga tegenover haar zitten, nog dicht genoeg bij haar om de bekende geur van mottenballen en lavendel te ruiken. Veel van mijn cliënten gebruiken hetzelfde reukwater.

'Moeder Greene,' zegt Alma, die een schaal met crackers en een blok pikante ham voor de oude vrouw neerzet, 'ik hoop dat u het niet erg vindt dat ik theebladeren heb gebruikt. Als u liever een theezakje hebt, wil ik u dat ook wel geven.'

'Wisten jullie dat alle dames in Elizabeth City naar mij toe komen om hun theebladeren te laten lezen?' zegt mevrouw Greene, die een van de parels om haar hals tussen haar duim en wijsvinger heen en weer rolt. 'Ze zijn allemaal op zoek naar de ware liefde, of ze willen weten hoeveel kinderen en kleinkinderen de toekomst voor hen in petto heeft. En of ze rijk worden. Ik reken er natuurlijk niets voor, maar meestal laten ze wel iets voor me achter. Bananenbrood of karbonaadjes, dat soort dingen. De meesten schuiven me ook wat geld toe als aanvulling op mijn weduwepensioen, maar dat hoeft niet.'

'O, mama,' zegt dominee Greene, die met Linus de keuken in komt.

Mevrouw Greene laat de parel los en ik verwacht dat het collier met een bons op haar sleutelbeen zal neerkomen. Ze omklemt de rand van de tafel om zich iets om te draaien en kijkt verwijtend in de richting van haar zoon. 'Israel, je weet dat God me heeft gezegend met het tweede gezicht. Op de avond dat jij

Dorothea leerde kennen, heb ik je gezegd dat ze binnen het jaar je echtgenote zou zijn, en dertig jaar later heb ik je gezegd dat er een dokter naar haar moest kijken.' Ze richt zich weer tot Alma en mij. 'Twee weken later bezweek haar hart en was ze dood. Het is nu bijna veertien jaar geleden, hè, Israel? God hebbe haar ziel.'

In de stilte die volgt, zoekt dominee Greene in zijn broekzak naar de trouwring die hij daar bewaart, terwijl mevrouw Greene met haar rug naar haar zoon toe van haar thee slurpt. Het ritme van Alma's klikkende garde tegen de rand van de pan wiegt me weg van de spanning.

'Kunt u met de overledenen praten, moeder Greene?' vraagt Alma, die haar blik geen moment afwendt van haar jus.

'Inderdaad.'

'Heeft u theebladeren...' begint Linus, maar Alma legt hem met een blik het zwijgen op.

'Heeft u theebladeren nodig om iets te zien, moeder Greene?' Alma klopt de jus, *tik, tik, tik.*

'Nee,' zegt mevrouw Greene, die haar theekop op het schoteltje terugzet en naar Alma kijkt.

'Kunt u in contact komen met mijn zoon?' Alma veegt met haar vrije hand over haar wang. Ze veegt vrijwel zeker zweetdruppels weg, of een verdwaalde spetter van de garde. Ik heb Alma nog nooit zien huilen.

'Nee, dat kan ik niet,' zegt mevrouw Greene, die haar handen gevouwen op haar schoot legt. 'Jullie zoon heeft rust. Alleen degenen die de weg naar het hiernamaals niet kunnen vinden, die nog in deze wereld opgesloten zitten, verschijnen aan me. Het zijn gekwelde zielen. Jullie zoon is vredig gestorven, vervuld van de liéfde die jij en je man hem gaven. Je hebt er goed aan gedaan hem te laten gaan.'

Alma draait zich om naar mevrouw Greene. Ze knikt. Haar lippen trillen en ze klemt haar kiezen stevig op elkaar. 'Dank u, moeder Greene. Dank u wel.' Ik wend mijn blik af.

'Maar je man hier,' zegt mevrouw Greene terwijl ze zich op haar stoel omdraait om Linus te kunnen zien, 'wordt omringd door geesten die iemand zoeken die ze de weg naar huis kan wijzen. Je weet dat ik gelijk heb, hè?'

Linus klopt haar op de schouder. 'Ja, moeder, ik weet het. Iedereen wil naar huis.'

Mevrouw Greene lacht kakelend om het grapje dat ze deelt met Linus, die glimlacht. Ik kijk naar dominee Greene. Hij doet me denken aan de tieners uit mijn jeugd die in elkaar krompen wanneer hun moeder meeging met een schoolreisje, alsof de onbewuste strelingen en zelfgemaakte lunches een vernedering waren. Aan die tieners had ik vooral een hekel.

'En jij, Clara,' zegt mevrouw Greene en ze kijkt me aan. Haar hoofd wiebelt op haar nek en haar ogen knipperen niet. Ik weet dat het symptomen zijn van de ziekte van Parkinson, samen met de dementie waaraan ze lijkt te zijn overgeleverd, maar toch maakt ze een onaardse indruk. 'Ik heb in je theekop gekeken. Er zijn dingen die je moet weten.'

De geur van kruidnagel knijpt mijn keel dicht. De ham ligt op de snijplank te wachten op Linus en zijn mes. De geur die mijn neusgaten vult, is een pijn geworden die zich steeds dieper in mijn hoofd boort. Dominee Greene beweegt zijn handen in zijn zakken en vanuit mijn ooghoek zie ik dat Alma me in de gaten houdt terwijl ze in de wortels prikt.

'Nee, dank u.' Ik kan me niet voorstellen dat ik nog een hap door mijn keel zal kunnen krijgen, herinnerd als ik word aan de kruidnagelpotpourri die mijn grootmoeder in haar kleerkast had staan.

'Clara, ben je niet benieuwd?' vraagt Alma met een glimlach naar mij voordat ze haar aandacht weer op haar gast richt. 'Ziet u een man in haar toekomst, moeder Greene?'

'Ik zie twee mannen in je kopje.' Mevrouw Greenes lichaam

beeft, maar ze kijkt standvastig uit haar ogen. 'Let op mijn woorden, kind, ze zullen je allebei in gevaar brengen. De een zal sterven bij een poging je te redden, de ander bij een poging je te doden.'

Dominee Greene pakt zijn moeder bij de schouders en schudt haar zachtjes door elkaar. 'Zeg zulke dingen toch niet, mama.'

'Ze moet het weten,' fluistert mevrouw Greene fel, zonder haar blik van me af te wenden.

Ik snuif de geur van kruidnagel op, de geur van mijn jeugd, en mijn hoofd begint te bonzen. Veel van de oude vrouwen die door de rouwkamers onder deze keuken zijn getrokken, hebben me hun voorspellingen willen toevertrouwen. Tegen het eind van hun leven kunnen ze allemaal met God praten.

'En het kleine meisje, God zij genadig, dat verdwaalde kleine meisje.' Mevrouw Greene legt een hand op haar hart. Haar ogen staren langs me heen. 'Ze denkt bij jou een thuis te hebben gevonden.'

Ik kijk naar Linus, maar die heeft alleen oog voor mevrouw Greene. Ik vermoed dat hij dominee Greene over Trecie heeft verteld, en dat de oude vrouw zo haar 'gave' heeft opgedaan.

'Geen mens zou de pijn mogen kennen die zij heeft gevoeld,' zegt mevrouw Greene terwijl ze een handvol stof van haar rok in haar vuist klemt. 'Jij bent het enige rustpunt dat ze ooit heeft gekend in haar leventje.'

Linus klopt haar op de arm. 'Moeder Greene, Clara sleept het meisje erdoorheen. Ze heeft aangeboden te helpen, het is allemaal geregeld.'

De tranen die de groeven in mevrouw Greenes gezicht vullen, veranderen van koers wanneer ze een grimas trekt. Ze schudt Linus' hand van haar arm, leunt met moeite over het tafelblad en pakt mijn arm. De kracht in haar verschrompelde hand verbaast me. Ik ben de passieve aanraking van mijn cli-

enten op leeftijd gewend. 'Ze zal verdriet in je leven brengen.'
'Moeder Greene,' zegt Linus, 'Clara zal zich over het meisje ontfermen. Het is allemaal in Gods handen.'
'Maar je dochter loopt gevaar,' zegt mevrouw Greene smekend.
Linus steekt zijn hand op en veegt haar tranen met zijn duim weg. 'Angst is de onderbuik van het kwaad; zo krijgt de duivel ons in zijn macht, dat weet u. Ons geloof moet sterker zijn dan onze angst.'
In een reflex gris ik mijn kop uit mevrouw Greenes hand. Het oortje breekt af.
'Mijn hemel, Clara, je bloedt!' Alma snelt met een theedoek op me af en wikkelt hem om mijn vinger. Het is maar een schrammetje, maar haar theekop is niet meer te redden. Haar blik valt op de gebroken resten van het servies van haar moeder – *o!* – en dan kijkt ze weer naar mijn vinger. 'Het geeft niet.'
Voordat ik Alma mijn excuses kan aanbieden en moeder Greene kan vertellen dat ik van plan ben Trecie naar de kerk van haar zoon te sturen, waar het wemelt van de kinderen die behoefte hebben aan naschoolse activiteiten, gaat mijn mobieltje. Ik ruk mijn vingers uit de greep van zowel mevrouw Greene als Alma.
'Clara, met Ryan, politie Brockton. Ik heb een lichaam voor je.'
'Moment.' Ik loop de keuken uit, met mijn hand in mijn zak, terwijl Alma mevrouw Greene uit haar stoel helpt.
'Moeder Greene,' hoor ik Alma met haar vriendelijkste stem zeggen, 'als u nu eens even op ons bed ging liggen voordat we aan tafel gaan? U zult wel uitgeput zijn na die reis.'
Terwijl ik met Ryan praat, loodst Alma mevrouw Greene, die zwaar op haar leunt, met een soort danspasje naar de trap aan het eind van de gang. Ze draait zich naar me om en trekt haar wenkbrauwen op. Ik probeer niet haar gelaatsuitdrukking

te interpreteren; ik heb de taal van andermans lichaam nooit vloeiend beheerst. Ik luister liever naar Ryan, iemand die geen vertaling behoeft.

'Ik moest even een kijkje gaan nemen voor de zekerheid,' zei Ryan. 'Een buurvrouw had gemeld dat ze Charlie Kelly al een paar dagen niet meer had gezien en dat de kranten zich voor zijn deur opstapelden. Bij de tv gestorven. Hij moet naar iets moois hebben gekeken, want hij heeft zijn onderbroek niet aan.'

Ik vraag naar het adres en net als ik wil ophangen, verrast Ryan me.

'Neem de tijd,' zegt hij. 'Ik wil nog wel even bij Charlie blijven. De Stooges zijn op tv.'

6

Ik vind het soms vreemd om het lichaam op te halen van iemand die ik tijdens zijn leven heb gekend. Charlie Kelly was een bekende figuur in Brockton; hij werd de Kraskabouter genoemd omdat hij zo klein was en verzot op krasloten. Zoals de meesten die hun bestaan uitzitten in deze grauwe fabrieksstad, was hij hier geboren en getogen, en nu ook gestorven. Ik zag hem vaak in zijn pick-up van de dienst Openbare Werken, van waaruit hij met een sigaar en een beker koffie van Dunkin' Donuts toezicht hield op jongere gemeentearbeiders die gaten in de weg dichtten. De *Brockton Enterprise* had hem ooit tot held van het volk uitgeroepen, want het was zijn idee geweest de gemeenteploegen wekelijks langs de basisscholen te laten rijden om de gebroken bierflessen en gebruikte condooms van de pleinen te verwijderen. In de lente plantten ze bloemen en hij had altijd snoep in zijn zakken voor de 'kleine etterbakjes'. In het artikel stond dat hij zelf nooit kinderen had gekregen, en dat hij al blij was dat hij de Ome Charlie van Brockton was.

Ik kijk naar de huisnummers in Aberdeen Street; Ryan heeft zijn auto voor het huis van Kelly gezet. Op zoek naar een parkeerplaats zie ik een vrije plek twee deuren verderop. Ik stel me zo voor dat de buren het niet prettig zullen vinden als er een lijkwagen voor hun bungalow met rasterhek en lachende kartonnen kalkoenen achter het erkerraam komt te staan. De dood harmonieert niet met de sfeer van Thanksgiving.

Ik kijk of ik Mikes Crown Vic ergens in de straat zie, maar hij staat er niet. In het naburige Whitman zal er altijd een rechercheur komen kijken wanneer er iemand zonder getuigen is gestorven; in Brockton komen ze ook wel, maar niet altijd. Het politiekorps van Brockton wordt helemaal in beslag genomen door verkeersongelukken of huiselijke twisten die worden beslecht met keukenmessen en vuisten. De afgelopen jaren zijn er bendes vanuit Boston en Kaapverdië met hun grieven naar hier getrokken. Schietpartijen halen nog maar zelden de voorpagina van de *Enterprise*.

Ik loop naar meneer Kelly's bungalow en het valt me op hoe netjes die eruitziet. Deze straat is een kleine verademing in de stad. Het stoffige gruis dat alles bedekt, wordt hier bestreden met afwasbare kunststoffen gevelbekleding en kleurige trossen chrysanten langs sommige stoepen. Kelly's gazon was net voor het laatst gemaaid en hoewel het lapje groen niet is doorspekt met kleur, zijn de heggen onder de ramen keurig gesnoeid. Ik vermoed dat de gemeenteploeg hier ook langskwam.

Ik bel aan en hoor Ryans stem boven het gekef van een hondje uit. Hij trekt de deur open en maait een onder zijn voet belande chihuahua opzij.

'Hé, je had je niet hoeven haasten,' zegt hij boven het geblaf uit. Hij heeft een zak chips bij zich. Hij ziet me ernaar kijken en zegt schouderophalend: 'Bewijs.'

Afgezien van Ryans riem met zijn dienstwapen eraan op de vloer, heeft dit huis niets bijzonders; het is een gewone vijfkamerbungalow. De voordeur komt uit in de woonkamer met een grijze bank en bijpassende stoel, een donkerblauw kleed op een sleetse parketvloer en staande lampen met gebarsten, vergeelde kappen. Uit een gewone tv met een negentien inch-beeldscherm schetteren de *Three Stooges*, af en toe onderbroken door vlagen geknetter uit de portofoon aan Ryans riem. Het enige wat de kamer kleur geeft, is de stokoude groen-met-witte sprei over meneer Kelly's romp en benen. Ik vraag me af of zijn moeder die heeft gebreid en of ik hem in zijn kist moet stoppen.

De gordijnen zijn dicht, wat vreemd is bij een alleenstaande man. Veel vrijgezellen die door mij worden afgehaald, leven in een rommeltje of zelfs een regelrechte troep: in alle kamers her en der uitpuilende asbakken; pannen met bedorven eten op het aanrecht en de salontafel en de vloer bezaaid met vuile was, porno en drankflessen. Hoe onsmakelijk die huizen ook zijn, ze kunnen niet tippen aan die van kattenvrouwtjes. Het zijn allemaal hamsteraars van voornamelijk tijdschriften en kranten, en de rotting en het vuil hopen zich tussen de bladzijden op. En er zijn te veel katten om te tellen. Jaren geleden speelde ik met het idee zelf een huisdier te nemen, maar van dat idee werd ik genezen door net te veel huizen van kattenvrouwtjes vanbinnen te bekijken.

Ryan, die de chips in zijn hand houdt en er nog meer in zijn mond heeft, bukt zich en pakt het hondje onder zijn linkerarm. Het houdt meteen op met keffen en likt aan Ryans vettige handpalm. Ik loop langs hem heen naar het lichaam en zie een enkel onder de sprei uit piepen. Hij is gevlekt paars en blauw tot en met de tenen. De voet die op de vloer staat, ziet helemaal zwart van de lichaamssappen die zich daar dankzij de zwaartekracht hebben opgehoopt. Alle haren op het zichtbare deel van meneer Kelly's lichaam zijn wit en zijn ogen zijn bijna dicht. Zijn mond daarentegen is verwrongen, alsof zijn dood uitgesproken pijnlijk is geweest.

'Hij is poedelnaakt onder die sprei,' zegt Ryan, die de zak chips verfrommelt. Hij legt hem op de salontafel, naast een onbeschreven videocassette en een asbak van de Red Sox met in een hoek het stompje van een sigaar en een aansteker in de vorm van een honkbal ernaast. De obligate fles Jim Beam staat er ook, vergezeld van een halfvol glas. De afstandsbediening van de tv ligt op de armleuning van de stoel, waar Ryan hem vermoedelijk heeft neergelegd. 'Hij moet naar een film hebben gekeken.'

In het huis hangt de geur van de dood, maar betrekkelijk licht, bijna geneutraliseerd door de muffe sigarenstank. Ik zet een stap in de richting van de thermostaat, die op dertien graden staat. Ik ben dankbaar voor meneer Kelly's zuinigheid. Als de verwarming hoger had gestaan, had de voortschrijdende ontbinding deze klus onaangenaam gemaakt.

'Pas op waar je loopt. Ukkie hier heeft wat landmijnen neergelegd,' zegt Ryan.

'Ukkie?'

'Dat staat op zijn penning,' zegt Ryan en hij voelt aan de botvormige hanger aan de halsband van de hond. 'Ik zal hem op weg naar huis maar naar het asiel brengen, denk ik. Ik zou hem graag meenemen, maar de vrouw heeft het niet zo op honden. Nee, die wil geen hondje.'

Ryans stem heeft iets zangerigs gekregen en hij wrijft met zijn neus langs de snuit van de hond, die zijn mond begint te likken. Zijn tong flitst in en uit Ryans lippen.

Ik richt mijn aandacht liever op meneer Kelly. 'Hoe lang is hij al dood, denk je?'

'Er lagen twee kranten op de stoep,' zegt Ryan. Hij zet de hond neer en pulkt met een knobbelige nagel tussen zijn tanden. Ik neem aan dat het zout van de chips moet schrijnen aan zijn bloedige nagelriemen. 'De jongens van de gemeente zeiden dat hij vrijdag had gewerkt, dus ik houd het op vrijdagavond. Waarschijnlijk heeft hij een filmpje gehaald, eens lekker gerukt en...' – Ryan schokschoudert op de wereldwijze manier van een politieman – '... is hij toen als een gelukkig mens gestorven. Die arme donder.'

Ryans portofoon knettert weer en nu bukt hij zich en pakt hem van zijn riem. Ik luister naar het onbegrijpelijke gemompel over en weer, gevolgd door het enige wat ik kan verstaan: 'Oké.'

'Mike komt eraan,' zegt Ryan, die zijn riem opraapt en omdoet. 'De baas wil dat hij dit aftekent, aangezien het om Charlie gaat. Laat ik nog maar even kijken of alles tiptop in orde is. Doe maar niets tot hij er is. Je kent hem.'

'Ik wacht wel in de auto.'

'Doe geen moeite. Hij is al in Centre Street, dus hij kan er elk moment zijn.'

Ik heb geen andere keus dan binnen te wachten. Ik concentreer me op het geluid van Ryans stampende voetstappen in de slaapkamer van meneer Kelly, waar hij kasten opentrekt en laden dicht smijt. Hij heeft de hond bij zich en ik hoor hem lieve woordjes naar het dier kirren. Het is even stil en dan roept hij: 'Die vent had goeie sigaren.'

Hij komt de kamer uit met in zijn rechterhand een houten kistje en in de linker een sigaar die hij onder zijn neus door haalt. 'De victorie en de buit aan de overwinnaar,' prevelt hij voordat hij de sigaar in zijn borstzak stopt. De hond, die achter hem aan hobbelt, siddert en kijkt met grote ogen naar hem op.

'O, die arme Ukkie, helemaal alleen,' zegt Ryan met een hoge stem. Hij tilt de hond weer op en drukt hem tegen zijn kin. 'Wie is mijn maatje dan?'

Op dat moment slaat er buiten een portier dicht. Ik kan me nergens verbergen in deze kleine ruimte. Ik druk me tegen de muur tussen de kamer en de keuken.

Ryan zet de hond in de slaapkamer van meneer Kelly en sluit de deur. Er volgt een wild geblaf en het gekras van nageltjes die de versperring verwoed te lijf gaan.

Mike staat op de stoep; ik hoor dat hij zijn voeten veegt aan de rubbermat voor de deur en dan zie ik de deurknop draaien.

Wanneer de deur de kamer in zwaait, is het alsof ik door de luchtstroom word weggeblazen.

Ik kijk strak naar zijn schoenen en dan zegt hij mijn naam: 'Hallo, Clara.'

Ik adem gejaagd, maar verberg mijn zwoegende borstkas onder mijn los om me heen hangende jas. Ik laat mijn blik een stukje omhoogglijden en zie zijn handen op zijn heupen. Ik weet niet wat zijn toon betekent en kan hem niet aankijken.

'Hallo, Mike.'

'Hé, Mikey,' zegt Ryan, die vanuit zijn middel naar voren buigt en Mike het kistje voorhoudt. 'Mag ik je een sigaar aanbieden?'

Nu hij zijn aandacht op Ryan richt, kan ik naar hem kijken. Hij ziet er vermoeider uit dan anders en zijn schouders hangen op een manier die ik sinds het eerste jaar na het ongeluk van zijn vrouw niet meer heb gezien. Ik vraag me af of ik er de oorzaak van ben.

'Bolivars. Cubaans, toch?' vraagt Mike met een blik op het kistje. 'Ik wist niet dat Charlie connecties met die lui had. Die sigaren moeten een straatwaarde van een paar honderd dollar hebben.'

'Ja, we hebben er een paar bevrijd toen ik overzee was,' zegt Ryan. Hij knikt naar meneer Kelly. 'Hij heeft ze niet meer nodig.'

Mike trekt een grimas. 'Zolang je dát uniform aanhebt, laat je alles zoals het is.'

Ik kijk heimelijk naar Ryan en zie zijn op elkaar geklemde kaken. Dan glimlacht hij.

'Geintje,' zegt hij, maar hij haalt de sigaar niet uit zijn zak. Het hondje houdt zich nu stil, alsof het ook op het vonnis aangaande de laatste momenten van zijn baasje wacht. Ryan zet het kistje op een bijzettafel en gebaart om zich heen.

'Er is niets verdachts te zien. Toen ik binnenkwam, zat het

slachtoffer op de bank. Ik kon geen polsslag voelen. Hij voelde koud aan en vertoonde tekenen van lijkstijfheid. Ik heb de lijkschouwer gebeld en verteld dat het lichaam in ontklede toestand verkeerde, dat er Lipitor in het medicijnkastje stond, en dat de lijkschouwer heeft gezegd dat het een hartinfarct was.'

'Heb je Charlies arts gebeld over zijn medische geschiedenis?' vraagt Mike.

Ryan kijkt als een huisdier dat op plassen op de vloer is betrapt. 'Het lijkt allemaal heel duidelijk. Volgens zijn rijbewijs is hij tweeënzestig, de leeftijdscategorie voor zoiets. Als je het mij vraagt, zat hij tv te kijken, stak een sigaar op en...' – Mike maakt een geluid met zijn getuite lippen, *prrt* – '... was hij er toen geweest.'

'Ik bel de dokter wel,' onderbreek ik zijn verhaal. 'Hij moet zijn handtekening op de overlijdensakte zetten.'

Mike loopt naar de salontafel, pakt de videocassette, draait hem om en laat hem dan aan ons zien. 'Ik weet het niet, hoor, maar volgens mij zat hij een filmpje te kijken. Blanco verpakking. En hij is naakt.'

'O,' zegt Ryan met een glimlach, en hij trekt zijn wenkbrauwen op. 'Hij zat leuk naar een filmpje te kijken.'

Hij beent naar de tv van meneer Kelly, die in een sobere kast van gefineerd triplex staat, het soort dat geliefd is bij mensen die hun inkopen bij Wal-Mart doen, en prutst aan de video. Ik vermoed dat Ryan een hoger ontwikkelde consument is, die zijn compacte woonkamer heeft voorzien van een veertig inch flatscreen-tv en een dvd-speler met kabelontvangst. Ik heb geen van beide.

'Ryan,' begint Mike, 'zoek nou gewoon het nummer van zijn huisarts op.'

Ryan luistert niet en blijft aan de video prutsen. Mike zucht en zet zijn handen weer in zijn zij, maar hij kijkt wel naar het scherm. Ik ook.

Een reclame waarin de weldadige werking van Gold Bondbadzout wordt aangeprezen, gaat over in stilte wanneer Ryan een toets indrukt en naast Mike gaat staan. Even later wordt het scherm zwart en vervolgens komt er een kale eenpersoonsmatras op een houten vloer in beeld. De muur erachter is groezelig en kaal, afgezien van een abstracte tekening in groen en blauw kleurpotlood, zo te zien door een kind gemaakt. Mike pakt de afstandsbediening en zet het geluid harder.

'Eh, Mike?' zegt Ryan, maar Mike legt hem met een *sst* het zwijgen op.

Een man en een meisje lopen met hun rug naar de camera naar de matras. Het meisje draagt een lichtblauwe, gekreukte zomerjurk. De man draagt een grijs sweatshirt, maar zijn hoofd valt buiten het kader. Ze draaien zich opzij, zodat ze en profil zichtbaar zijn. Het gezicht van het meisje gaat schuil achter haar lange, donkere haar en van de man is alleen de romp te zien.

'Mike...' zegt Ryan, en hij reikt naar de afstandsbediening.

'Wacht.' Mike steekt zijn hand op en Ryan verstijft.

De man op de videofilm fluistert iets naar het meisje. Het is onverstaanbaar, maar haar reactie is duidelijk. Ze schudt haar hoofd, *nee*, en een gordijn van golvende lokken vlijt zich over een wang en verbergt haar gezichtsuitdrukking. De man verandert van toon, dat is het enige wat ik zeker weet, want ik versta alleen het woord *nu*. Het meisje tilt haar rechterhand op en schuift het schouderbandje van haar jurk naar beneden. Voordat ze het andere ook laat zaken, kijkt ze in de camera. Haar gezicht is uitdrukkingsloos, maar haar ogen kijken me smekend aan. Het duurt maar een paar seconden, maar het is genoeg. Onwillekeurig schreeuw ik het uit.

'Shit,' fluistert Ryan, die over de salontafel springt en toetsen van de videorecorder indrukt.

'Zet dat af!' zegt Mike voordat hij door de kamer naar me toe beent. Hij legt een hand op mijn schouder en knijpt. Ik heb zijn aanraking nooit eerder gevoeld; het brandt. 'Het spijt me dat je dat moest zien.'

Met zijn hand nog op mijn schouder richt hij zich tot Ryan. 'Zet het huis af; dit is nu een plaats delict. Bel jij de huisarts om zijn medische geschiedenis op te nemen, dan regel ik intussen een huiszoekingsbevel. Als de arts zegt dat hij het aan zijn hart had, mag Clara hem meenemen. We gaan het hele huis uitkammen.'

Mike kijkt weer naar mij en ik vraag me af of hij me voelt beven, of hij het maagzuur dat mijn keel verschroeit kan ruiken. Mijn handen vliegen naar mijn hoofd. Niet hier, niet nu. Ik voel een eerdere wond, scherp en rafelig. Ik krab het korstje er met mijn nagels af.

'Gaat het wel?'

'Dat meisje...'

'Ik weet het, het is ziek,' onderbreekt hij me. 'Ik wist niet dat Charlie pedofiel was.'

'Nee,' zeg ik, en nu kijk ik Mike voor het eerst aan, 'ik ken dat meisje.'

Hij omklemt mijn schouder en ik wankel onder zijn aanraking. Ik weet niet of het dezelfde oplaaiende woede is als de vorige keer toen we over het Lieve Kind praatten, of dat hij net zo misselijk is als ik. Mijn paardenstaart laat los.

Zijn vingers klauwen in mijn huid, maar zijn stem is zacht. 'Clara, je moet het zeggen. Geen spelletjes nu. Wie is het? Komt ze van hier?'

'Ja,' zeg ik. 'Ze heet Trecie.'

7

Ik krijg niet vaak bezoek. Op warme dagen, wanneer mijn tuin in volle bloei staat, kan een nabestaande zich even ontworstelen aan de opsluiting in een rouwkamer en naar het parkeerterrein drentelen. Dan kan hij of zij mijn huisje achter de verweerde schutting onder de overhangende takken blauweregen zien. Misschien wordt hij of zij dan aangetrokken door de gerbera's (*eenvoudige schoonheid*) op de hoekpunten van de schutting, die met hun zonnige instelling even respijt bieden van de zwaarwichtigheid van lelies.

Af en toe kan iemand de moed hebben onder mijn poort door te lopen en op mijn arduinstenen terras uit te rusten. Waarom de een mijn ligstoel kiest en zijn gezicht naar de zon keert, terwijl de ander op de betonnen bank zakt en haar hoofd in haar handen laat rusten weet ik niet, maar ik kijk vaak door de tuindeuren naar zulke mensen. Het komt niet in ze op dat ze zich op verboden terrein bevinden, dat mijn huis niet gewoon een verlengstuk is van Uitvaartcentrum Bartholomew. Sommigen rammelen zelfs aan mijn glazen deur of gluren door een raam. Ze merken nooit dat ik terugkijk.

Vandaag krijg ik een gast, iemand die is uitgenodigd. Nee, niet echt. Mike belde vanochtend omdat hij over Trecie wilde praten. 'Strategisch overleg', noemde hij het. Gisteren heeft hij, nadat hij het huiszoekingsbevel had gekregen, nog veel meer videobanden bij meneer Kelly thuis gevonden. Er waren er maar vier met Trecie, maar ze stond op tientallen foto's in zijn computer. Ik ben blij dat Mike me dit allemaal pas heeft verteld nadat ik meneer Kelly's lichaam had verzorgd, anders had ik te veel geweten. Ik heb echt geprobeerd iets te doen aan zijn gekwelde uitdrukking, die lelijke grimas die zijn gezicht tijdens zijn sterven verwrong, maar ik kan niet toveren.

De ketel begint te fluiten op het moment dat er een auto het parkeerterrein naast mijn huis oprijdt. Door de overwinterende blauweregen heen zie ik Mike uit zijn politieauto stappen. Het is een nieuwer model Crown Victoria, donkergroen met getint glas. Voordat hij het portier sluit, reikt hij over de bestuurdersstoel heen en pakt een grote kartonnen doos. Ik kijk om me heen in mijn zitkamer, dankbaar dat ik geen video heb.

De ketel blijft fluiten, dus houd ik me in het keukentje bezig met het ritueel van het theezetten: een porseleinen pot met twee bijpassende kopjes; een pot met suikerklontjes en een bijbehorend melkkannetje; een schaal voor de taart die ik die ochtend heb gekocht; schoteltjes, een mes, vorkjes en lepeltjes. Dit is iets wat Alma zou doen, niet ik. Ik heb het nog nooit gedaan. Ik pak het mes van het dienblad en snijd twee punten taart af.

Mike zigzagt over mijn tuinpad, maar ik mag niet wachten tot hij klopt. De doos is te vol, te log in zijn handen en ik zal hem bij de deur moeten opwachten. Ik reik naar mijn haar en tast naar de plekken, die ik zorgvuldig bedek met laagjes haar. Dan doe ik mijn paardenstaart goed. Kon hij maar een andere keer komen, of helemaal niet. Wanneer ik de deur open, brengt zijn aanwezigheid me van mijn stuk. In het schijnsel van de zwakker wordende middagzon is het moeilijk te geloven dat dit dezelfde man is die ik in de aarde van het graf van zijn vrouw zag klauwen. Zijn haar zit goed, zijn kleren zijn gestreken en hij ruikt naar pepermunt. Er is geen spoor meer van de verslagen man die ik die nacht heb gezien. Ik leun tegen de deurpost en word verkoeld door een snijdende wind.

'Hallo, Clara.'

Hij loopt de paar passen naar mijn salontafel en zet de doos erop. Hij kijkt niet naar mij, maar naar de kamer. Ik sluit de deur en voel mijn gezicht weer warm worden. Hij is tenslotte van de politie, een rechercheur. Mogelijk zoekt hij aanwijzingen over mij die ik zelf niet kan zien.

Wat wil het zeggen dat mijn bank en stoel okerkleurig zijn met blauwgestreepte kussens en een bijpassend kleed? Dat ik te veel heb uitgegeven aan een Pakistaans tapijt, maar dat de rest van mijn houten vloer kaal is? Het moet hem opvallen dat mijn kamer een oerwoud is van varens, palmen, ficussen en klimop. Ik ben nog nooit op een plek geweest die erom vroeg gefotografeerd te worden en er hangt dan ook niets aan de wanden. Hij loopt naar een rij boekenkasten, robuuste eikenhouten gevallen die ik heb gekocht bij een opkoper in de stad, een gewiekste man die de huizen van de doden bezoekt en contant geld biedt aan nabestaanden die erop zijn gebrand het huis van grootmoeder snel leeg te halen en te verkopen (anders dan de meeste inwoners van dit stadje keek hij er niet van op toen ik in mijn lijkauto aankwam). Ik leid niet het soort leven dat bric-à-brac aantrekt, dus staan er alleen boeken op de planken. Mike houdt zijn hoofd schuin om de titels te lezen en het voelt alsof hij binnen in mij kijkt. Wat moet hij denken van mijn Dickinson en Pearlman, Dang Thuy Tram en Albert Camus, de dalai lama en Dostojevski, en een hele plank met Sibleys vogelgidsen?

'Heb je geen tv?' vraagt hij.

Dat was dus alles. 'Nee.'

Mike woelt door zijn haar en ademt hoorbaar uit. 'Ik heb de meeste banden naar de FBI gestuurd. Daar hebben ze profilers die ze kunnen ontleden. Ze zullen zoeken naar sieraden, tatoeages, moedervlekken; alles wat kan helpen de dader of de slachtoffers te identificeren. Het gaat ongeveer een maand duren, maar voor zover ik het heb gezien, is het een gruwelkabinet, zit er een organisatie achter. Die vent is een professional, en vermoedelijk opereert hij binnen een bende.'

'Slachtoffers?' zeg ik voordat ik een hand voor mijn mond kan slaan. Ik was niet van plan iets te zeggen.

'Ja, er is nog een meisje.' Mikes blik glijdt weg en zijn gezicht verslapt. De iriserende schaduwen onder zijn ogen doen niet onder voor de mijne. Het is duidelijk dat we vannacht allebei wakker hebben gelegen van wat we weten. Ik wacht tot hij opschrikt uit zijn gepeins en dat doet hij ook. Hij steekt zijn kin naar voren, recht zijn schouders en zegt: 'Zal ik je wat foto's laten zien? We moeten de identiteit van het meisje met zekerheid vaststellen.'

'Ik weet zeker dat het Trecie was.' We moeten het kind een beetje waardigheid gunnen.

Mike heeft het deksel al van de doos gehaald en rommelt in dossiers.

'Alsjeblieft,' zeg ik achteruitdeinzend, 'niet doen.'

Mikes vingers staken hun gezoek en zijn gezicht wordt zacht. 'Alleen een paar foto's van haar gezicht, meer niet. Dat zou ik nooit doen.'

Hij zoekt verder. Hij is puur zakelijk en daardoor ben ik mijn manieren vergeten. Zelfs vandaag, op zijn vrije dag, draagt hij een overhemd en een das. Zijn penning hangt aan zijn riem en zijn wapen zit in de holster. Opeens bedenk ik dat ik nog nooit een vuurwapen in mijn huis heb gehad.

'Wil je thee? Ik heb ook taart.'

Mike haalt zijn handen uit de doos, zet ze in zijn zij en draait zich naar me om. Het lijkt alsof hij minuten, uren over de vraag nadenkt. Ik heb vaak gedacht dat Mikes ogen iets reptielachtigs hebben. Nee, niet omdat ze kil zijn, het heeft meer met de lagen te maken. Ze hebben een soort dubbelzinnigheid. Als een alligator voordat hij onder water glijdt, zijn bedoeling verbergend achter een transparant schild dat de hoornvliezen bedekt zodat het dier kan zien terwijl het zichzelf beschermt. Zo is het met Mike ook, maar op dit moment is er geen schild. Zijn ogen zijn naakt, wild, stil en diep, diep gekweld. Ik kan met geen mogelijkheid mijn blik afwenden.

'Thee, hm?' zegt hij. 'Ja, laten we eerst een kop thee drinken.'

Ik loop de paar passen naar de keuken en zet alles op een blad. Ik sta met mijn rug naar hem toe, en ik vraag me af of hij aan de tafel of op de bank is gaan zitten. Het geraas in mijn oren maakt het onmogelijk iets op te vangen. De tafel zou makkelijker zijn, met de rechte stoelen en het ronde eikenhouten blad tussen ons in, maar die is klein. Het is een tafelblad op één poot voor twee personen, dus onze knieën zouden elkaar kunnen raken. Ik verzet me tegen de aanvechting, bedwing mijn handen en zet het laatste schoteltje op het blad. Als ik me omdraai, zit hij aan de tafel. Zijn blazer hangt over de rug van zijn stoel.

'Je had geen moeite hoeven doen,' zegt hij.

'Alma geeft me te veel kliekjes. Ik zou die taart nooit alleen opkunnen.'

'Goh.' Mike wrijft onder zijn wang en ik hoor de stoppels onder zijn verweerde handpalm krassen, een verwijzing naar zijn vrije dag. 'Ik heb al jaren geen thee meer gedronken.'

Een lange stilte wordt gevuld met het geluid van lepels op porselein, een vork op een bordje, Mike die zijn keel schraapt. De hitte van de Earl Grey trekt door in mijn wangen terwijl de minuten in stilte verstrijken. Dan zegt hij eindelijk iets.

'Mag ik je iets vragen?' Ik heb mijn kopje bij mijn lippen, dus vervolgt hij gewoon: 'Houd jij van je werk?'

Ik zet het kopje weer op het schoteltje. 'Ik denk het wel.'

'Ik bedoel…' Mike schuift zijn schoteltje weg en pakt zijn kopje alsof het een mok is, met zijn wijsvinger helemaal door het oortje. 'Het moet soms heel zwaar zijn, wat jij doet.'

'Niet echt,' zeg ik, kijkend naar de doos die hij heeft meegebracht. 'Jouw baan lijkt me zwaarder.'

Hij laat zijn theekop zakken, buigt zijn hoofd en krabt afwezig met zijn vrije hand aan zijn wang. Zijn ogen zijn nog naakt. 'Misschien wel, misschien ook niet.'

Het blijft weer lang stil, maar ik voel dat hij naar iets toe werkt. Ik denk als een razende na om de vragen die ik voel aankomen te ontwijken. Zijn been is te dicht bij het mijne onder de tafel.

'Heb jij daar,' zegt hij met een knikje naar het uitvaartcentrum, 'ooit het gevoel gehad dat ze naar je keken? Alsof ze willen zien wat er met hun lichaam gebeurt?'

Ik vraag me af of hij aan Jenny denkt, of hij denkt dat ze is verschenen toen ik haar lichaam verzorgde. Hoopt hij dat ze vlakbij zweefde toen ik haar in haar mahoniehouten kist legde met incalelies (*devotie*) langs haar dij?

'Nee, ik geloof niet in dat soort dingen.'

Mike leunt naar voren en blijft roerloos zitten. 'Waar geloof je niet in?'

'Niets van die dingen.'

'Geloof je niet in God?'

Ik kan geen antwoord geven. Hoe kan er een god zijn wanneer het ene meisje niet opgeëist in een graf aan de overkant van de straat ligt en het andere meisje wordt gedwongen in dat bed te liggen en elke keer als er iemand naast haar komt liggen een beetje doodgaat? Ik weet hoe het is om stukje bij beetje dood te gaan, maar iemand zijn hoop ontnemen is iets verschrikkelijks, zeker als het het enige is wat een mens op de been houdt.

Mike zakt achterover in zijn stoel, zet zijn kopje op tafel en laat zijn vinger langs de rand glijden. Hij kijkt me niet meer aan. Zijn blik is naar beneden gericht, op visioenen die alleen hij kan zien. 'Ik soms ook niet, denk ik.'

Er zijn geen woorden om iemand die niets heeft te troosten. Clichés zijn erger dan zwijgen.

'Wist je dat mijn vrouw zwanger was toen ze stierf? Een paar maanden nog maar. Ik heb me altijd afgevraagd of je het wist.'

Het stond in de aantekeningen van de patholoog-anatoom. Ik ben die dag voorzichtig geweest met de trocart, heb eraan gedacht niet alles in haar buik overhoop te halen. Het is te veel om aan Mike te vertellen, niemand wil de details van mijn werk echt horen. Ik doe er het zwijgen toe.

'Ze wilde altijd kinderen, weet je?' Terwijl hij praat, houdt hij met drie vingers van zijn linkerhand zijn das opzij en laat de wijsvinger tussen de knoopsgaten vlak bij zijn hart glijden. Ik zie sproetige huid in de opening. 'Maar ik kon het niet, door alles wat ik zie.' Zijn stem is dik, zijn ene vinger glijdt langs de rand van zijn kopje, de ander beweegt rusteloos onder zijn overhemd, tot hij zijn keel schraapt. 'Wat geloof je dan?'

Ik kijk weer naar de doos die Mike heeft meegebracht, en dan door het raam naar de achteringang van het uitvaartcentrum en de Begraafplaats Colebrook verderop.

'Ik geloof dat je moet blijven ademen.'

Mike kijkt met een ruk op en zijn blik trekt me terug. Ik wil me afwenden, maar zijn ogen hebben de draad tussen ons strakgespannen. 'Ademen?'

'Ja.' Ik weet niet waarom ik erop inga, maar geen mens heeft het me ooit gevraagd en het is alles wat ik hem te bieden heb. 'Wanneer je je op je ademhaling concentreert, ben je je alleen van het moment zelf bewust. En dat is eigenlijk alles wat we ooit hebben, het moment. En wanneer we niet meer ademen, bestaan we niet meer.'

Mikes ogen zijn vochtig geworden. Als ik mijn blik kon af-

wenden, zou ik zijn onderlip niet zien trillen, maar hij trekt de draad nog strakker. 'Vind je het wel eens moeilijk om te blijven ademen?'
'Ja,' zeg ik. 'Ademhalen is altijd moeilijk.'
'Dat vind ik ook.'
Hij zwijgt, schijnbaar eindeloos lang, te lang, en springt dan van zijn stoel. Hij wijst met zijn rug naar me toe naar de doos. 'Je gaat me toch helpen, hè? Je wilt die Trecie toch helpen?'
Ik denk terug aan moeder Greene, aan haar waarschuwing over het wegsturen van het meisje. Ik geloof niet echt dat iemand me zal willen vermoorden, of dat iemand zijn eigen leven zou wagen om het mijne te redden. En hoewel ik niet in moeder Greene en haar geesten geloof, weet ik zeker dat het beeld van Trecie in die videofilm me de rest van mijn leven zal blijven achtervolgen als ik haar in de steek laat. Dat doe ik niet. Uitgerekend ik zou dat nooit doen.
'Ja,' zeg ik. 'Ik zal je helpen.'
Hij knikt en wacht even voor hij de paar stappen naar de doos zet. Hij haalt een foto uit de bovenste dossiermap en geeft hem aan mij. 'Is dit Trecie?'
Ze is het, natuurlijk is ze het. Het haar, de neus en zelfs de gezichtsuitdrukking zijn van haar. Ik zal moeten helpen, al is nodig zijn een zware last. Mike en ik praten een tijdje, of eigenlijk praat hij over wat ik word geacht te doen wanneer ze weer komt opdagen. Hij vraagt me eerst elk gesprek dat ik ooit met Trecie heb gevoerd woordelijk te herhalen en vraagt dan of ik meer weet over haar kleding, haar accent en mogelijke bijzondere kenmerken, oorbellen misschien? Ik zeg niet dat ik de aanblik van het kind nauwelijks kon verdragen, dat ik keer op keer heb geprobeerd haar weg te sturen. Hij legt uit hoe ik haar de volgende keer dat ze langskomt uit haar tent moet lokken: ik moet uitzoeken waar ze woont, hoe ze van haar achternaam heet, hoe haar vrienden en familieleden heten, waar ze op

school zit. Ik moet kijken of er een fiets tegen het smeedijzeren hek van het uitvaartcentrum staat, kijken of het een simpele brik is of een met een mooi wit mandje en lange roze linten aan de handvatten. Ik moet haar vragen of ze met Mike of een vrouwelijke rechercheur wil praten. Hij geeft me zijn kaartje met zijn mobiele nummer erop.

'Je mag me dag en nacht bellen, wanneer je maar contact met haar hebt,' zegt hij. 'Ik woon maar een paar kilometer hier vandaan.'

'Dat zal ik doen.'

'Maakt niet uit wanneer, dag en nacht.'

Hij pakt zijn blazer van de rug van de eetkamerstoel en steekt zijn armen door de mouwen. Zijn borstspieren spannen onder zijn dunne katoenen overhemd. Ik kan er niets aan doen, ik zoek die sproeten langs zijn borstbeen, maar ze zijn opgeborgen, weer onder de stof verstopt.

Ik houd de deur voor hem open, net als toen hij aankwam (*nog geen uur geleden?*), maar hij blijft staan nadat hij afscheid heeft genomen. 'Bedankt voor de thee, Clara. Het was leuk.'

Ik trek mijn trui dichter om me heen en knik. Ik heb geen woorden meer voor hem. Ik doe de deur dicht, ga bij mijn keukenraam staan en zie hem teruglopen naar de Crown Vic. Hij zet de doos op de passagiersstoel en zakt op de stoel achter het stuur. Voordat hij start, bukt hij zijn hoofd en raakt zijn voorhoofd, hart, linker- en rechterschouder aan. Ik zie zijn lippen bewegen, waarna hij nog een kruis slaat, start en wegrijdt. Bij mij weg.

8

Ik ben vaker gekust.
    De eerste keer was op de middelbare school. Ik zat in de derde van North Smithfield Junior-Senior High, vlak over de staatsgrens in Rhode Island. Na de dood van mijn moeder ging ik bij haar moeder in Slatersville wonen. Het dorp viel al sinds 1871 onder de gemeente North Smithfield, maar mijn grootmoeder en andere dorpelingen bleven zich vastklampen aan de naam Slatersville, alsof het iets was om trots op te zijn.
    Slatersville was en is een gehucht, en toen ik er woonde had het nog geen tienduizend inwoners. De meesten waren ouder: huisvrouwen van middelbare leeftijd die onder schooltijd als receptioniste of invalkracht op een school werkten en hun echtgenoten, arbeiders die op weg naar huis na het werk snakten naar een sixpack. Vlakbij werden sixpacks Narragansett gebotteld. Er waren maar weinig kinderen, een stuk of duizend misschien, en dus maar weinig mogelijkheden voor een meisje van vijftien, zeker voor een meisje dat zo anders was als ik.
    Ik zat hele middagen in de schoolbibliotheek huiswerk te maken in afwachting van het avondeten en daarna ging ik naar bed, tot ik achttien werd en het verleden van me af kon schudden. Ik maakte mijn grootmoeder wijs dat ik extra studiepunten verdiende na school. Het jaar daarvoor had ik opzettelijk

een onvoldoende gehaald voor Engels; de striemen op de achterkant van mijn benen die daar het gevolg van waren, waren die kostbare uren buiten haar huis wel waard. Daarna zorgde ik dat ik alleen nog maar hoge cijfers haalde en kreeg ik alleen nog een paar snelle tikken met haar pollepel op mijn pols toen juf Dahler minnetjes uitdeelde bij gym. De bibliotheek was de plek waar ik kennismaakte met Thoreau en Austen, Heathcliff en Cathy, waar ik keer op keer de *Portugeesche sonnetten* las en waar ik kon dromen van mijn eerste kus. Bij mijn grootmoeder thuis waren maar twee boeken toegestaan: de Bijbel en Merriam-Webster's Dictionary.

Dat jaar zat Tom McGee twee tafels verderop, omringd door studieboeken. Hij zat in de eindexamenklas en iedereen op school, zelfs ik, wist dat hij vanwege zijn slechte cijfers op de reservebank van het footballteam was gezet. Zo zaten we daar een aantal dagen terwijl juffrouw Talbot boeken op de planken terugzette en pornografische graffiti op de afdeling ontspanningslectuur wegpoetste. Juf Talbot kwam voor mij het dichtst in de buurt van een vriendin. Ze had me een keer verteld dat mijn moeder de bibliotheek ook vaak had bezocht. Eigenlijk wilde ik weten of ze de vriendenkring van mijn moeder had gekend en of ze vermoedde wie van de jongens mijn vader zou kunnen zijn geweest. Misschien was mijn moeder het soort meisje geweest dat haar geheimen toevertrouwde aan de bron van geheimen die juffrouw Talbot was; verder had ze tegen niemand iets gezegd. Ik vroeg het juffrouw Talbot natuurlijk niet; het was genoeg om het me af te vragen en te hopen dat mijn moeder vriendinnen had gehad. Hoewel juffrouw Talbot en ik zelden met elkaar praatten, voelden we ons op ons gemak in de stilte die we dagelijks deelden, allebei in een te groot vest en omhuld door de intieme wereld van boeken. Toms aanwezigheid zette ons wereldje op zijn kop.

Tom deed zijn best om de geluiden van zijn team niet te horen wanneer het trainde op het veld achter de bibliotheek, en ik deed mijn best om hem niet te zien. Hij was breed, met zwart haar en Iers-blauwe ogen. Zijn aantrekkelijkheid deed me denken aan de modetijdschriften in de rekken van het warenhuis. Toen ik er een keer een opensloeg, zag ik een prachtige jas. Rood, afgezet met zwart bont, lang en soepel vallend. De vrouw die erin poseerde, leek in niets op de vrouwen bij ons in het dorp. Alleen mevrouw Hansen met haar lichtblonde haar en Scandinavische jukbeenderen kwam erbij in de buurt. Toen ik het prijsje onder de foto zag, 8175 dollar, zette ik het tijdschrift terug. Ik kwam nooit meer in de verleiding nog een tijdschrift te bekijken.

Op een dag sprak Tom me aan toen juffrouw Talbot aan haar balie zat te telefoneren. 'Heb je een potlood voor me?'

Een stapel boeken vormde een barrière tussen ons: romans, memoires, gedichten en een paar biografieën. Ik keek strak naar de bladzij voor me terwijl mijn vingers in mijn schooltas naar de afgeschuinde randen van een 2B-potlood zochten. Ik hief mijn hand, met neergeslagen ogen, en reikte hem het potlood aan. Toen hij het aannam, streken zijn vingers langs de mijne. Ik voelde zijn droge huid langs mijn gladde huid schuren.

Hij concentreerde zich niet langer op zijn werk, maar verlaagde mijn muur door mijn scheikundeboek op te tillen. 'Hé, zit jij niet bij mij in de klas bij scheikunde?'

Ik liet een antwoord achterwege. Het zou te veel woorden hebben gekost om uit te leggen waarom ik scheikunde op een hoger niveau volgde. Waarom zou ik het gesprek voortzetten als het toch binnen een paar seconden afgelopen zou zijn? Als ik iets anders verwachtte, hield ik mezelf voor de gek.

'Heb jij het huiswerk al gemaakt? Ik kom niet uit opgave drie.'

Ik bleef doen alsof ik las. Ik was niet koket genoeg om hem

uit strategische overwegingen te negeren. De eerste weken na mijn komst in Slatersville, direct na de begrafenis van mijn moeder, hadden een paar kinderen geprobeerd vriendschap met me te sluiten, maar uiteindelijk had niemand het geduld ervoor kunnen opbrengen.

Tom hield echter aan: 'Ben je doofstom? Ik heb een achterlijk nichtje. Ben je stom of zo?'

Toen keek ik op. 'Nee.'

'Heb je opgave drie gemaakt?'

Ik reikte hem mijn scheikundeschrift aan en hij legde het voor zich op zijn tafel. Hij begon mijn werk over te schrijven, bladzij voor bladzij. Toen juffrouw Talbot de hoorn op de haak had gelegd en de hoek om kwam met haar spuitfles en spons, reageerde Tom. Hij legde mijn schrift met een klap voor me neer, maar ik had toen al te veel jaren bij mijn grootmoeder gewoond om nog van een enkele smak te schrikken.

'Heb je dit ooit gelezen?' Hij had een versleten schoolexemplaar van *Hamlet* in zijn rechterhand. Ik zag dat hij een bladzij had omgevouwen, iets wat mevrouw Johnson had verboden. Het zien van het ezelsoor in Toms boek gaf me een kick die ik niet voor mogelijk had gehouden.

'Het is mijn lievelingsboek,' zei ik.

'Houd je niet meer van dat Romeo-en-Julia-gedoe?'

Ik probeerde niet in elkaar te krimpen, want ik wist dat de meeste meisjes zwijmelden bij het liefdesverdriet van het paar. 'We zijn het nu aan het lezen bij mevrouw Johnson. *Hamlet* is beter.'

Tom leunde met zijn dij tegen de punt van mijn tafel. Ik zag dat zijn dij niet werd ingedeukt door het harde hout. Toen hij zich over me heen boog, rook ik de zure geur uit zijn mond en voelde de hitte die zijn lichaam uitstraalde. 'Kun jij het volgen?'

Ik knikte en voelde dat Tom van rechts naar links keek en toen naar het footballveld, waar het fluitsignaal van de coach weerklonk. Toen keek hij naar mij, of dat hoopte ik althans. Ik was niet bij machte op te kijken. 'Misschien kunnen we het samen lezen,' zei hij. Het voelde alsof ik voor het eerst ademhaalde.

Zo ontmoetten we elkaar elke dag. Ik gaf hem mijn scheikundeschrift en vulde de antwoorden in van zijn opdrachten voor Engelse literatuur, en in ruil daarvoor praatte hij met me. Ik luisterde naar zijn verhalen over onze klasgenoten, verhalen die me nooit eerder ter ore waren gekomen. Stereotypes komen voort uit de waarheid, en zo was het ook op de middelbare school, waar footballspelers rommelden met cheerleaders, uit biervaten dronken en de brievenbussen van buren bewerkten met hun honkbalknuppels.

Terwijl hij praatte, liet ik mijn ogen over zijn brede borst dwalen en keek ik naar zijn hand, die met gespreide vingers op zijn dij lag. Ik snoof de geur van zijn zweet op en de muskus van zijn aftershave, die tegen de namiddag bijna was vervlogen. Na heel veel dagen durfde ik hem bijna recht aan te kijken. Ik weet nog dat ik die eerste keer, toen hij me vroeg hem te wijzen waar de biografieën van zijn sporthelden stonden, met knikkende knieën en mijn te lange trui om me heen getrokken voor hem uit liep, me bewust van zijn massa achter me.

Toen ik me naar hem omdraaide en de plank aanwees, ving hij me in zijn armen. Hij bukte zich om bij mijn mond te kunnen en tilde mijn kin op voordat hij me kuste. Op dat moment voelde ik alles: zijn tong die mijn kuise lippen open wrikte; de harde spieren die op mijn botten drukten; een ontwaken van iets wat lang geleden ter ruste was gelegd. Ik voelde me piepklein en springlevend. Al mijn zintuigen waren haarfijn afgestemd, maar toch vooral mijn gehoor, dat opving hoe juffrouw Talbot haar piepende karretje duwde, bleef staan om boeken op hun plaats terug te zetten en zich met krakende knieën oprichtte.

Die eerste kus was zo onverwacht als een krokus die zich op een zachte dag in februari laat zien. Ik heb er in mijn eigen tuin van tijd tot tijd een paar zien opbloeien, vechtend om door een barst in de winterse aarde te dringen. Ze zijn zo hoopvol, zo lavendel-lieflijk, zo zorgeloos onvoorbereid op de wreedheid van een naderende noordooster.

Na die eerste keer trokken Tom en ik ons telkens tussen de kasten terug wanneer ik zijn huiswerk had gemaakt. Zijn handen werden met de dag brutaler en vasthoudender. Na een paar weken ging ik rokken met katoenen kniekousen dragen; zo kon hij er makkelijker bij en kon ik me snel bedekken als mevrouw Talbot de hoek om kwam. Hoewel hij keer op keer in me stootte, waren het zijn kussen die me compleet vervulden.

Als we elkaar onder schooltijd in de gangen tegenkwamen, deden we allebei of we lucht voor elkaar waren. Ik wierp hooguit een korte blik op hem wanneer hij zich omringde met zijn teamgenoten en de cheerleaders die hun jacks met de letters van de school droegen. Ik was niet jaloers op die suikerspinmeisjes en het gemak waarmee ze praatten. Ik wist dat onze middagen in de bibliotheek buiten het bereik van hun simpele belevingswereld lagen.

Die dag, die vrijdag van de rapportuitreiking, kwam hij zoals gewoonlijk naar de bibliotheek, alleen had hij nu een vriend bij zich, iemand die ik uit de hal herkende. Hij had dezelfde stierennek en gespierde schouders als Tom, en hij had hetzelfde footballinsigne op zijn jack.

'Clara,' zei Tom, 'dit is mijn maatje Art.'

Ik was in de wolken. Tom vond het tijd me aan zijn vriendenkring voor te stellen. Hij wilde dat zijn vrienden me kenden, dat ze eindelijk van mijn bestaan hoorden. Over een paar maanden werd het schoolbal gehouden en ik had mijn voorbereidingen al getroffen voor het geval hij me zou vragen. Ik had wekenlang lapjes stof uit de handwerkles gesmokkeld. De meisjes daar gaven de voorkeur aan pasteltinten, zodat er grote lappen grijze en zwarte stof voor mij overbleven. Ik kon me ermee behelpen. Mijn grootmoeder was echter het grootste obstakel. Ik was wel zo wijs het onderwerp vriendjes niet aan te snijden in haar huis. Ze wees me er maar wat graag op dat mijn moeder voortijdig was gestorven door haar hoerige gedrag en dat het mij net zo zou vergaan als ik niet oppaste.

'God heeft die hoer gestraft voor haar zonden,' kon mijn grootmoeder zeggen, en dan wees ze naar de schoorsteenmantel, die ze slordig had beplakt met uitgescheurde tijdschriftpagina's met artikelen over gescheiden Hollywoodactrices, krantenartikelen over seriemoordenaars en de eindexamenfoto van mijn moeder, een zwart-witportret, met mij onder haar ceintuur. Boven dat alles hing, reikend naar het plafond, een crucifix. Ze reikte met haar klamme hand naar de mijne, kil en wanhopig, met smekende ogen. 'Blijf op het rechte pad, Clara. Lijd voor Hem. Als je de zonde afwijst, zal Hij je het eeuwige leven schenken!'

Ik zei niets, wat meestal het veiligst was, en dan trok ze me op mijn knieën. 'Laten we om vergiffenis bidden.'

Maar ik wilde geen vergiffenis, ik wilde Tom. Ik was bereid net zo te worden als mijn moeder, hoerenkind dat ik was, en door mijn slaapkamerraam naar buiten te klimmen om één volmaakte nacht met hem samen te zijn. Striemen en blauwe plekken trokken weer weg, redeneerde ik, en de dood was onontkoombaar.

Toen Tom dus met zijn vriend Art tegenover me stond, werd ik gegrepen door de roes van het avontuur. 'Leuk je te zien.'

'Ik heb veel over je gehoord,' zei Art met een glimlach die zijn diepe acnelittekens vervormde.

Mijn hart sloeg over.

'Hé, Clara,' zei Tom, 'ik heb goed nieuws. Ik heb allemaal

voldoendes op mijn rapport, dus ik speel weer mee in het team.'

Ik vergat mezelf en sloeg mijn armen om hem heen, midden in de bibliotheek. 'Te gek!'

'Ja, dus ik hoef hier niet meer te komen. Maar weet je, mijn maatje hier...' – Tom zette een stap achteruit en sloeg zijn arm om Art heen – '... kan wel wat extra hulp gebruiken. De coach heeft gezegd dat hij alleen mag spelen als hij ook allemaal voldoendes haalt. Ik dacht dat jij hem misschien zou kunnen helpen, net zoals je mij hebt geholpen.'

Tom en Art wisselden een blik. Toms gezicht verried alles, en op dat moment besefte ik dat ik het weken over het hoofd had gezien. Nu was het te laat. Ik keek naar Art, die dommige ogen had en zijn mond slap liet openhangen.

'Ik heb hem verteld hoe goed je bent in scheikunde en Engels...' zei Tom. Had ik dat grijnslachje echt niet eerder opgemerkt? '... en in andere dingen.'

Mijn ademhaling werd jachtig en oppervlakkig, en de lucht was net zo snel weer uit mijn longen verdwenen.

'Ik dacht het niet.'

'Kom op, Clara,' zei Tom. 'Gun die jongen ook wat. Doe het voor het team.'

Ik zette een stap achteruit, en nog een. Tom sperde zijn neusgaten open en ik vroeg me af of hij me kon ruiken; of hij mijn spijt rook. Ik weet niet hoe ik weer bij mijn tafeltje kwam, maar daar zat ik, en ik pakte een boek van de stapel alsof ik de schouder van een trouwe vriend zocht. Tom wist echter van geen wijken. Hij liep stoer naar me toe, zette zijn beide handen op mijn tafel en trok het boek weg.

'Wat zou je grootmoeder zeggen als ze wist dat haar kleindochtertje een hoer was? Wat zou ze dan doen?'

Ik keek naar hem. Ik zag geen spoor van de jongen naar wie ik weken en maanden had verlangd, de jongen in wiens oor ik mijn geheimen had gefluisterd. In plaats daarvan zag ik het gezicht dat zijn tegenspelers op het veld moesten hebben gezien, dat van een tegenstander die er geen moeite mee heeft iedereen die hem in de weg staat in elkaar te slaan.

Ik stikte bijna in mijn tranen. 'Ik kan het niet.'

'Je hebt geen keus,' zei Tom. 'Het zou je oma's dood worden.'

Hij pakte mijn scheikundeschrift en gooide het naar Art. 'Alsjeblieft. Je huiswerk Engels kun je gewoon aan haar geven, dan maakt zij het. Als ze klaar is...' – Tom keek eindelijk naar mij en glimlachte om de tranen die op mijn gezicht brandden – '... ga je met haar naar de afdeling biografieën. Dat vindt ze leuk.'

Tom ging weg en op dat moment wilde ik bijna bidden. Ik wilde bijna bidden dat Art een zeker gevoel van medeleven zou hebben, een besef van waardigheid, maar hij pakte gewoon zijn map Engels uit zijn rugzak en gaf me het blad met opdrachten. Ik probeerde tijd te rekken en gaf oppervlakkige antwoorden op de vragen, zoals ik ook had gedaan toen ik Toms huiswerk maakte. Laat de tijd om zijn, smeekte ik de zwijgende god van mijn grootmoeder. Art was echter niet zo geduldig als Tom in het begin was geweest. Na tien minuten kwam hij al voor me staan, met een erectie die zichtbaar was door zijn kaki broek.

'Hé,' zei hij. Hij pakte mijn hand en ik probeerde vergeefs me los te rukken terwijl hij uitdagend op me neerkeek. 'Dwing me niet het tegen Tom te zeggen.'

Dus liet ik me aan mijn pols meetrekken. Hij zag dat juffrouw Talbot naar de hedendaagse literatuur drentelde en trok me tussen de planken Europese geschiedenis. Binnen een paar seconden smakte hij me tegen de achterste kast. Ik voelde de hoekpunten van de boeken in mijn onderrug prikken. Met een snelle draai van zijn pols trok hij zijn broek naar beneden. Hij pakte een hand van de wollen stof van mijn rok, trok hem opzij en drong bij me binnen. Toen hij zich naar me vooroverboog om me te kussen, hield ik hem tegen.

'Nee,' zei ik, zijn schouders wegduwend. Mijn gezicht zat vol snot en tranen.

Hij hield een seconde op met bewegen, twee misschien, en keek me wazig en dom aan. Toen haalde hij zijn schouders op. 'Mij best.'

Art was nog maar de eerste vriend van Tom die me in de bibliotheek zou opzoeken. Tom had gelijk, ik had geen keus. Toen Art in me spoot, hoorde ik een piepend geluid. Ik keek langs hem heen en zag juffrouw Talbot, die aan het eind van het gangpad stond met haar overvolle karretje. Haar mond hing open, haar ogen fladderden op en neer over onze verstrengelde lichamen en toen keek ze me recht aan. Art, die met zijn rug naar haar toe stond en opging in zijn eigen genot, merkte niets. Daar stonden we dan, mijn vriendin juffrouw Talbot en ik, elkaar recht aankijkend. Toen duwde ze haar karretje naar het volgende gangpad en hoorde ik haar knieën weer kraken toen ze zich bukte om een boek op zijn plaats terug te zetten.

De laatste tijd denk ik vaak aan dat moment terug. Ik stel me voor hoe ontdaan juffrouw Talbot moet zijn geweest. Ik stel me voor dat ze een klein meisje moet hebben gezien met een uitdrukkingsloos gezicht, maar smekende ogen.

Ik stel me voor dat ze een meisje heeft gezien dat op Trecie leek.

9

Was Linus er maar. Hij is met Alma naar de première van het zwarte kerstspel, waar ze altijd in de eerste week van december naartoe gaan. Het brengt ze in kerststemming, zeggen ze. Hij heeft weken geleden de kaartjes al gekocht, niet voor de avondmaar voor de middagvoorstelling, een teken van aanvaarding van hun leeftijd en afkeer van in het donker rijden. De voorstelling begon pas om half vier, maar ze zijn vroeg van huis gegaan om eerst in Boston Common te wandelen.

'Kerstmis in Boston is de schaduw van de vroegere gedaante van een verschrompelde man,' zegt Alma wanneer de kerstverlichting in de winkelstraten wordt opgehangen. In deze tijd van het jaar vertelt ze me graag hoe zij en haar drie zussen als kind vroeg uit hun appartement in South End vertrokken om uren door het sprookjesdorp van Jordan Marsh te dolen.

'Het deed me denken aan "It's a Small World" in Disneyland, maar dan met Kerstmis,' zegt Alma altijd. Nu moet ze zich behelpen met de armzalige substituten die de stad te bieden heeft. Het wonen boven een uitvaartcentrum heeft het nadeel dat ze in de kersttijd geen kleurige lichtjes of kransen kan ophangen.

Hier in de rouwkamer wijst niets op Kerstmis. Hier is alleen mevrouw Molina, die fluisterend bij het lichaam van haar dochter van twaalf knielt. Haar schaduw, die wordt geworpen door gedempte wandlampen en de vijfarmige kandelaars aan weerszijden van de kist, golft over de achtermuur. Of hij deint door een flakkerende vlam of haar ingehouden snikken, weet ik niet.

Als Linus er was, zou hij wel raad weten, de woorden kunnen vinden om haar te troosten. Waarschijnlijk zou hij naast haar knielen, al kan hij de laatste tijd moeilijk overeind komen door zijn pijnlijke knieën. Hij zou de pijn verbijten.

Ik weet niet waarom hij mij heeft gevraagd om hier te komen in plaats van zijn plannen te wijzigen. De naasten van een overledene worden de avond voor de wake altijd uitgenodigd om in alle rust afscheid te komen nemen. Het was altijd zijn rol die mensen te ontvangen, hen erdoorheen te helpen. Misschien is dit ook een concessie aan zijn leeftijd. Misschien denkt hij dat hij me klaarstoomt om het bedrijf over te nemen. Hoe ik ook tegen het gesprek opzie, ik moet hem vertellen dat ik liever op de achtergrond blijf, zoals nu. Ik zou zijn plaats nooit kunnen innemen.

Ik probeer niet naar mevrouw Molina te kijken, wier lichaam als een waterval over dat van haar dochter tuimelt. Ik richt mijn aandacht op de bloemstukken en probeer zo veel mogelijk bloemen te benoemen.

Zoals veel kinderen die door kanker worden getroffen, was Angel Molina een bekende in de buurt. Door de jaren heen had ik de folders bij het winkeltje van Tedeschi gezien over inzamelingsacties voor een beenmergtransplantatie. En het verhaal in de *Brockton Enterprise*, vorig jaar, over een plaatselijke autodealer die een busje met rolstoellift had geschonken. Angel was geliefd. Nu ze dood is, is haar status af te lezen aan het aantal boeketten en grafkransen waarmee de rouwkamer is overladen. De obligate witte aronskelken in imitatie messing vazen; een krans van rode, witte en blauwe anjers (*trouw*) op een standaard van de vereniging van Veteranen van Buitenlandse Oorlogen van haar grootvader, en roze amaryllis (*trots*) van de klas van mevrouw Brown waarin Angel zat. Ik houd van de potten en nog eens potten met compleet witte bloemstukken: rozen, anjers en, zoals bij elke begrafenis van een kind, witte margrieten. Er staat een buitengewoon fris bloemstuk bij het hoofdeind van de kist, met vuistgrote bloesems. Ik vraag me af of mevrouw Molina het erg zou vinden als ik een stekje voor mijn eigen tuin meeneem. Ik kijk naar haar en alsof ze mijn aandacht voelt, draait ze zich om.

'Clara, heb jij dit gedaan?' Ze richt zich op terwijl ze praat, ze hijst zich op aan het bidbankje, en als ze staat, aait ze over de wang van haar dochter. Ik heb Angel haar oorspronkelijke, olijfkleurige teint teruggegeven en krullen gezet in haar glanzende zwarte pruik met een meisjesachtige bob, zodat haar sierlijke halslijn wordt benadrukt.

'Ja, mevrouw.'

Ze kijkt om naar haar dochter en zegt met bevende stem: 'Iedereen is zo gul voor me geweest. Hoe moet ik dat ooit goedmaken? En nu dit.' Ze gebaart naar de kist. Haar arm werpt een enorme schaduw op de achterwand.

'Linus rekent nooit iets voor kinderen. Aan niemand.'

Mevrouw Molina knikt. Ze omklemt met beide handen het hengsel van de versleten geelbruine tas die voor haar buik bungelt. Ze is tenger, met zwarte kousen en gemaksschoenen. Ze draagt haar jurk alsof ze er pas op het laatste moment aan heeft gedacht dat ze iets aan moest. Haar enige opsmuk bestaat uit de ingewikkelde, zwart met grijze vlechten die duizelingwekkende lussen op haar hoofd beschrijven. Ik zie nu pas dat ze mooi is, al heeft ze een gewoon gezicht en is haar lichaam al gewend aan de dikte van de middelbare leeftijd. Het is het soort schoonheid dat wordt uitgewasemd door de poriën, door glanzende ogen, innerlijke rust. 'Ze ziet er snoezig uit, Clara. Dank je wel.'

Ik weet niet wat een gepast antwoord zou zijn, dus zeg ik maar niets.

'Ik heb me altijd afgevraagd hoe Angel er zonder de chemokuren en steroïden zou hebben uitgezien,' zegt mevrouw Molina, die weer naar haar dochter kijkt. 'Ikzelf vond haar natuurlijk altijd beeldschoon.'

Ik wil Linus' voetstappen horen, zijn auto die het parkeerterrein oprijdt, maar ik sta er alleen voor. 'Ik leef erg met u mee in uw verlies, mevrouw Molina.'

'Nee, geen verlies.' Ze haast zich hoofdschuddend naar me toe en pakt mijn hand. Ik voel dat de huid van mijn pols begint te jeuken. Als ik kijk, zal ik er bulten zien opkomen.

'Angel was een geschenk.' De ogen van mevrouw Molina staan glazig, maar haar woorden klinken krachtig en zeker. 'Ze bracht zo veel vreugde in mijn leven, en ze gaf me een doel na de dood van haar pappie. Wat ze het allerliefste deed, was wandelen in World's End. Ken je dat park, in Hingham? We gingen erheen met een picknickmand en onze verrekijkers, en dan keken we hoe de roodstaarthaviken de mussen verjoegen. Maar dat was vroeger.' Ze zwijgt en kijkt weer naar Angel. Haar gezicht wordt zacht. 'Ik stel me graag voor dat ze nu met de vogels vliegt, erboven, zelfs. Met haar pappie aan haar zij.

Weet je, sommige mensen moeten het hun hele leven zonder liefde stellen, maar mijn dochtertje heeft me in twaalf jaar genoeg liefde gegeven voor de rest van mijn leven.' Ze pakt mijn hand weer en geeft er een kneepje in. Haar vingers strijken langs mijn pols, een exquise streling over de bulten. Ik wil niets liever dan met haar nagels over mijn arm harken. 'Nee, ik heb geen verlies geleden. Ik geloof liever dat de tijd die ik met Angel heb gehad, een geschenk was.'

Ze glimlacht naar me, lief en om bevestiging vragend. Het zou wreed zijn haar te zeggen hoe ik erover denk; zwijgen is een betere keuze. Ik wrijf met de mouw van mijn wollen jasje over mijn gevoelige pols en dan valt mijn blik op haar buik. Tegen wil en dank stel ik me voor hoe Angel daar in mevrouw Molina's baarmoeder ligt. Vóór het leven waren ze met elkaar verbonden via een navelstreng, daarna door hoop.

'Heb jij kinderen, Clara?'

'Ik?' Ik schud mijn hoofd en bevrijd mijn hand uit de hare.

'Helemaal niet?' vraagt mevrouw Molina. Haar gezicht wordt verdrietig.

'Nee.'

'Nou, ik zal voor je bidden,' zegt mevrouw Molina, die haar jas van een klapstoel pakt en hem aantrekt. 'Ik heb mijn Angel. De dood is te onbeduidend om ons ooit te kunnen scheiden. Ik zal bidden dat jij hetzelfde krijgt als ik.'

Ze loopt snel naar de uitgang en de deur valt met een klap achter haar in het slot. Ik blijf even roerloos staan, me afvragend wat er van me wordt verwacht, of er een gepaste reactie is op het medelijden van mevrouw Molina, maar ze is al weg.

Het heeft geen zin er langer over na te denken. Het wordt morgen een lange dag, met een gestage stroom mensen die afscheid komen nemen. Het is tijd om de kaarsen te doven. Ik blaas eerst die aan het voeteneind van de kist uit en loop dan naar de kandelaars aan het hoofdeind. Voordat ik ze uitblaas, kijk ik naar Angel. Haar gezicht wordt overheerst door de trekken van haar moeder. Ik vraag me af of ze glimlacht omdat de woorden van mevrouw Molina nog in mijn hoofd weerklinken, of omdat ze altijd glimlachte. Op de een of andere manier weet ik het niet meer. Ik tast langs haar dij naar de roze camelia's (*volmaakte lieftalligheid*). Ik stel me voor dat de bloemen de komende dagen, tijdens haar wake en begrafenis, vers blijven en dan met het meisje worden begraven, waarna hun resten uiteindelijk zullen versmelten en door de aarde zullen worden opgenomen.

Terwijl ik naar Angels gezicht kijk en haar hand aanraak,

vraag ik me af wat mijn moeder had gezegd als zíj die regenachtige avond was blijven leven en ík was gestorven. Of ze zou hebben beweerd dat haar liefde voor mij eeuwig was, dat ik haar hart, haar ziel en haar adem was.

'Clara?'

Ik slaak bijna een gil en struikel achteruit in een poging me te vermannen. Ik kijk naar Angel met haar starre gezicht, maar dan zie ik Trecie opduiken vanachter een bloemstuk met slaaplelies (*eeuwig verdriet*) op een wandtafel achter de kist.

'Wat doe jij hier?' Ik zet nog een paar passen achteruit.

'Heb je verdriet?' Haar haar ziet er verwaaid uit, vol klitten, en haar tengere benen zijn bloot onder haar rok, in weerwil van de koude avond. Haar ogen zijn zo diep en donker dat ik het gevoel heb dat ik erin zou kunnen duiken zonder ooit de bodem te raken. Ik kan niet meer doen dan mijn hoofd schudden.

'Hoe is ze doodgegaan?' Trecie loopt om de kist heen en blijft bij Angels hoofd staan. Ze kijkt op haar neer, steekt haar hand uit en houdt haar vingertoppen gevaarlijk dicht bij de arm van het dode meisje.

Ik hoor Mikes woorden weer in mijn hoofd, zijn advies kalm te blijven en zo veel mogelijk informatie uit Trecie los te krijgen zonder haar af te schrikken.

'Ze had leukemie. Ze is heel lang ziek geweest.'

'O,' zegt Trecie, die haar hand op die van Angel heeft gelegd. 'Ik heb haar mammie zien huilen.'

'Het kan heel erg zijn om iemand te verliezen van wie je houdt,' zeg ik. Ik vraag me af hoe ik Trecie de kamer uit moet lokken, maar ze is gefascineerd door Angel.

'Haar mammie houdt heel veel van haar.' Trecie draait zich om en gaat tegenover me op het bidbankje zitten. Ze buigt naar voren en legt haar kin in haar handen. 'Mijn mammie zou huilen op mijn begrafenis. Ze zou heel verdrietig zijn. En mijn zusje ook.'

Mijn hart maakt een slingerbeweging in mijn borst. Ik tast in mijn zak naar het kaartje van Mike, dat ik sinds die dag bij mij thuis bij me draag; ik zou hem nu moeten bellen. 'Hoe heet je zusje?'

'Adalia.'

'En je moeder? Hoe heet die?' Ik zet een stap naar haar toe. Trecie kijkt me alleen maar aan met die bodemloze ogen, zonder antwoord te geven, en onwillekeurig zie ik haar weer voor me in die videofilm. 'Je zei toch dat je moeder een vriend had?'

Ze knikt.

'Hoe heet hij? Je had het al verteld, maar ik ben het vergeten.' Ik neem met bonzend hoofd de mogelijkheden door: Vincent? Vito? Rick? Ik voel aan dat haar aandacht verslapt en wil geen tijd meer verliezen aan vragen die ze al heeft beantwoord. Dit moet vanavond afgelopen zijn, ik kan haar niet naar huis laten gaan. Niet dáárheen. Ik bel Mike en dan komt hij het allemaal in orde maken.

Trecie staat op, kijkt naar Angel en vraagt dan aan mij: 'Hoe heet jouw moeder?'

Mike had gezegd dat ze dit zou kunnen proberen; afbuigen, noemde hij het. Probeer een gesprek met haar aan te knopen, zei hij. Hij moet zich heel wanhopig hebben gevoeld om me zulke aanwijzingen te geven.

'Mary.'

'Hoe is ze?' Trecie streelt Angels handen en speelt met de rozenkrans tussen de vingers.

'Ik weet het niet goed meer. Ze is gestorven toen ik zeven was.'

'Denk je dat ze verdrietig zou zijn geweest als jij was doodgegaan?'

Ik moet me wel afvragen of ze mijn gedachten heeft afgeluisterd. Mijn verbeelding neemt het van me over en ik voel iets over de lengte van mijn lichaam schrapen, alsof ze haar nagels langs mijn binnenste haalt. Ik grijp naar mijn haar. 'De meeste moeders zouden daar verdrietig om zijn, denk ik.'

Trecie loopt van de kist naar de zitkamer. Als ze zich omdraait, zie ik haar achterhoofd vlak voor me. Plekken hoofdhuid lichten cirkelvormig op in het kaarslicht. Bestond er maar een zalfje voor zoiets. Ik doof snel de kaarsen en loop achter Trecie aan, die midden in de kamer op me staat te wachten.

'Ik heb die man weer gezien,' zegt ze.

'Wat voor man?' Ik wil eigenlijk niets horen over de man in de videofilm. Ik wrijf over Mikes kaartje en vraag me af of ik weg kan lopen. Hij is de deskundige, hij weet wel wat hij moet vragen, en hoe hij het moet vragen. Hij zou haar antwoorden kunnen aanhoren. Ik moet geloven dat ze tegen hem wel zou willen praten.

'Ik zag die man je huis binnengaan. Weet je zeker dat hij niet je vriend is?'

Die man. Mike. 'Nee, gewoon een kennis.'

Trecie neemt me onderzoekend op. 'Heb je een echte vriend?'

'Nee.'

'Helemaal niet?' vraagt ze. Ik kan niets terugzeggen, haar medelijden is niet te harden. 'Ik ook niet.'

We zwijgen, al weet ik dat ik het gesprek op de een of andere manier weer op haar zou moeten brengen, op het trauma van háár leven, weg van het mijne. Ik pulk aan de bulten op mijn pols en wrijf ermee langs mijn heup, wachtend op inspiratie.

'Ze heeft veel bloemen gekregen,' zegt Trecie, die de rouwkamer in gluurt. 'Meer dan die grote man.'

'Meneer MacDonnell? Ja.' Ik herinner me de bloem die ze de vorige keer dat ze hier was, of liever gezegd de laatste keer dat ik haar hier zag, uit het bloemstuk trok en hoe ze de steel om een handvol haar bond. Mike zei dat ik al het mogelijke moest doen om haar vertrouwen te winnen en haar bij me te houden tot hij er was. 'Je houdt dus wel van bloemen?'

Trecie knikt. Ik vraag me af of het een vergissing is, of ik geen grens overschrijd, de mijne, maar ik ben niet slim genoeg om iets anders te verzinnen.

'Wil je mijn bloemen zien?'

Ik heb haar sinds die eerste dag niet meer zien lachen, maar nu zijn haar wangen bijna bol en heeft ze een begin van een kuiltje in haar kin. In die koude kamer, op die koude avond, voel ik in mijn binnenste een sprankje hoop opflakkeren.

10

Haar aanwezigheid vlak bij me terwijl ik met het slot van de terrasdeur hannes is vreemd geruststellend. Het loopt tegen zessen en het wordt vroeg donker in deze tijd van het jaar, rond vier uur al, maar Trecie lijkt nergens anders heen te hoeven. Ik vraag me af of ze honger heeft, wanneer ze voor het laatst heeft gegeten. Ik heb fruit in de koelkast, een beetje melk en wat kaas. In de voorraadkast staan crackers en ontbijtvlokken, en ik heb een blik soep in een keukenkastje. Dat is alles. Een eenpansgerecht? Wortelschijfjes in dillesaus? Twee keer gepofte aardappels? Ik had haar beter naar Alma's keuken kunnen brengen. Waren Alma en Linus maar thuis.

'Wat mooi,' zegt Trecie, die met een stralend gezicht mijn woonkamer inloopt.

Ik kijk naar de eenvoud van de ruimte en vraag me af wat een kind er mooi aan zou kunnen vinden. De kleuren en de stijl van de inrichting hebben niets gedurfds. Geen curieuze aandenkens om het oog te betoveren. Er is echter wel een algemene zachtheid van textuur en een neutraal, rustgevend kleurenpalet. En het groen maakt me altijd warm vanbinnen.

Trecie loopt langs me heen naar de boekenkasten. Ze loopt langs de planken en laat haar vingers over de ruggen van de gebonden boeken glijden. 'Wat heb je veel boeken.'

'Houd je van lezen?' Ik zoek in mijn geheugen naar iets wat ik met haar zou kunnen delen. Misschien is ze nog te jong voor de Nancy Drews die ik op de planken in de slaapkamer heb weggestopt. Die eerste jaren waren Nancy, Bess en George mijn enige vrienden. Toen ik mijn eerste salaris van Linus kreeg, heb ik de complete verzameling gekocht.

Trecie blijft staan bij een Sibleys vogelgids. 'Ik kan niet lezen.'

Ik wijs naar het boek. 'Als je wilt, mag je het wel hebben,' zeg ik. 'Er staan mooie plaatjes in.'

Het is me te veel om het leven van dit meisje in zijn geheel te overzien. Toen ik bij mijn grootmoeder ging wonen, stuurde ze me naar de plaatselijke lagere school. In mijn zwervende leven met mijn moeder waren geen klaslokalen en kinderen van mijn leeftijd voorgekomen. Mijn klasgenootjes met hun kleurige lunchtrommeltjes en degelijke confectiekleren leken me personages uit de plaatjesboeken die juf Morrison ons voorlas, boeken die de andere kinderen al zelf konden lezen. Trecies gevangenis is nog erger dan ik had beseft; het schijnt dat haar enige ontsnapping die onderwereld van mij is.

Ik voel me als een kater die een jong vogeltje dat nog niet kan vliegen besluipt, alle spieren gespannen, elke beweging ingehouden. 'Je leert op school toch lezen? Waar zit je op school?'

Ze laat het boek los en loopt naar de keuken. 'Ik zit niet op school.'

Ik verroer me niet. 'Geeft je moeder je dan niet thuis les?'

Trecie blijft staan en draait zich glimlachend naar me om. Haar bleke gezicht doet me denken aan dat van mevrouw Molina toen ze aanbood voor me te bidden. Mijn ficus hangt slap in de hoek tussen ons in en ik reik naar een blad. Hoe heeft het gele randen kunnen krijgen zonder dat ik het merkte? De wortels moeten zich tegen de rand van de pot aandrukken, een massa in elkaar gekronkelde darmen op de bodem. Ik heb hem verwaarloosd; zonder aandacht, een grotere pot en verse aarde, de kans zijn grenzen te verleggen, zal hij stikken en sterven.

'Heb je foto's van toen je klein was?' vraagt Trecie.

'Nee.' Er zijn geen babyboeken, geen gedetailleerde verslagen van mijn eerste stapjes of eerste woordjes, geen schoolfoto's waarin mijn leven door de jaren heen wordt gevolgd met liefdevolle teksten eronder. Ik pluk het blad van de plant en stop het in mijn zak. Ik zal morgen naar het tuincentrum gaan.

'Hoe zag je eruit?' Trecie staat nu heel dicht bij me, dat spichtige dingetje, en ik voel in al mijn haren en vezels hoe ze ernaar snakt dat ik mijn handen op haar hoofd zal leggen, haar kin zal optillen en haar zonder erbij na te denken een knuffel zal geven. Een speels gebaar van genegenheid. In plaats daarvan voel ik aan het blad.

'Ik weet het eigenlijk niet. Ik had lang haar, net als nu, en net zo donker, maar dan dunner. Ik was altijd klein voor mijn leeftijd, mager, denk ik. 's Zomers werd ik donkerbruin.'

'Net als ik.'

'Ja, ik denk dat ik sprekend op je leek.'

Ze houdt haar hoofd schuin en ze is mooi. Onwillekeurig gaan mijn armen omhoog en reiken op eigen kracht naar haar, maar dan zet ze een stap achteruit en holt naar de andere kant van de woonkamer, haar hoofd van links naar rechts draaiend. Ik sla mijn armen maar om mezelf heen.

'Mag ik nu de bloemen zien?'

Ja, natuurlijk, de bloemen.

Geen mens kent mijn geheime tuin. Nee, dat is niet waar. Ik heb Linus en Alma om toestemming gevraagd voordat ik met de bouw begon, en toen de kas klaar was, gaven ze me een ficus om het te vieren, maar de ruimte was bedoeld voor bloemen. Zodra ze weg waren, zette ik de ficus in mijn woonkamer, waar hij kon gedijen langs mijn boekenkast, alleen blootgesteld aan gefilterd licht, waar hij de tranen van zijn bladeren ongestoord kon vergieten.

Linus stond erop de kosten te delen, aangezien de waarde van zijn pand erdoor werd verhoogd, maar ik weigerde. Een uitvaartondernemer verdient goed en ik heb niets anders om mijn spaargeld aan uit te geven. In het begin kwam Alma nog wel eens langs met citroentaart en haar verlangen mijn bloemen met me te delen. Ik raak soms aangeslagen bij de gedachte aan hoe ik haar heb ontmoedigd; ik heb haar zelfs nooit binnen gevraagd voor een kop thee. Toch doe ik daarvoor nog steeds niet mijn best.

Mijn tuin is weggestopt opzij van de slaapkamer, achter het huis, op het zuiden, waar een muur ooit het zuiderlicht wegnam. Het is niet iets wat een bezoeker die langs mijn kamer loopt zou opvallen; nee, je moet er zijn om het te zien. En als ik ooit een klusjesman binnen moet laten, kan ik de gordijnen nog sluiten. Mijn bed staat zo dat ik de glazen deuren naar de kas kan zien. Op mooie dagen baden beide ruimtes in het zonlicht. Vanaf het parkeerterrein kan niemand mijn tuin zien, verscholen als die is achter de schutting en de ligusterhaag langs de zijkant van de tuin. Ik betwijfel zelfs of Trecie de kas heeft gevonden, hoe nieuwsgierig ze ook is.

Ik struikel over de rand van het kleed in de slaapkamer en houd me in evenwicht aan mijn ladekast. Trecie trekt haar wenkbrauwen op en steekt haar arm uit zonder me echt aan te raken. Haar door deze kamer met het vreemde assortiment meubelen uit de uitverkoop en sober wit beddengoed te laten lopen, met boeken schots en scheef op mijn kussens, een ochtendjas die over een stoel is geslingerd, nog meer boekenkasten... Het is te intiem. Ik loods haar naar de tuindeuren en trek de gordijnen open terwijl mijn hand in het donker naar een lichtschakelaar tast. Zodra de lampen aanfloepen en we mijn veilige wijkplaats betreden, valt de spanning van me af. Ik móét wel naar Trecies gezicht kijken wanneer haar ogen zich na een paar seconden hebben aangepast.

'Wat mooi,' hijgt ze.

De kas is slechts een simpele constructie van glas op een veldstenen grondvlak, maar hij herbergt wonderen. Net als in de preparatieruimte in de kelder van het uitvaartcentrum zijn er afvoeren in de tegelvloer, maar hier dienen ze voor water om mijn bloemen te voeden. Hier dienen de felle lampen om de groei te bevorderen en het leven te verwarmen. In deze ruimte zijn de geuren alleen maar lieflijk: aanrollende golven citrus en boter, natte suiker en subtiele muskus, de belofte van voldoening. Hier staat de thermostaat niet op de buitensporig lage temperatuur van dertien graden om verdere ontbinding te voorkomen, maar op een vurige achtentwintig graden zodat de zaden zich tot wortels en stengels kunnen ontwikkelen, tot bladeren, knoppen en dan bloesems met bloemen of schutbladen en bevallige stampers. Deze ruimte steunt het leven.

In de verste hoek bloeit een plejade aan oogverblindende zonnebloemen (*je bent schitterend*). In een andere hoek, waar het glaspaneel in het dak wordt afgeschermd met een filter, staat een gezelschap elegant uitgedoste orchideeën (*vleierij*), verstard in een wals, neigend en buigend. De banken en de vloer zijn bedekt met azalea's, sleutelbloemen, dahlia's, asters, lupines, blauwe winde, viooltjes, goudsbloemen, narcissen, een kleurenrad aan rozen, margrieten (een compleet palet van felkleurige gerbera's en de maagdelijk witte grootbloemige margriet), cosmea en noem maar op, met slechts een paar smalle paden waar ik met een tuinslang langs kan manoeuvreren. Het enige echte meubelstuk is een tafel met mijn benodigdheden. Stoelen zijn er niet. Als ik hier ben, wil ik alleen maar rondlopen, aanraken en me verwonderen, heb ik gemerkt.

'Gauw, de deur dicht, voordat de warmte ontsnapt,' zeg ik.

Trecie loopt de kas in. Al snel slaat ze een hoek om en wordt ze aan het oog onttrokken door een groep lavendelkleurige zinnia's en Indiase jasmijn.

'Waarom heb je dit gemaakt?' hoor ik haar vragen, al zie ik haar niet meer. Ze gaat op in het dichte groen.

'Weet ik niet,' zeg ik. 'Ieder mens heeft een hobby.'

'Wat is je lievelingsbloem?' Ik zie haar hoofd nu tussen de oprijzende stokrozen (*ambitie*) met hun roze koebellen waarin nog druppels water hangen.

'Ik kan niet kiezen, denk ik.' Ik ben zo overweldigd door mijn tuin dat ik niet meer weet waarom we hier zijn. Ik tast in mijn zak naar het blad, dat me er genadeloos op wijst hoe achteloos ik omga met de levens die me zijn toevertrouwd, maar voel in plaats daarvan het kaartje met Mikes mobiele nummer. Zou hij op deze vrije avond thuis zijn, vraag ik me af, of is hij uit, met iemand anders?

'Zeg het maar gewoon.'

'Ik weet het niet. Hortensia, denk ik. Grootbloemige margrieten. Klaprozen zijn ook mooi, maar die verwelken wel heel snel.'

'Ik houd het meest van margrieten. En van rozen. Gele rozen.'

Ik vermoed dat ze de roos en de margriet heeft gekozen omdat het de enige bloemen zijn waarvan ze de naam kent. Ze heeft geen enkele opleiding. Ze moet aan de margriet van meneer MacDonnell denken die ze van me mocht houden. Die ze heeft achtergelaten.

'Wil je iets drinken? Iets eten?' De chrysanten helemaal achter in de kas sidderen; ze moet daar door haar knieën zijn gezakt.

'Nee.'

'Ik ga een glas water halen. Ik ben zo terug.'

Ik sluit de glazen deur achter me en ik hoop maar dat ze het niet erg vindt, dat ze wordt gekalmeerd door de serene omgeving. De keuken is niet ver en terwijl ik me daarheen haast, pak ik het kaartje uit mijn zak. Ik reik naar de telefoon en ik kies het nummer. Mike neemt vrijwel direct op.

'Mike Sullivan.' Ik kan niet horen of ik hem tijdens zijn diner in een restaurant heb gestoord of hem heb opgeschrikt bij een broodje voor de tv.

Ik probeer mijn stem resoluut te laten klinken. 'Met Clara. Clara Marsh van Uitvaartcentrum Bartholomew.'

'Ja, ik weet wie je bent, Clara.'

Glimlacht hij? Het telefoonsnoer draait tussen mijn vingers en kronkelt zich in een ingewikkelde knoop.

'Trecie is hier. Ze is bij me thuis. Zou je haar kunnen komen halen?'

'Laat haar niet weggaan. Ik ben er binnen tien minuten.' Zijn stem krijgt iets scherps, maar stelt me toch gerust.

Als ik ophang, kronkelt het snoer terug. Ik kijk naar mijn vingers en zie dat ik niet het snoer heb opgedraaid, maar mijn haar. Ik wil het loslaten, die massa krullen voorzichtig ontwarren. Ik wil het echt, maar als ik denk aan Mike die hierheen rijdt, aan zijn handen op het stuur, hoe zijn profiel eruitziet in de cabine van zijn auto, trek ik hard en kreun. Ik klamp me aan het aanrecht vast tot ik ben uitgehijgd. Ik prop alles in de zak van mijn trui – het is te veel, deze keer – en voel even aan de ruwere strengen. Later, nu moet ik voortmaken. Ik vul een glas onder de kraan en laat het water over de rand klotsen in mijn haast om door mijn slaapkamer de kas erachter weer te bereiken. Voordat ik de deur opendoe voor de confrontatie, wacht ik even. Dan bedwing ik het beven van mijn hand en loop de kas in.

'Weet je zeker dat je niets wilt?' Geen antwoord. 'Trecie?'

Ik volg het pad door de kas, onderweg onder tafels kijkend en bloemen opzij duwend. 'Trecie?'

Ik ben bij mijn werktafel en zet mijn glas er in het voorbijgaan op. Het voelt alsof het kwik is gedaald en ik voel die vreemde stilte na de storm.

Ik stop mijn hand in mijn zak voor een geruststellende aanraking, maar het haar is weg. Ik ben bij de glazen deuren; ik ben terug bij af. Ik roep haar naam nog eens, maar weet dat ze niet onder de gladiolen vandaan zal kruipen. De enige zekerheid die ik voorlopig heb, is dat ze weg is.

11

Hij ijsbeert heen en weer als een stier, met opengesperde neusgaten en uitpuilende nekspieren. Mijn woonkamer is te klein om hem in bedwang te houden. Ik leun tegen de muur in de hoop onzichtbaar te worden, maar zijn woede – of zijn teleurstelling – gebiedt me te blijven.

'Het spijt me.' Mijn wollen vest is mijn schild. Ik trek me er als een schildpad in terug, trek de boord op tot over mijn kin en verstop mijn handen in de mouwen.

'Ik weet het.' Mikes voeten, die over de houten vloer stampen, doen dezelfde opgebolde plank telkens weer kreunen. Hij houdt een hand om zijn nek geslagen en gebaart met de andere terwijl hij praat. Hij blijft staan en kijkt naar me, ín me, en dus verberg ik mijn mond ook onder mijn vest.

Zijn handen glijden naar zijn heupen. Zijn stem klinkt afgeknepen, elk woord wordt afgemeten uitgesproken, beheerst. Zijn gezicht, dat meestal de kleur van albast heeft, loopt rood aan. 'Waar heb je haar voor het laatst gezien?'

Ik wil het geheim van mijn tuin niet met Mike delen. Het is al erg genoeg dat Trecie hem heeft gezien. Ik weet niet wat ik verwachtte toen ik haar meenam. Nee, dat is niet waar. Ik verwachtte dat mijn speciale plek voor Trecie ook een wonderland zou zijn, dat haar pijn er op de een of andere manier door zou worden verzacht. Ik hoopte dat ze zich, overgeplaatst naar die wereld, verwarmd door de lampen en zich lavend aan de fijne mist, zou ontvouwen, zich zou openen als een bloeiende krokus.

Maar dat is niet gebeurd en nu kan ik met geen mogelijkheid meer nee zeggen tegen Mike.

'Hier,' zeg ik en ik loop behoedzaam naar de slaapkamer.

Ik voel hem achter me, de hitte die zijn lichaam uitstraalt. Terwijl ik naar de lichtknop reik, duik ik dieper in mijn trui. Ik loop door de kamer, met mijn blik strak op de glazen deuren gericht, niet op het bed, dat ik wazig vanuit mijn ooghoek zie. Ik hoop uit alle macht dat hij er evenmin naar kijkt. Opeens heb ik de deurknop in mijn hand. Ik trek de deur open en knip de verlichting van de kas aan.

'Ik heb haar hier achtergelaten.'

'Jezus,' zegt Mike. Hij wringt zich langs me heen, met een hand onder op mijn rug, en neemt dan de twee leistenen treden naar beneden, de kas in.

Mijn tanden omklemmen de nagel van mijn duim en mijn blik richt zich op de hoek het dichtst bij de schuifdeur. Een spin met sierlijke poten zit bewegingloos tussen de fruitvliegjes die hij her en der in zijn web heeft gevangen. Ik vraag me af of de vliegjes niet nog leven en de strijd gewoon moe zijn, wachtend tot de spin zijn trocartachtige kaken in hun stramme keel zet en het leven eruit zuigt. Op een gegeven moment moeten ze de dood welkom heten, een alternatief dat verkiesbaar is boven de angst voor de spin die over hun lot beslist.

'Wat is dit?' zegt Mike, die het pad door de kas volgt en van mijn gezicht naar de bloemen en weer terug kijkt. Hij hurkt om onder de werktafel te kijken, blijft even staan om een bloedrode geranium (*melancholie*) aan te raken en loopt weer door, met zijn ogen op mij gericht. 'Zijn die bloemen allemaal voor het uitvaartcentrum?'

'Nee.'

'Doe je dit zomaar? Zonder enige reden?' Hij is achter in de kas aangekomen en rammelt, eindelijk met zijn rug naar me toe, aan de klink van de buitendeur.

'Ze moet door die deur zijn vertrokken,' zeg ik, blij met de afleiding. Het is een simpele deur met een nachtslot en een stormdeur aan de buitenkant. 's Zomers vervang ik het plexiglas door een hor, en als ik wegga, sluit ik de deur af. 's Nachts lig ik graag in bed met de openslaande deuren open te luisteren naar de hoopvolle paringsroep van de kikkers terwijl er een warme bries door mijn kas trekt die het kakofonische parfum van mijn tuin met zich meevoert.

Mike wil de deur openmaken, maar die zit op slot. 'Was de deur eerst open?'

'Ik dacht het niet. Het zou kunnen.'

'Waar zijn je andere uitgangen?' Hij loopt met grote stappen naar me toe, het dichte gebladerte van de cosmea (*verlangen*) opzij duwend, en beent zo mijn slaapkamer in. Ik loop achter hem aan en sluit de deur van de kas achter ons. Hier lijkt hij groter. Zijn evenbeeld komt voorbij in de spiegel boven de ladekast en het onthutst me dat ik hem in tweevoud zo dicht bij me heb.

'Er zijn maar twee uitgangen,' zeg ik terwijl ik een lok gladstrijk die uit mijn paardenstaart is ontsnapt. 'Meer hoeft niet volgens de voorschriften van de brandweer.'

'Zeg nog eens waar je was?'

'Ik was naar de keuken gegaan om water te halen en jou te bellen, maar ik had haar toch moeten zien als ze langs me heen was gelopen?' Ik neem hem mee naar de woonkamer en wijs naar de openslaande deuren naast de keuken. 'Hoe had ze me kunnen ontgaan?' Ik ben even afgeleid geweest, maar dat vertel ik hem niet. Ik zou het niet kunnen.

'Ze moet achter je aan zijn gelopen en toen ze je met mij

hoorde praten, is ze weggeglipt terwijl je even niet keek. Tenzij...' zegt Mike, om zich heen kijkend in mijn sobere woonkamer, 'ze er nog is. In deze kamer kan ze zich nergens verstoppen. Heb je in alle kasten gekeken, en onder je bed?'

Ik schud mijn hoofd. Hij loopt naar de slaapkamer. 'Wacht,' zeg ik. 'Ik doe het wel.'

Hij knikt en ik loop met hem mee. Ik loop naar mijn kast en hij gaat weer naar de kas. Terwijl ik de louvredeuren van de kast openmaak, weet ik al dat er geen meisje verstopt zit tussen mijn zwarte mantelpakken en witte blouses. Ik zie de gebruikelijke drie paar zwarte instappers, maar geen groezelige witte sportschoenen met verschoten stripfiguurtjes. Ik kijk onder het bed, maar alleen omdat Mike me misschien in de gaten houdt.

'Clara!' Mike heeft de deur van de kas open laten staan en ik voel de warme lucht met de geur van mijn tuin die eruit zweeft. Ik haast me naar hem toe.

Hij staat achterin, naast mijn regenboog van margrieten. Dan bukt hij zich en is alleen zijn kruin nog zichtbaar achter de rijen bloemen. Ik neem de twee treden naar beneden en blijf staan wanneer ik de verwoesting zie waarover hij zich heeft gebogen.

'Heb jij dit gedaan?' Mike raapt een grootbloemige margriet op en reikt hem me aan. Er liggen er meer op de vloer, een enorme berg, allemaal uit hun pot gerukt, waarin alleen nog resten van stelen staan.

'Trecie,' is het enige wat ik kan uitbrengen. Het zal me maanden kosten om nieuwe bloemen op te kweken.

'Wat krijgen we nou?' Hij rommelt in de slachting en tilt een vuistvol krullen op, bijeengebonden met een bloemsteel. 'Is dit van jou?'

Nee, al had het gekund. Het haar is lang, net als het mijne, en net zo donker, en ik zie de vertrouwde witte puntjes waar de haar de schedel vindt, maar dit is fijner, mooier. Het kan niet van mij zijn. Hij moet het verschil ook zien.

Ik kan het Mike allemaal niet uitleggen, dus schud ik mijn hoofd. Hij duikt op mijn werktafel af en grist een plastic broodzakje uit de verpakking. Ik gebruik ze normaal om zaden in te bewaren, maar nu dient het voor het opbergen van bewijsmateriaal. Mike stopt het zakje in zijn borstzak en loopt naar me terug.

'We kunnen verder nergens meer zoeken. Ze is weg.' Zijn gezicht staat hard, net als toen ik hem vertelde over de moedervlek van het Lieve Kind. Hij wil me niet aankijken. In plaats daarvan pakt hij een margriet, onthoofdt hem met een knip van zijn duim en slingert de stengel van zich af.

Hij pakt zijn mobiele telefoon en drukt een toets in. 'Met Sullivan. Ik heb de honden en de infrarood nodig bij Uitvaartcentrum Bartholomew in Whitman. Nu. Bel het bureau daar en stuur hun mensen ook hierheen. We zijn het meisje kwijt.'

Ik kniel naast hem, hark de bloemen bij elkaar en probeer ze allemaal in mijn armen te verzamelen. Ik reik ernaar alsof ik ze van de vloer pluk en ze kan redden door ze tegen me aan te drukken, alsof ik het beetje leven dat ik in me heb aan ze kan overdragen.

Hoe kan ze ontsnapt zijn? Heb ik haar langs me heen zien sluipen en me onbewust afgewend omdat haar helpen te veel in beweging had gezet? Ben ik zo? Ben ik juffrouw Talbot? (Nee, nee. De woorden van mevrouw Molina, haar verlies, ze was een goede moeder voor een goede dochter. Misschien wilde ik te graag iemand redden, wie dan ook, het meisje dat ik vroeger was. Ik heb vannacht niet goed geslapen, ik slaap al jaren niet meer goed, en nu al dat gepraat, de jacht op de geest van het Lieve Kind en een poging – of niet? – nog een meisje in nood te helpen. We zijn met te veel.) Ik druk mijn gezicht in het boeket en snuif de pittige geur op (*een-twee-drie, ademhalen*).

'Clara.' Mike reikt me een margriet aan die ik niet heb gezien, pakt me bij mijn elleboog en hijst me overeind. Hij blijft mijn arm vasthouden en zijn stem is nu zacht, een glad geruis van zijde. 'Het is al goed. Het komt allemaal goed.'

Ik hoor een gemompel, een verstikte zucht, en dan huilt er iemand. Het zwelt aan en barst uit in schokkende, hijgende snikken. Mike slaat zijn arm om mijn schouder en brengt me naar de keuken. Terwijl hij me leidt, zwelt het geluid aan. Ze moet er nog zijn. Ik zoek in de hoeken, achter de ficus, maar ik zie haar nergens. Mike lijkt het niet te merken. Wanneer we bij het aanrecht tussen de keuken en mijn tafel en stoelen zijn, laat hij me los. Hij loopt door naar de kastjes boven het aanrecht en pakt een enorme aardewerken karaf die ik vorig jaar op een boedelverkoping heb gevonden. Ik verstevig mijn greep op de bloemen en luister naar de snikken, die blijven steken en dan weer beginnen. Ik draai me om in de verwachting Trecie te zien en als dat niet zo is, kijk ik vragend naar Mike.

'Mike?'

Hij staat met zijn rug naar me toe de karaf te vullen en hoort me niet; het geluid van stromend water smoort haar kreten en mijn enkele snik. Hij lijkt zo sterk, met zulke krachtige schouders. Ik stel me voor hoeveel gewicht ze torsen, zijn leven zoals het is, en vraag me af waarom ze niet buigen en kromtrekken. Ik vraag me af of hij zijn vrouw ooit op die schouders heeft gedragen en of hij plek heeft voor nog iemand.

Hij draait zich om, zet de karaf op tafel en steekt zijn arm naar me uit.

'Ze is nog hier, Mike, ik weet het zeker. Hoor je haar niet?'

Hij kijkt me zonder medelijden aan. 'Hier, geef maar.'

Voorzichtig, met een tederheid die ik al lang niet meer bij hem heb gezien, pakt hij de bloemen uit mijn armen en zet ze in het water, waarbij hij erop let dat alle stelen in de karaf belanden en niet ernaast, waar ze naar water moet blijven verlangen terwijl de rest naar hartenlust drinkt.

Ik hoor het gesnik nog steeds. 'We moeten haar zoeken.'

Hij blijft staan en legt zijn handen op mijn schouders. Zijn vingers drukken in mijn huid. 'Clara, het is al goed.'

Opeens voel ik mezelf naar adem snakken. Ik breng mijn handen naar mijn gezicht en voel dat het kletsnat is van het snot en de tranen die uit mijn neus en gezwollen ogen stromen. Ik hoor het geluid dat over mijn lippen komt, een diepe uitademing. Ik ruik de metalige geur van mijn verdriet. Ik ben het zelf, het waren al die tijd mijn tranen.

Mike haalt zijn handen van mijn schouders, die treurig koud achterblijven, en trekt een zakdoek uit zijn broekzak. Zijn ogen laten de mijne geen moment los en ik dwing mezelf zijn blik te beantwoorden. Dan is het eindelijk stil. Hij bet heel voorzichtig mijn ene oog en volgt het pad van mijn tranen over mijn wang en nog lager, en hij drukt de stof heel zacht tegen mijn hals, strelend, een fluistering van een aanraking. Dan maakt hij een boog naar de andere kant van mijn gezicht en begint opnieuw. Mijn oogleden fladderen tegen het katoen, een warme balsem voor mijn droefheid. De zakdoek ruikt naar pepermunt en waspoeder, en ik kan me er niet van weerhouden mijn wang tegen Mikes bedekte vingers te vlijen.

'Het spijt me dat ik haar heb laten gaan. Ik heb jullie allebei in de steek gelaten.'

'Sst.' Zijn vrije hand glijdt van mijn schouder naar mijn zij, waar zijn duim tegen mijn heupbot drukt en zijn vingers zich om mijn rug sluiten. Mijn lichaam buigt zich naar hem over, zijn warmte zoekend zoals een bloem de zon zoekt.

Zijn vingertoppen, niet meer door de zakdoek omhuld, strijken langs mijn haargrens naar beneden en volgen mijn lippen. Ik kan hem nu ruiken. Hij is gember en regen, zout en bloed, hij ruikt indringend naar vocht en leven. Hij streelt de volte van mijn onderlip en ik voel hem omlaag zakken, zijn vinger die naar binnen gaat en de natheid daar aanraakt.

Zijn dijen, hard en pezig, drukken tegen de mijne. Zijn gejaagde adem blaast warm langs mijn wang. De draad die ik eerder tussen ons heb gevoeld, strakker en losser wordend, wordt nu van twee kanten aangehaald en spant zich met een geluid als van een snaar. Dichter bij. Ik zie de schaafwondjes in zijn nek, waar hij zich bij het scheren heeft gesneden en het bloed is geronnen, met een verbijsterende scherpte; de aderen, dik als koorden, die zich spannen in zijn hals; de hartslag die in zijn slagader klopt. Ik word overmeesterd door de behoefte mijn lippen erop te drukken. Ik moet het leven door hem voelen vloeien, tegen me aan.

Het licht van koplampen stroomt door mijn keukenraam, valt als een pad door mijn woonkamer en laat de draad knappen. Het haperen en overslaan van de motor van de Buick is me zo vertrouwd als Linus' eigen stem. In de verte, niet te ver, klinkt het minder vertrouwde loeien van sirenes.

Mike laat me los, drukt de zakdoek in mijn hand, schraapt zijn keel en stapt achteruit, afgeleid door wat er achter het raam gebeurt. 'Ik moet even buiten kijken en dan met Linus praten. Misschien heeft hij Trecie hier vaker zien rondhangen.'

Ik knik en ga hem voor naar de terrasdeuren, met aarzelende passen en verwarde gedachten. We lopen tegen een muur van koude lucht aan en de wind schrijnt op de natte plekken op mijn gezicht die Mike heeft gemist.

12

'Is dat zo?' zegt Linus met zijn ogen op zijn kopje gericht. Hij blaast in zijn thee, waar een stoomwolk uit opstijgt.

Linus zwijgt, op een enkel 'hm, hm' na, terwijl Mike hem over het onderzoek vertelt. Ik trek met een vinger de vertrouwde houtnerf van Alma's keukentafel na en voel met mijn andere hand aan de zakdoek in de zak van mijn jasje. In ons midden ligt Mikes portofoon met zijn aanhoudende gezoem, dat slechts sporadisch wordt onderbroken door berichten van de politiemensen die in een straal van drie kilometer rond het uitvaartcentrum naar Trecie zoeken.

De lucht wordt verwarmd door de geur van orange pekoe en kerstkransen. Alma reddert om ons heen: ze vult de theepot bij en stalt een banket uit met cakejes, geglazuurde brownies, gesneden peperoni, toastjes en geitenkaas met knoflook. Ze loopt nog rond in de feestelijke rode jurk van het uitstapje naar Boston. De kerstbroche met klokjes en metalen hulstblaadjes boven haar linkerborst tinkelt bij elke stap die ze zet. Ze zweeft neuriënd boven onze hoofden. Ik luister niet meer naar Mike, maar probeer de melodie te duiden. Dan weet ik het: 'Joy to the World'.

'We hebben geen filmapparatuur aangetroffen in het huis van Charlie Kelly, waar de videobanden zijn gevonden,' zegt

Mike. 'Ik denk dat hij maar een klant was, maar vermoedelijk kende hij de filmer wel. We kunnen de volwassen man op de banden niet met absolute zekerheid identificeren, want hij was wel zo verstandig zijn hoofd buiten beeld te houden. Het was op alle banden dezelfde omgeving en dezelfde vent met dezelfde meisjes.'

'En de kinderen,' vraagt Linus, die met zorg een plak worst op een vierkantje toast met kaas balanceert, 'hoeveel kinderen?'

Mike duwt zijn bordje met cake dat Alma voor hem neer heeft gezet en waar hij alleen uit beleefdheid een hap van heeft genomen, van zich af. Hij vouwt zijn hand om zijn theekop, dezelfde hand die nog maar een paar minuten geleden mijn middel omvatte. Hij blijft Linus aankijken; vanaf het moment dat we naar buiten zijn gegaan, heeft hij mijn kant niet meer op gekeken.

'Twee,' zegt hij. 'Het ene meisje kennen we, Trecie, maar het andere is nog niet geïdentificeerd. Ze is ongeveer van dezelfde leeftijd en heeft dezelfde huidskleur. Dat meisje komt in maar één film voor.'

'Clara,' onderbreekt Alma hem, 'zullen wij naar de woonkamer gaan? Ik heb vanavond een cd gekocht van het zwarte kerstspel. We kunnen ernaar luisteren, als je wilt.'

Ze glimlacht naar me en knijpt in de rug van Linus' stoel. Haar donkere knokkels worden warm roze van de inspanning en haar fantastische tanden zijn in twee keurige rijen op elkaar geklemd.

Ik wil iets zeggen. Ik kan weinig bijdragen aan het gesprek, maar besef dat het mijn plicht is erbij te blijven. Door het raam zie ik het schijnsel van zaklampen rond mijn huis en ik probeer zonder het te willen het geknetter uit Mikes portofoon te ontcijferen. Ik kijk weer naar Alma, maar voordat ik iets kan zeggen, doet Mike het voor me.

'Ik ben bang dat Clara hier moet blijven.'

Alma slaat haar armen over elkaar en kijkt Mike priemend aan. 'Ik zou niet weten waarom ze dit nare gedoe niet even zou mogen onderbreken om naar kerstmuziek te luisteren.'

Alma toont haar emoties niet vaak, en ze heeft haar waardigheid nog nooit verloochend. In de twaalf jaar dat ik haar ken, is ze twee keer door de griep geveld. In beide gevallen heeft ze de ziekte geen poot aan de grond laten krijgen, hoewel ze koortsig was en zich duidelijk niet goed voelde. Haar maaltijden werden bereid, de was werd gedaan en de vloeren werden geveegd.

'Het spijt me, mevrouw Bartholomew, maar Clara moet bij mijn gesprek met Linus zijn. Het zou een herinnering bij haar kunnen losmaken.'

Alma's mond wordt een smalle streep. 'Nou, ík vind dat Clara wel genoeg heeft gehoord voor één avond. Ik geloof niet dat ze nog iets kan bijdragen aan uw onderzoek, recherchéúr Sullivan.'

Ze leunt over de tafel en grist zijn schotel met cake weg. Met haar kin omhoog keert ze hem een verwijtende rug toe en laat de schotel kletterend in de spekstenen gootsteen vallen. Mike kijkt met smekend opgetrokken wenkbrauwen naar Linus, die knikt, zich ophijst van de tafel en een arm om haar middel slaat.

'Hij wil het kind alleen maar helpen.'

'Daar helpt hij míjn kind niet mee,' zegt Alma met haar rechte rug. Het dringt met een schok tot me door dat ze het over mij heeft.

Linus trekt Alma naar zich toe, brengt zijn lippen bij haar oor en fluistert iets, zo hard dat we het allemaal kunnen horen. Ik heb die twee nog nooit zo intiem gezien. Mike en ik zouden onze blik moeten afwenden, maar om een onverklaarbare reden laat ik me in hun wereldje trekken. 'Alma, toch, die man moet zijn werk doen en Clara moet hem helpen. Er kan haar niets gebeuren. Ze krijgt bescherming.'

Alma wringt Linus' hand los. 'O, ja? Nou, ik herinner me toevallig nog wél wat moeder Greene heeft gezegd en let op mijn woorden, Linus, als haar iets overkomt, houd ik jou…' – ze draait zich om en wijst naar Mike – '… en jou verantwoordelijk.'

Ze schrijdt strak voor zich uit kijkend de keuken uit. Ik hoor haar vrolijk tinkelende broche nog als haar voeten de trap naar boven op stampen. Op de overloop wordt het geluid zwakker en dan is het even stil, waarna er een deur dichtslaat.

Linus houdt zich vast aan het aanrecht en slaat hoofdschuddend zijn ogen neer. Mike zakt onderuit in zijn stoel en richt zijn aandacht op de lepel die hij tussen zijn vingers heen en weer laat rollen. Ik wacht tot iemand iets zegt. Als Linus ons ten slotte aankijkt, duwt een vermoeide glimlach zijn dikke wangen omhoog. 'Je bent toch niet bang, Clara?'

Na al die jaren is het een automatisme geworden. 'Welnee.'

'Want je weet toch dat ik voor je zorg? Je weet toch dat ik je door niemand kwaad laat doen?' Zijn blik is standvastig, zijn glimlach een masker. Tot vanavond heb ik me nooit gerealiseerd hoe goed ik die mensen heb leren kennen, Linus en Alma, en nu kan ik door zijn gezichtsuitdrukking heen kijken en zijn angst zien, en hoe hij probeert die voor me te verbergen.

Ik wil hem geloven. 'Ik weet het.'

Zijn gezicht ontspant. 'Goed, excuseer me dan terwijl ik met mijn gade praat.'

Hij loopt de kamer uit, elk gevoel van troost met zich meenemend. Ik denk eerst dat zijn voetstappen op de trap naar het uitvaartcentrum voeren, maar ik moet me vergissen, al lijkt er geneurie vandaan te komen, '… *grace, my fears relieved…*', maar nee. Hij is op weg naar boven, zoals hij al zei, om Alma gerust te stellen. Ik kijk naar de rijen cakejes voor me en probeer trapeziums en ruiten te ontdekken in het strooisel op het glazuur. Mike blijft met de lepel draaien.

De minuten gaan in elkaar over zonder dat we iets zeggen. Ik ben bij de driehoeken op de schaal, die vaker voorkomen, wanneer Mike zijn keel schraapt.

'Je weet toch dat ik je ook door niemand kwaad zou laten doen?' zegt hij.

Mijn ogen flitsen naar zijn gezicht, maar hij blijft naar de lepel kijken. 'Ik red me wel.'

'Ik zal je beschermen,' zegt hij.

Dan komt er een waas voor mijn ogen en onwillekeurig gaat de hand die in mijn zak met de zakdoek speelt langzaam omhoog en schuift naar die van Mike. Ik kan hem niet voelen, er is niets voorbij mijn pols, maar de hand schuift verder. Ik denk aan de pijnscheut wanneer die hand de zijne raakt en wil hem terugtrekken, maar hij blijft bewegen. Mike kijkt nog steeds naar de lepel. Mijn hand is er bijna. Ik verlang naar niets anders dan de warmte van zijn huid, het ruwe gevoel van zijn eelt, het borstelige van zijn haren. Bijna, ik ben er bijna.

Ik schrik wanneer de trillers van zijn mobieltje de stilte aan scherven slaan. Mike laat de lepel uit zijn vingers glippen, die kletterend op tafel valt. Ik reik naar de suikerpot. Mike gaat rechtop zitten en tast naar het toestel in zijn achterzak.

'Sullivan.'

Ik kijk naar de plek waar zijn hand was en luister maar half naar de eenzijdige conversatie.

'Weet je het zeker?'

Mike trekt een opschrijfboekje en een pen uit zijn borstzak en noteert iets. Dan draait hij zijn lichaam naar me toe. Mijn ogen glijden langs zijn romp omhoog, treuzelen in zijn hals en vinden dan eindelijk de zijne. Hij kijkt me recht aan.

'Dominee Greene, vindt u het goed als ik uw telefoon laat aftappen?' Hij luistert even en zegt dan: 'Dominee Greene, het leven van dat meisje staat op het spel. Als het moet, vraag ik een gerechtelijk bevel.'

Hij klemt zijn kaken op elkaar, zie ik aan de opbollende spieren in zijn gezicht, en hij ademt nu hoorbaar. Hij verbreekt de verbinding en klapt de telefoon in zijn hand dicht. Hij kijkt me even aan voordat hij iets zegt.

'Dominee Greene heeft weer een tip van de anonieme beller gekregen over de zaak van het Lieve Kind.'

Ik reik naar mijn kop thee in de hoop dat er nog genoeg in zit om mijn handen te warmen. 'Mike, ik heb je alles verteld wat ik weet. Meer kan ik je niet zeggen.'

'Clara, Alma zou gelijk kunnen hebben. We hebben te maken met een stelletje door en door zieke mensen die waarschijnlijk veel geld verdienen aan die video's. Dat is voor hen voldoende reden om tot het uiterste te gaan om dit onderzoek te laten doodlopen.'

Ik denk aan Trecie die aan de ruggen van mijn boeken voelt en de paden van mijn geheime tuin bewandelt. Ik kan haar gezicht in die videofilm zien en weet dat ik niet de zoveelste kan zijn die haar in de steek laat.

'Ik ben niet bang.'

Mike legt zijn telefoon op tafel en neemt mijn handen in de zijne, die even koud zijn, maar me op de een of andere manier toch verwarmen. 'Weet je nog dat ik zei dat er een ander meisje in een van de video's voorkwam? De beller heeft tegen dominee Greene gezegd dat het het Lieve Kind was.'

Ik voel het bloed uit mijn gezicht wegtrekken en op hetzelfde moment komt Mikes portofoon knetterend tot leven. Hij pakt hem op. 'Sullivan.'

'Hé, Mikey,' zegt een man, Ryan, zo te horen. 'Het spoor is niet meer te volgen, we hebben niets.'

'En de honden dan?'

Ryan zegt afgemeten: 'Ze hebben geen spoor opgepikt, er is

niets om mee te werken. Zullen we de media inschakelen?'

Mike laat zijn hoofd tegen de portofoon rusten, wacht een moment, en dan nog een, voordat hij ten slotte zijn kin heft. 'Nee. Ik wil iedereen binnen vijf minuten terug hebben op het beginpunt.'

'Komt voor elkaar,' zegt Ryan.

Mike legt de portofoon weer op tafel. Nu begrijp ik hoe hij zich in mijn kas voelde toen ik haar had laten gaan. Ik weet niet of mijn woorden worden ingegeven door schaamte of door angst, maar ze spatten uit mijn mond. 'Waarom zou je de media niet inschakelen? Er is al een meisje dood. We moeten Trecie redden.'

Het vuur dat mij heeft verzwolgen, brandt ook in hem. Hij staat zo woest op dat zijn stoel omvalt en Alma's messing sierborden tegen de muur rammelen. Gonzend vinden ze de stilte terug. 'Denk je dat ik dat niet weet? Wat denk je dat ik hier doe? Als ik dit op radio en tv laat uitzenden, wat zou er dan met Trecie gebeuren?' Hij knipt mijn zijn vingers. Zijn gezicht is rood van woede. 'Dan laat die smeerlap haar verdwijnen, net als het Lieve Kind.'

Hij klemt de portofoon aan zijn riem en slaat zijn handen voor zijn gezicht. 'Ik kan niet nog een kind kwijtraken. Dat kan ik niet aan.'

Dan ga ik naar hem toe. Ik neem die paar passen, strompelend over de kloof. Als ik eindelijk tegenover hem sta, hef ik mijn armen en voel de pezen en spieren in mijn ledematen groeien; ze vinden elkaar en verdikken zich pijnlijk. Ik omvat zijn middel en vind de moed om naar zijn gezicht te kijken, maar hij kijkt langs me heen.

Ik leg mijn hoofd tegen zijn borst, me tevredenstellend met het ruisen van zijn hartslag. En wanneer zijn lichaam begint te beven, zeg ik: 'Het is goed, Mike. Het komt allemaal goed.'

13

De hal van het politiebureau in Brockton is een smalle gang met een groezelige vloer en elkaar overlappende memo's aan de muren van betonsteen. Een grote collage van starende mannengezichten met tweedimensionale ogen die uit de zwartwitfoto's springen, gaat vergezeld van de tekst: 'WAARSCHUWING! Dit zijn nog maar een paar van de zedendelinquenten van de stad, en sommigen behoren tot de gewelddadigste criminelen.' Het papier ritselt als ik erlangs loop. Ik probeer de mannen niet aan te kijken, maar werp toch een blik op de gezichten, half en half verwachtend dat er een naar me zal knipogen.

Ik kom langs een oudere vrouw en een tiener, haar dochter, vermoed ik, die naast elkaar zitten en allebei vermoeid voor zich uitkijken. Ze hebben allebei een warm jack met een met bont afgezette capuchon aan. Ik loop naar de politieman achter de balie, van wie ik word gescheiden door een ruit van gehard glas en een afgesloten deur.

'Wat kan ik voor u doen?' Hij mompelt en zijn gezicht is uitdrukkingsloos, al schommelt zijn halskwab terwijl hij praat. Hij is ouder, zwaargebouwd, met dunner wordend zwart haar dat met gel op zijn plaats is geplakt. Hij heeft de grauwig bleke teint van sommigen van mijn cliënten.

'Ik kom voor rechercheur Sullivan.' Ik kijk over mijn schouder en zie dat beide vrouwen naar me staren.

De politieman reikt naar een telefoon en plotseling wordt zijn gezicht levendig. 'Ha, Mikey, ze is er.' Wanneer hij praat, verdwijnt zijn kin in de vetmassa eronder.

De functionele klok boven zijn hoofd, die het vuil van jaren draagt, staat op half negen. Dan doet Mike de deur open en loodst me erdoorheen naar de andere kant.

'Fijn dat je bent gekomen.' Zijn stem klinkt vlak en zijn ogen laten het bezoekersformulier dat hij invult niet los. Zijn gezicht is fris geschoren en strak. Het draagt geen sporen meer van gisteren, toen hij kort na middernacht uit het uitvaartcentrum vertrok en er verslagen en afgetobd uit had gezien. Daarvoor was hij nog een keer naar mijn huis gekomen om naar een spoor van Trecie te zoeken, een aanwijzing, hoe klein ook, maar hij vond niets. Ik liep met hem mee naar zijn auto. Onze vingers zouden zelfs langs elkaar kunnen hebben gestreken voordat hij zich omdraaide om zijn portier te openen, maar nu voel ik een kloof tussen ons, al is hij vlak bij me. Heb ik me maar verbeeld dat ik hem vasthield, dat hij zijn hand om mijn middel legde? Waarschijnlijk kan ik dat maar beter geloven.

'Sorry dat ik je zo vroeg heb laten komen.' Mike maakt de deur van een trappenhuis open en loopt naar de eerste verdieping. Hij loopt voor me uit, dus ik kan zijn gezichtsuitdrukking niet zien, maar die kan ik wel horen. 'Je hebt zeker geen oog dichtgedaan?'

Ik blijf staan, een fractie van een seconde maar, met mijn hand op de trapleuning. 'Ik voel me prima.'

Hij is boven aangekomen en houdt de deur voor me open. Nu kijkt hij me aan, maar zijn ogen worden weer versluierd door het vertrouwde reptielenvlies. 'Had je geen moeite om in slaap te komen?'

'Nee.' Ik wacht tot hij me voorgaat, maar hij blijft vanuit de deuropening naar me staan kijken. 'Toen jij weg was, ben ik meteen naar bed gegaan,' zeg ik.

Hij laat de deur achter ons dichtslaan en loopt voor me uit. Ik volg hem, plukkend aan een losse knoop aan mijn jas. Ik zie hoe stram zijn rug is en ik zie de bobbel op zijn rechterheup, waar zijn colbert langs zijn dienstwapen strijkt. Ik weet wat hij van me wil horen, maar ik kan het niet over mijn lippen krijgen. Ja, ik moest de door Trecie uit de grond gerukte margrieten naar het Lieve Kind brengen; ik verdraag geen dode dingen in mijn huis, nee, daar niet. Eerst zag ik hem niet, overweldigd als ik was door wat ik tegen de grafsteen van het Kind zag staan: een bidprentje dat Linus voor de uitvaartdienst van het Lieve Kind had laten drukken, met aan de ene kant de aanroeping aan Sint-Antonius, de beschermheilige van verloren voorwerpen, en aan de andere een prent van in gebed gevouwen kinderhanden. De randen waren rafelig en de rechterbovenhoek was omgebogen, alsof het kaartje vaak was vastgehouden. Gisteren was het Mikes beurt om zich in de schaduw te verstoppen. Het leek me beter te doen alsof ik hem niet hoorde roepen toen ik wegrende. Verdriet is niet iets om te delen.

Ik ben nog nooit in Mikes kamer geweest, al was er wel eens een aanleiding om het politiebureau te bezoeken. Ik krijg af en toe een bekeuring wanneer ik in Brockton iemand ophaal met de lijkwagen. Smalle zijstraten en parkeerverboden in de winter zijn geen rechtvaardiging voor het bij de nabestaanden thuis laten verkwijnen van een overledene. De commissaris heeft Linus jaren geleden verzekerd dat hij geen aandacht aan de bonnen hoefde te besteden, 'breng ze maar langs', zei hij. Linus en ik hebben nooit misbruik gemaakt van die hoffelijkheid.

Mike doet nog een deur open en we nemen een bocht naar een grote zaal met rijen bureaus tegenover drie kamers achter glazen wanden. Bijna alle bureaus zijn bezet. Mannen met hun colbert over de rug van hun stoel richten hun aandacht op hun computerscherm of op hun telefoongesprek. Ik herken er een paar van de keren dat ik een dode heb opgehaald die zonder getuige was gestorven. Er is maar één vrouw, en die heb ik nog nooit gezien. Ze is tenger, met van nature blond haar en een stijlvol beige broekpak. Ze lijkt begin dertig te zijn, maar zou makkelijk voor jonger kunnen doorgaan. Ze glimlacht tijdens haar telefoongesprek naar ons als we langslopen. Voor haar staat een grote, ingelijste foto van twee meisjes met dezelfde blonde manen en een brede glimlach met veel tanden. Ik neem aan dat ze op de middelbare school zowel koningin van het bal als klassenvertegenwoordigster is geweest.

Hier hangt dezelfde armoedige sfeer als in de hal, maar dan nog erger. De tegels van het verlaagde plafond zijn gelig, bezoedeld door jaren van sigarettenrook en waterschade. Een paar tegels ontbreken helemaal, en door de openingen zijn kabels en ooit witte, nu met een bruin laagje bedekte leidingen te zien. Het kost me geen moeite me de muizenkolonie voor te stellen die zich in de muren en tussen de balken heeft genesteld. Aan de wanden hangen memoborden die allemaal bedekt zijn met lagen bulletins en politiefoto's. Ik kijk naar het bericht het dichts bij me, een waarschuwing van Interpol over een vuurwapen dat eruitziet als een mobiele telefoon.

Mike loopt naar een van de bureaus en pakt de handset van het telefoontoestel op. Hij drukt een toets in en zegt iets onverstaanbaars tegen degene die opneemt. Hij kijkt me bijna aan terwijl hij met zijn vrije hand aan zijn broeksband plukt, en dan keert hij me de rug toe. Ik neem aan dat dit zijn bureau is, al wordt er geen aanspraak op gemaakt door zichtbare persoonlijke bezittingen. Ik ga zo staan dat ik kan zien of de foto's van zijn vrouw me zijn ontgaan, maar ontdek alleen verfrommelde servetten en een blauwe, geschilferde koffiebeker, halfvol, met een stollende werveling koffiemelk in het midden. Dan zie ik hem, achter een dode klimopplant, in een houten lijstje: een foto van hen samen aan het strand, met hun gebruinde gezichten dicht tegen elkaar aan gedrukt. Ze zien eruit als een stel.

Aangezien Mike me geen stoel heeft aangeboden, blijf ik om me heen staan kijken. Achter me is een verhoorkamer. Achter de ene deur bevindt zich een smalle kamer met een raam en daaraan grenst een grotere kamer met een spiegel en een lange tafel. Aan een kant van de tafel, die tegenover de spiegel, staat een stoel met rechte rug en ertegenover staan nog eens twee stoelen. Het verbaast me dat het er net zo uitziet als in de film. Ik had meer subtiliteit verwacht, denk ik.

'Zal ik koffie voor je halen voordat we beginnen?' vraagt Mike, die in een stapel papier op zijn bureau bladert en met zijn andere hand naar een bijna lege pot wijst.

'Nee, dank je.'

'Daar zijn ze.' Mike heft zijn hoofd op, kijkt langs me heen en richt zich op.

Er komen twee mannen de recherchezaal in, allebei in pak. Ze hebben de vertrouwde doortastendheid en zelfverzekerde tred van de politieman. Mike begroet beiden met een handdruk en dan gaan ze in een kringetje staan, met hun rug naar me toe, zodat ik een paar centimeter en toch kilometers van hen verwijderd ben. Nadat ze een paar minuten als goede bekenden hebben gepraat, draait Mike zich naar me om.

'Clara, dit is Will Peña van het Openbaar Ministerie in Plymouth County, en dit is rechercheur Frank Ball van de politie van Whitman. Ze zijn belast met Trecies zaak.'

Ik knik. Ik ben er lang geleden al achter gekomen dat mensen me niet graag een hand geven. Vandaag is daarop geen uitzondering: de mannen komen niet in beweging. Will Peña is kleiner dan Mike, gedrongen en compact met een kort, praktisch kapsel. Frank Ball is lang en pezig, zo mager dat je zijn adamsappel op en neer ziet wippen. Ze hebben allebei een gesloten blik.

Ik verwacht dat ik naar een verhoorkamer zal moeten, maar Mike pakt stoelen bij lege bureaus vandaan en zet ze rond het zijne. Hij haalt het deksel van een kartonnen doos; ik neem aan dat het de doos is die hij had meegebracht naar mijn huis. Er staat nog een doos naast met de woorden LIEVE KIND in zwarte viltstiftletters op de zijkanten en het deksel. Ik vraag me af of het Mikes handschrift is.

'Clara,' zegt Peña van het OM, 'Mike heeft ons alles doorgegeven wat je hem hebt verteld, maar zou je ons alles wat je weet in je eigen woorden kunnen vertellen?'

'Waar moet ik beginnen?'

'Bij je eerste kennismaking met het meisje,' zegt rechercheur Ball uit Whitman. Ik begin te vertellen. De vrouwelijke rechercheur beëindigt haar telefoongesprek en komt naar ons toe. Ze gaat op Mikes bureau zitten en laat haar benen over de zijkant bungelen. Het lijkt een vertrouwde houding, een makkelijk, ontspannen hangen. Ik vraag me af of ze altijd zo gaat zitten wanneer ze met Mike aan een zaak werkt of gewoon een praatje maakt bij een kop koffie. Ik zie dat ze elegante, suède pumps aanheeft, wat me doet vermoeden dat ze de recherchezaal zelden verlaat. Het is niet het soort schoenen dat een politiefunctionaris draagt tijdens een achtervolging, lijkt me. Ze heeft een zekere ongedwongenheid, een uitstraling van moeiteloos gezag tussen die mannen. Ik werp een blik op Mike, maar die schijnt de op zijn bureau hangende vrouw niet te hebben opgemerkt.

Ik word af en toe onderbroken als een van de mannen wil dat ik nader op iets inga, maar ik ben er niet één keer toe in staat. Terwijl ik me probeer te herinneren wat ik precies tegen Mike heb gezegd, zorg ik ervoor dat ik niet te veel aandacht besteed aan de handen die over het papier van gele blocnotes snellen om mijn woorden te noteren. Het valt me op dat Mike en de vrouw geen aantekeningen maken. Ik weet niet wat verontrustender is. Wanneer ik klaar ben, kijken de mannen naar de vrouw. Dan zegt ze eindelijk iets.

'Clara, ik ben inspecteur Kate McCarthy. Ik ben het hoofd van de afdeling Zedenzaken hier.' Ze leunt voorover naar me over en onwillekeurig druk ik me tegen de rugleuning van mijn stoel. 'Heeft Trecie ooit iets over school verteld, op welke school ze zit, in welke groep?'

'Zoals ik al zei, heeft ze tegen me gezegd dat ze niet naar school gaat. Ze lijkt me een jaar of acht, maar ik weet het niet zeker. Ik ken niet veel kinderen...'

'Zullen we toch met Clara langs de scholen rijden om in de pauze naar kinderen te kijken?' onderbreekt rechercheur Peña me.

Kate schudt haar hoofd en richt haar aandacht weer op mij. 'Kun je haar beschrijven?' vraagt ze met een glimlach.

'Ze komt in de video's voor. Mike heeft me er een laten zien.'

Kate kijkt van Mike naar mij. 'Dat weet ik,' zegt ze, weer met die glimlach, 'maar kun je het in je eigen woorden vertellen?'

Ik begrijp niet waar ze naartoe wil, maar ik word overmand door dat vertrouwde gevoel van anders-zijn: zij en ik. 'Ze heeft lang, donker haar, golvend. Ze is heel dun, en klein voor haar leeftijd. Ze gedraagt zich ouder dan ze eruitziet. Ze heeft bruine ogen, geloof ik. Het is moeilijk te zeggen. Ik weet het niet. Ze heeft een beetje een gelige huid.'

'Het is alsof je jezelf beschrijft,' zegt Kate, die diep in me kijkt, en het lijkt alsof alle geluiden uit de ruimte worden weggezogen. Dan: 'Het haar dat Mike bij je thuis heeft gevonden, was zo te zien uitgerukt. Heb je ooit kale plekken op Trecies hoofd gezien?'

Ze weten genoeg van haar leven, ze hebben de video's. Ik

mag haar geheim niet verraden, niet nog meer van haar schaamte onthullen. Haar geheim is veilig bij mij. 'Nee.'

'En haar wimpers?'

Voordat ik antwoord kan geven, zegt rechercheur Peña: 'Waar wil je naartoe?'

Kate blijft naar mij kijken. 'De psycholoog zei dat meisjes die worden misbruikt een angststoornis kunnen ontwikkelen waarbij ze hun haar of wimpers uittrekken.'

'Trichotillomanie.' Ik was niet van plan iets te zeggen.

Kate reageert bedachtzaam. Ik durf niet naar Mike te kijken. 'Ja, dat is het. Ze worden gehypnotiseerd door aan hun haar te draaien of zo, en dan geven ze er een ruk aan. Ze zijn zich er niet eens van bewust. Sommige lijders worden uiteindelijk kaal, andere proberen hun kale plekken onder een hoed te verbergen.' Ze houdt haar hoofd schuin en neemt me op. 'Of met een paardenstaart. Hoe ken jij die aandoening, Clara?'

'Ik heb het wel eens gezien. Ik zie veel in mijn beroep.' Ik voel dat iedereen naar me kijkt.

Kate doorbreekt de stilte uiteindelijk. 'Kwam ze altijd op dezelfde tijd langs?'

'Een keer 's middags en twee keer tegen de avond,' zeg ik, erom denkend dat ik stevig op mijn stoel moet blijven zitten.

'Kun je je herinneren of je ooit een autoportier hebt horen slaan wanneer ze er was, of onbekende auto's op het parkeerterrein hebt gezien? Een fiets, misschien?'

'Nee.' Ik kijk naar Mike, maar die vlecht een pen tussen zijn vingers en kijkt strak naar zijn beker koude koffie. 'Gisteravond stonden alleen de lijkwagens op het parkeerterrein. Linus en Alma waren met de Buick weg. Ik heb geen fiets gezien, maar we zijn helemaal niet aan de straatkant geweest.'

'Hé, Frank,' wendt Kate zich tot de rechercheur uit Whitfield, 'hoeveel appartementencomplexen zijn er op loopafstand van het uitvaartcentrum?'

'Dat hangt ervan af wat jij "loopafstand" noemt,' zegt Frank. 'Een stuk of zes binnen anderhalve kilometer aan Washington Street, misschien acht als ze de begraafplaats oversteekt. Maar welk klein kind loopt er nou alleen over een kerkhof, laat staan 's avonds?'

Kate trekt een wenkbrauw op en zet haar over elkaar geslagen benen naast elkaar. 'Het soort kind dat bij een uitvaartcentrum rondhangt.'

'Ik vind dat we moeten posten op de plek waar het Lieve Kind is gevonden, en bij haar graf,' zegt Mike, wiens ogen zich in de mijne boren. Ik verbied mijn gezicht te gloeien. 'Om te zien of iemand zich er verdacht ophoudt.'

Mike zwijgt terwijl de anderen overleggen of het gevaarlijk voor Trecie zou zijn als ze haar foto bij woningen en winkels lieten zien. Ik vang met een half oor op dat Kate ertegen is, om dezelfde redenen die Mike de vorige dag noemde. Ik wend me af om Mike niet meer in mijn gezichtsveld te hebben en zie Ryan, die een dossier op een onbezet bureau legt.

Hij ziet me kijken en wuift. Voordat ik kan doen alsof ik hem niet heb gezien, loopt hij al breed glimlachend op ons af.

'Hé, wat gebeurt hier?' Ryans stem is te luid voor deze ruimte, voor dit gesprek.

Mike knikt alleen, maar Kate kijkt op en begroet hem. 'Ha, Ryan.'

Hij loopt naar de koffieautomaat vlak bij ons en pakt een piepschuimen bekertje. 'Hebben jullie Clara hiernaartoe gesleept vanwege al haar parkeerbonnen?' Hij schudt melkpoeder in zijn beker. Zijn bloederige nagelriemen steken schril af tegen de onberispelijke blauwe bus. Dan wordt zijn toon ernstig, vriendelijk bijna. 'Gaat het om dat meisje?'

'Het ziet ernaar uit dat die zaak waarvoor Mike je gisteravond heeft opgeroepen, verband houdt met die van het Lieve Kind,' zegt Kate, die van het bureau glijdt.

Ryan scheurt vier suikerzakjes tegelijk open en klakt een paar keer met zijn tong terwijl hij ze boven zijn beker leeg tikt. Hij pakt een gebruikt plastic lepeltje van het koffiewagentje om mee te roeren. Zijn kaakspieren bollen op. 'Dat meen je niet. Hoe zijn jullie daarachter gekomen?'

'Onze anonieme beller,' verbreekt Mike zijn eigen stilte. 'Dominee Greene heeft me gisteravond gebeld toen ik bij Linus was.'

'Kunnen we zijn telefoon aftappen?' vraagt Peña. 'Ik weet zeker dat de officier zelf het aan de rechter zou voorleggen.'

Mike schudt zijn hoofd. 'Ik heb het aan dominee Greene gevraagd en hij zei nee. Ik heb geen zin om een jaar op een gerechtelijk bevel te wachten, dus heb ik al een verzoek ingediend om inzage te krijgen in al zijn inkomende en uitgaande gesprekken sinds de dood van het Lieve Kind. We zouden over een paar weken toestemming moeten krijgen, misschien eerder.'

Peña houdt zijn hoofd schuin. 'Hoe weten we dat dominee Greene die anonieme beller niet uit zijn duim heeft gezogen? Misschien probeert hij zijn eigen sporen te wissen. Heeft iemand hem nagetrokken?'

'Nee, dominee Greene is een rechtschapen burger,' zegt Ball, die zijn revers pakt en zijn hoofd schudt. 'Hij werkt al jaren met mijn jongens van het korps in Whitman aan hulpverleningsprogramma's, vooral voor kinderen uit risicogroepen, dus we moeten hem elk jaar doorlichten. God, ik doe dit werk nu zo lang dat ik nergens meer van opkijk, maar het zou me echt verbazen als hij een snode rol speelde in deze zaak.'

'Maar de gegevens die onze anonieme beller verschaft, kan alleen de moordenaar weten,' zegt Mike. 'Waarom laat dominee Greene ons zijn telefoon dan niet afluisteren?'

'Het zijn altijd degenen van wie je het het minst verwacht,' zegt Ryan wijs knikkend. Hij wipt van zijn hielen op zijn tenen en trekt met zijn linkerhand aan de riem waaraan zijn holster hangt. Ik was vergeten dat hij er stond. Hij lijkt op de een of andere manier niet op zijn plaats, een uniform tussen de pakken.

'Trecie had een zusje, is het niet?' Kate kijkt me aan en het schiet me weer te binnen dat ik ook deelneem aan dit gesprek.

'Ja.'

'Ze heette Adalia, zei ze? Heeft ze ook gezegd of ze ouder of jonger was?'

'Jonger, dacht ik,' zeg ik.

Kate kijkt weer naar de mannen. 'Goed, ik zal de kinderbescherming bellen om te vragen of ze een zaak in de omgeving hebben met twee zusjes die Trecie en Adalia heten.

Peña, kun jij naar het forensisch instituut van de staat gaan? Zeg dat we voor de zekerheid die haren willen laten onderzoeken om te zien of er overeenkomsten zijn tussen het Lieve Kind en Trecie. Misschien heeft onze dader het op een bepaald type gemunt; ga na of het overeenkomt met de voorkeur van een van onze plaatselijke zedendelinquenten. Dit zou een goed moment kunnen zijn om weer contact op te nemen met de FBI-agent die de zaak van het Lieve Kind onderzoekt. Misschien zouden we via hem een profiler kunnen krijgen.

Frank, je kent dominee Greene, maar ik voel aan mijn water dat hij iets achterhoudt. Het is tijd om hem eens onder de loep te nemen. Jij weet hoe je dat onopvallend kunt doen.'

Kate zwijgt even om adem te halen, recht haar schouders en kijkt naar Mike. 'En Mike, jij verliest Clara geen moment uit het oog; ze is ons enige contact met Trecie. Slaap desnoods maar in het uitvaartcentrum, of bij haar thuis, het maakt me niet uit. We mogen Trecie niet laten overkomen wat er met het Lieve Kind is gebeurd.'

Mijn bloed is van ijs, maar ik voel mijn wangen gloeien. Mike wordt ook rood en er is meer: er lijkt een overweldigende weerzin om hem heen te hangen.

'Hoor eens, mensen,' zegt Kate, die haar handen in haar zij zet, waardoor haar jasje naar achteren wordt geschoven. Het zou me niet moeten verbazen, maar ik schrik bij het zien van het dienstwapen. 'Het kan me niet schelen of we wetten moeten buigen, overtreden of op hun kop zetten; ik moet en zal dat meisje en de man achter die video's vinden.' Terwijl ze het zegt, legt ze een hand op de doos. 'Koste wat kost.'

De anderen staan op en ik dwing kracht naar mijn benen. Ik wankel en omklem de rug van mijn stoel ter bemoediging, maar niemand schijnt het te merken. Als ik stevig sta, tast ik in mijn zak naar mijn sleutels, ernaar snakkend hier weg te gaan, maar Ryan houdt ons op.

'Inspecteur? Ik wil meedoen.'

Kate kijkt ervan op en glimlacht dan naar Ryan. Ik vermoed dat ze op dezelfde toegeeflijke manier naar haar dochtertjes glimlacht. 'Als jij Trecies foto nu eens verspreidde onder alle surveillance-eenheden in Brockton en Whitman?'

'Nee,' zegt Ryan. Hij verfrommelt zijn beker, waarbij hij koffie over zijn dij morst, en mikt hem in de dichtstbijzijnde prullenbak. 'De een of andere gore klootzak mishandelt kleine meisjes en ik wil helpen hem te vangen.' Hij wendt zich tot Mike en zijn toon wordt hoog en smekend. Ik moet mijn blik wel afwenden. 'Kom op, Mikey, ik ben er lang uit geweest. Ik wil weer meedraaien. Laat me meedoen.'

Mike haalt een hand door zijn haar. Hij ziet er net zo afgetobd uit als gisteravond, toen hij bij me wegging. Nog erger. 'Ja, oké. Nog een paar ogen en oren kan geen kwaad. Je kunt helpen posten bij het uitvaartcentrum.'

Ryan knikt en trekt zich in zichzelf terug. De nabijheid van al die mensen begint op me te drukken. Ik merk dat ik in de muur opga, me daar verstop. Ik zou kunnen versmelten met de verf, het vuil en de nicotine die zich er in de loop der jaren hebben verzameld. Samen zouden we een mengelmoesje van grijs kunnen worden, van niets. 's Avonds, wanneer de schaduwen deze ruimte vullen, zou ik de muizen naar hartenlust rond kunnen zien trippelen, zoekend naar kruimels en ander afval op de vloer. Ik zou deelgenoot zijn van de geheimen die over deze bureaus gaan, tussen deze mensen worden uitgewisseld. Ik zou naar Mike kunnen kijken, naar elke zucht, hoe hij met zijn ogen knippert, hoe hij gebaart als hij aan de telefoon zit. En wanneer hij langs mijn plekje kwam, hier in de muur, zou ik een onzichtbare hand kunnen uitsteken en met mijn vingertoppen langs zijn mouw kunnen strijken zonder dat hij het merkte, veilig, in de wetenschap dat hij de vernedering van mijn aanraking nooit meer hoeft te ondergaan.

In plaats daarvan laat Ryan zijn blik op me rusten, kijkt me aan en legt een gehavende, verweerde hand op mijn schouder. 'Het ziet ernaar uit dat jij en ik veel samen zullen zijn.'

Ik geef geen antwoord. Mijn woorden zouden een toch al onbehaaglijk moment alleen maar rekken. Het enige wat ik wil, is dat Ryans hand mijn lichaam loslaat. En dat Mike beseft dat niet alle leugens voortkomen uit bedrog.

14

Er zijn twee weken voorbijgegaan sinds ik aan Mikes bureau zat, en vier dagen sinds hij besloot dat Trecie niet terug zou komen en dat zijn tijd bij het uitvaartcentrum erop zat. De eerste vijf dagen doolde hij door de rouwkamers, oogcontact en gesprekken mijdend. Hij waagde zich niet beneden, waar ik de doden verzorgde. De zes dagen daarop bleef hij tot 's avonds laat in zijn auto zitten. Ik hoorde hem ongeveer elk uur starten. Ik luisterde naar het draaien van de motor, dat elke keer exact een kwartier aanhield voordat de stilte terugkeerde. Ik denk dat de kou hem te veel werd.

Onwillekeurig moest ik me wel voorstellen dat Trecie ook buiten was, waar ze zich verstopt hield tot Mike en Ryan weg waren, zodat ze terug kon komen. Als ik thuis was, keek ik door de ramen om te zien of ze er was. Misschien heb ik zelfs een kinderjas en wanten achter de hulst gelegd die een van de kelderramen aan het oog onttrekt. Een kerstcadeautje, twee weken te vroeg. Plooibare stof om haar lichaam te strelen. Het zal ongetwijfeld mijn verbeelding zijn geweest, maar op Mikes vierde dag hier zag ik haar vanachter dat raam naar me kijken. Ik ving maar een glimp van haar op, een beweging, een flits van uit beeld zwaaiend haar. Ik wist het niet zeker, dus hield ik mijn mond. De jas en de wanten liggen er nog.

Op zijn laatste dag, de tiende, verkende Mike het terrein en liep vervolgens op en neer door Washington Street. Ik vroeg me af waar hij aan dacht tijdens die lange uren, met zijn vrouw op het kerkhof aan de overkant van de straat. Ik probeerde me niet af te vragen wat hij over mij dacht, een verdieping lager.

Ik kwam vanuit mijn werkruimte de trap op toen ik hem zag. Hij moest op me hebben zitten wachten, op een van de leren oorfauteuils in de receptie, om maar niet bij het lichaam van mevrouw Shannon te hoeven zijn dat in de aangrenzende rouwkamer lag, met adonis (*droevige herinneringen*) langs haar dij. Ik hoorde Mikes vingers op de armleuning trommelen, het fluisteren van de zacht gezette mobilofoon onder zijn colbert. Toen ik bij de bovenste tree was, ging hij staan.

'Clara.' Zijn gezicht was glad, afgezien van de eeuwige groef in zijn voorhoofd, en zijn pak was fris, maar hijzelf leek tot op de draad versleten, alsof iets hards en ruws hem beurs had geschuurd.

'We houden voorlopig op met posten. Ik stel je medewerking op prijs, maar we moeten onze krachten op andere onderzoeken richten. Als Trecie terugkomt, moet je Kate bellen.' Hij sprak traag en keek strak naar een plek boven mijn hoofd. Toen hij een kaartje op de tafel naast mevrouw Shannons gastenboek legde, wendde ik mijn blik af. 'Hier heb je haar nummer.'

Ik bleef roerloos staan en zei niets. We bleven een aantal minuten zo staan leek het, maar ik was geduldiger, beter gewend aan ongemakkelijke stiltes.

Uiteindelijk zei hij, met zijn blik op de vloer gericht: 'Ik zie je wel weer.' En weg was hij. Ergens was het een opluchting. Nu hij weg was, kon Trecie misschien terugkomen. In dat geval zou ik Mike niet bellen. Ik zou Linus het kaartje van Kate geven en hij zou haar bellen.

Ryan was ook geweest, maar hij was na een week alweer teruggeroepen naar de surveillancedienst. Op de dagen dat hij er was, ijsbeerde hij door de rouwkamers, pakte pepermuntjes uit de schalen en liet het cellofaan tussen zijn vingers knisperen. Ik vulde de schalen elke avond na zijn vertrek bij.

Op zijn laatste dag hier kwam Ryan binnen toen ik bijna klaar was met mevrouw Shannon. Haar oude moeder had een simpele zwarte jurk uit de kast van haar dochter en een collier imitatieparels gebracht. Nadat ik mevrouw Shannons haar in zachte krullen om haar gezicht had gerangschikt om het oog af te leiden van haar eeuwige frons, smeerde ik foundation op het slappe deel van haar neus, waar een explosie van adertjes een mogelijk ooit flirtziek en koket gezicht verwoestte. Ik stond met mijn rug naar de deur en draaide me pas om toen ik het pepermuntje tegen zijn tanden hoorde klikken.

'Sorry, ik wilde je niet aan het schrikken maken.' Hij stak zijn handen op alsof hij zich wilde overgeven.

Hij sloot de deur en liep op zijn gemak de kamer in. Toen hij bij de afvoer in de vloer aan het eind van mijn werktafel kwam, aan de voeten van mevrouw Shannon, bleef hij staan. Afgezien van Linus en mijn medestudenten op de opleiding tot mortuariummedewerker heeft niemand me ooit een lichaam zien prepareren.

'Hoe is ze overleden?' vroeg hij met een knikje naar de tafel terwijl hij de neus van zijn rechterschoen tussen de spijlen van de afvoer stak en weer lostrok.

'Cirrose.' Mijn wijsvinger streek langs de rand van de krultang, die de nagelriem verzengde. Ik spande me in om mijn gezicht strak te houden.

'Ze was nog jong, hè?'

'Tweeënveertig.'

'Had ze kinderen?'

'Nee, alleen haar ouders en broers. Gescheiden.'

Ryan zweeg en keek als gebiologeerd naar het gezicht van de vrouw, al bleef zijn voet in het rooster van de afvoer wroeten.

Toen liet hij zonder enige waarschuwing een harde boer. Ik legde de krultang op mijn werktafel en reikte naar de kam.

'Ze doet me een beetje aan mijn moeder denken, weet je?'

'O, dat spijt me.' Ik richtte mijn blik op hem, maar hij bleef naar mevrouw Shannon kijken en wuifde mijn woorden weg.

Ik pakte een krul vlak bij de hoofdhuid beet en toupeerde er wat volume in.

'Mijn zusje leek sprekend op haar, weet je, een echte, levende minimoeder. Mijn moeder zei dat ik op mijn vader leek, maar niemand kende hem echt, dus ik weet het niet. Ze zei dat ik zijn evenbeeld was.'

Ik streek de haren glad, pakte een lok van het achterhoofd en krulde die terwijl Ryan praatte. Zijn stem boette in aan volume en kracht, maar zijn voet bleef stuiptrekken in het rooster. Ik draaide weer een pluk haar om de tang terwijl zijn voet naar binnen en naar buiten ging. Steil, glanzend haar. Ik telde vier schroeven in het rooster; de chemicaliën die worden gebruikt om lichamen te steriliseren, lopen eroverheen. Ryan stak de neus van zijn schoen onder een spijl, wiebelde ermee en tilde hem op. Er kwam een vouw in het leer. De schroeven hielden het. De stoom sloeg van de krul die ik losliet.

'God, ze lijkt echt op mijn moeder.' Zijn stem werd een fluistering en nu hield hij eindelijk zijn voet stil. Ik volgde zijn blik naar het gezicht van mevrouw Shannon. Op haar linkerooglid glansde wat lijm die uit haar traanbuis was gesijpeld en nu de wimpers in haar oogshoek aan elkaar plakte. Het was simpel te verhelpen met een wattenstaafje en nagellakremover. Later.

'Wat een leven moet ze gehad hebben om zo aan de drank te raken.' Hij rolde het pepermuntje langs die gele tanden van hem. 'We zullen allemaal wel onze manier hebben om ermee om te gaan, hè?'

Ik reikte naar de spuitbus extra fixerende haarlak – mevrouw Shannons wake was pas over een paar dagen – en drukte de knop in. Het siste en de synthetische geur van druiven maskeerde bijna die van balsemvloeistof. Ryan trok zijn voet los en liep met lange passen naar Linus' schilderij.

'Zo, dus er is nog geen spoor van die Trecie, hè?'

'Nee.'

'Weet je zeker dat ze het meisje van die videofilm was?'

Ik knikte en keek naar het kelderraam waarachter de kinderjas nog lag. Het nylon was nu waarschijnlijk stijf bevroren.

Ryan verplaatste zijn gewicht van de ene voet naar de andere en knarste op zijn pepermuntje. 'Want ik heb eens met Mikey gepraat en ik moet zeggen dat ze hun twijfels hebben.'

'Twijfels?'

'Ik kan waarschijnlijk beter mijn mond houden, maar Kate denkt dat je in de war zou kunnen zijn, of, je weet wel, te veel tijd hier beneden doorbrengt zonder iemand om mee te praten…' – hij gebaarde met zijn arm naar de planken – '… en met al die chemicaliën en zo.'

Hij wist van geen ophouden. 'Voor Mikey staat er veel op het spel, hoor. De chef wil dat hij zich arbeidsongeschikt laat verklaren. Hij mag het niet nog eens verkloten. En Mike luistert naar Kate.'

'Neem me niet kwalijk,' zei ik, 'maar ik moet mevrouw Shannon afmaken.'

Hij schudde zijn hoofd, liep naar de deur en draaide zich om. 'Hé, ik geloof je wel, echt waar. Er zijn veel vrouwen die te vaak door hun gordijnen staan te gluren op zoek naar een beetje aandacht. Dan bellen ze ons met hun fantastische tips. Het gebeurt zo vaak. Ik weet dat jij niet zo bent.'

'Ik lieg niet.' Ik liep achteruit naar de deur en tastte met mijn hand achter me naar de klink.

'Nee, natuurlijk niet. Het ligt aan Kate, die denkt dat jij een oogje op Mike zou kunnen hebben of zo. "Eenzaam", zei ze geloof ik. Wat weet zij er nou van? Zoals ik al zei, ik geloof je wel.'

'Alsjeblieft?' Hij moest weg, maar ik wilde hem niet aanraken. Ik dacht niet dat ik het zou kunnen. Ik verschool me dus maar achter de deur en drukte er met mijn lichaam tegen, tegen hem aan. Hij kwam niet in beweging. Mijn hoofd hunkerde naar een bevrijding van de vernedering, zodat ik ruige, pure plekken kon aanraken. Er een bij kon maken. Ik draaide om de deur heen en zei nog eens: 'Alsjeblieft? Neem me niet kwalijk.'

Ik probeerde naar de vloer te kijken, maar voelde het gewicht van zijn blik op me. Voordat hij zich omdraaide om weg te gaan, zei hij: 'Ik ben niet degene die je voor gek verslijt.'

In de dagen daarna hoorde ik die woorden op de zeldzame momenten dat ik Mikes blik ving eindeloos herhaald in mijn hoofd, maar ik mag niet te lang stilstaan bij zulke dingen. Er is veel te doen: de politie van Brockton heeft net gebeld om te vragen of ik iemand kom halen. Daar moet ik mijn aandacht nu op richten. De politieman ter plekke, Andrew Browne, zei dat het lichaam minstens vier dagen in het appartement in complex Vanity Faire heeft gelegen. De wetenschap dat hij daar aanwezig zal zijn, biedt enige verlichting.

Ik parkeer de lijkauto bij de ingang van het complex en kijk door de glazen deuren naar de metalen trap. Zoals zo veel appartementencomplexen voor de lagere inkomens heeft ook dit geen lift. Ik hoef maar drie trappen op. Op de overloop klap ik de brancard open en zie een dikke, bruine muis over de vinyltegels rennen. Hij duikt in een holletje in het brokkelige pleisterwerk van een muur tussen het trappenhuis en een appartement. Ik heb al een sjouwer opgepiept om me te helpen. Hij zou er snel moeten zijn.

Wanneer ik de deur van het trappenhuis open en met mijn voet tegenhoud om de brancard erdoor te schuiven, word ik belaagd door de stank. De geur van ontbinding is mij vertrouwd, maar de afgelopen twee dagen moeten voor de bewoners aan deze gang en die er recht boven en onder ondraaglijk zijn geweest. Vanochtend heeft er eindelijk iemand gebeld. Ik voel de tegen de kijkgaatjes gedrukte ogen die mijn aankomst volgen. Een paar mensen zijn brutaal genoeg om met hun armen over elkaar in hun deuropening te gaan staan. Een vrouw met een jongetje op haar heup en een tweede kind in haar buik roept naar me als ze me ziet aankomen. Ze knijpt haar neus dicht.

'Wat een stank. Ik heb altijd geweten dat ze problemen zou geven.'

Ik knik en kijk naar het kind, dat een duur joggingpak aanheeft, op een lolly sabbelt en met enorme ogen naar me opkijkt.

'We hadden nooit kakkerlakken, tot zij hier kwam wonen. Hoe lang heb je nodig om haar hier weg te halen?' Terwijl ze praat, knijpt ze haar ogen tot spleetjes. Ze blijft met haar ene hand haar neus dichtknijpen en brengt met de andere een sigaret naar haar getuite lippen.

Ik kijk naar de politieman aan de andere kant van de gang en haal mijn schouders op. Ik loop naar hem toe, luisterend naar het rollen van de wielen van de brancard, en ontwijk zorgvuldig een berg verknoopte plastic tassen tegen een bladderende deurpost. Ik adem oppervlakkig en hoor de vrolijke herkenningsdeun van een populaire spelshow door de deur schetteren. De geur van kattenpis die uit het appartement zweeft, wedijvert met de stank van de dood.

De zwangere vrouw blaast rook uit en praat door: 'Je moet daar maar een raam openzetten of zo, want het is er echt niet fris.'

Dan ben ik haar eindelijk voorbij, eindelijk bij de politieman. Ik merk dat hij zwaar ademt en zie dan dat hij door zijn mond in- en uitademt.

'Ha, Clara,' zegt Andrew, die bleek ziet en met zijn armen over elkaar staat. 'Zo te zien heeft ze een overdosis genomen.'

Ik maak de deur niet open. Hoe gruwelijk de stank ook is, zonder die holle barrière wordt het nog erger.

Ik pak het potje Vicks VapoRub uit mijn tas en bied het Andrew aan. 'Heb je haar arts gesproken?'

'Nee,' zegt Andrew terwijl hij een klodder Vicks onder zijn neus smeert. Ik zie dat hij nog steeds door zijn mond ademt. 'Zulke mensen hebben geen dokter. De schouwarts is niet eens gekomen. Je ziet het straks wel als je binnen bent.'

Ik knik en reik naar handschoenen en een monddoekje. Als ik de deurknop omdraai, houdt Andrew me tegen.

'Sorry, maar met deze kan ik je niet helpen. Het is te goor.'

Het eenvoudige appartement biedt de aanblik die ik verwachtte: alle oppervlakken bedekt met vodjes papier en ongeopende rekeningen; half leeggegeten borden en afhaalverpakkingen die een onsmakelijk banket vormen op het enige aanrechtblad; aftandse meubelen en een smerig wit laken dat met punaises voor een paar ramen is gespannen. Het enige voorwerp in de kamer met een beetje luister is een vrij nieuwe televisie die staat te pronken op een uit het afval geplunderde houten krat. Alles is bedekt met een laag stof.

En daar is het lichaam. De ogen van de vrouw zitten bijna dicht en haar bruine haar is door een elastiekje getrokken. Ze hangt half zittend in een besmeurd hemdje en een onderbroek op de bank. Haar gezicht en benen zijn vervaarlijk gezwollen, maar haar armen zijn graatmager en vertonen een landkaart van bloeduitstortingen, onderling verbonden door kronkelende naaldsporen. Ik kijk niet naar de plekken waar haar bloed en andere lichaamssappen plassen hebben gevormd, maar ik word aangetrokken door haar bovenarm, die is aangesnoerd met elastiek. Uit de binnenkant van haar elleboog steekt een naald en er liggen er nog eens twee naast haar op de bank. Op de vloer drijft een zakje van een dealer in een plas die van haarzelf afkomstig is. Het was een zelfverkozen dood. Ik verwonder me over haar moed.

Deze kamer heeft geen waardigheid, dat staat de dood niet toe. De vrouw moet zich opgelucht hebben gevoeld bij haar laatste adem, toen ze werd bevrijd van de martelende pijn van een moeizaam leven. Terwijl ik naar haar kijk, naar haar gezicht dat in zichzelf wegsmelt, herinner ik me een vergelijkbaar schouwspel, ook met bloed, pijn en gemis. Ik blijf even staan, opgaand in de continue parallel tussen geboorte en dood.

Ik hoor een tik op de deur en dan komt Andrew de kamer in. Hij staart me aan terwijl ik me over het lichaam buig.

'Ik had toch gezegd dat het erg was?' zegt hij. Zijn ogen schichten over de vrouw. 'Je maat is hier, de sjouwer. Carlos? Kan ik hem naar binnen sturen?'

'Ja, graag.' Voordat hij zich kan omdraaien, vraag ik: 'Hoe heette ze?'

Andrew houdt zijn hand voor zijn gezicht, waardoor zijn stem gedempt klinkt. 'Craig. Eileen Craig.'

Carlos knikt bij binnenkomst. Van alle sjouwers die Linus onder contract heeft, werk ik het liefst met hem. Ik vraag me af hoe het zit met zijn verleden in Kaapverdië, en waarom hij nog nooit zelfs maar een grimas heeft getrokken terwijl hij met een lichaam solt. Hij is jong en sterk, zwijgzaam in de huizen en in het gezelschap van de nabestaanden, en zijn aanwezigheid werkt op de een of andere manier geruststellend op hen: ze zien dat hun dierbare nu veilig is in zijn sterke armen. Deze vrouw heeft echter geen inwonende familieleden. Carlos buigt zich over haar heen, slaat een kruis en fluistert iets in het Portugees. Dan trekt hij handschoenen aan. Ik bied hem het monddoekje aan, maar hij schudt zijn hoofd. Hij steekt zijn hand uit naar de arm van de vrouw, trekt met de behendigheid die hem eigen is de naald uit haar ader en laat hem bij de andere vallen. Dan neemt hij de tijd om een pluk klittend haar uit haar gezicht te strijken. Na een paar minuten lukt het ons haar in de lijkzak te krijgen en op de brancard te tillen. Wanneer we door de deur rollen, hoor ik Andrew een geluidje maken, maar hij staat met zijn gezicht naar de muur. Ik wend mijn gezicht af wanneer hij begint te kokhalzen.

Ik kijk langs Carlos heen om te zien of de zwangere vrouw er nog is, of ze staat te wachten op een kans haar mening te geven over wat er nog over is van haar buurvrouw, maar er staat alleen een meisje in een andere deuropening, halverwege de gang, met een kermend hondje in haar armen. Het hondje snuift de lucht op en gaat nog harder piepen.

Als we dichter bij komen, zie ik iets bekends aan haar. Het lange, donkere haar tot op haar middel, golvend en een beetje onverzorgd; de tengere botten onder de olijfkleurige huid; de donkere, obsederende ogen die me smekend aankijken. Hoewel ik een monddoekje draag en een lichaam met een penetrante rottingsgeur duw, kijkt ze me onbevreesd aan. Mijn hart slingert zich tegen mijn ribben: Trecie is hier. De wielen van de brancard blijven steken onder het gewicht van het lichaam en beginnen te knarsen. Het maakt me duizelig haar te zien. De gang doemt voor me op en wordt telescopisch. Het meisje aan het eind is dan weer scherp, dan weer onscherp. Ik hoor, nee, voel, hoe mijn monddoekje bij elke ademhaling (*een-twee-drie*) opbolt en verslapt. Ik begin over mijn hele lijf te beven. Het is Trecie. Ik sta al op het punt Eileen Craig los te laten en Trecie en de hond in mijn armen te nemen, als ik mijn vergissing bemerk.

Het is niet het meisje dat ik zoek. Het is Trecie niet, en toch... Ze zou het kunnen zijn. De gelijkenis is verbijsterend: dezelfde neus en smalle ogen, al is ze ouder; negen, tien? Ik moet haar wel aanstaren, maar ze slaat haar ogen niet neer.

Wanneer we haar passeren, houdt ze de hond, een chihuahua, onder haar kin en praat ertegen terwijl ze haar neus, die vertrouwde, snoezige neus, over zijn kop wrijft. '*E aprovado, pequeño. Não bang. O, pequeño, é aprovado.'*

Carlos opent de deur naar het trappenhuis, waarbij hij erom denkt de deur niet tegen de brancard te laten slaan, want dan zou de dode vrouw door elkaar worden geschud. Kort daarop zijn we buiten, waar de geur kan vervliegen in de drukkende decemberlucht. We laden Eileen Craig in de lijkauto en ik sla de deur achter haar dicht. Carlos zwaait naar me en draait zich om, maar dan besef ik dat hij kan helpen.

'Carlos.'

Hij kijkt om. We hebben nooit veel tegen elkaar gezegd, afgezien van korte aanwijzingen. Hij lijkt nieuwsgierig, maar zegt nog steeds niets.

'Wat zei dat meisje?'

'Welk meisje?' Hij heeft een lage, bedachtzame stem en een zwaar accent.

'Dat meisje in de gang, met dat hondje? Ze sprak toch Portugees?'

Hij knippert verbaasd met zijn ogen.

'Wat zei ze?'

Carlos wappert met zijn hand en schudt zijn hoofd. Hij wil weglopen.

Ik ben me ervan bewust dat mijn handschoenen vuil zijn, maar aarzel niet mijn hand op zijn schouder te leggen en zijn jasje vies te maken. 'Je moet het zeggen.'

Carlos kijkt van zijn schouder naar mij. 'Ze zei: "Het is goed, kleintje. Niet bang zijn."'

Hij stapt in zijn auto en rijdt weg. Ik blijf staan en kijk hem na. Dan trek ik eindelijk de handschoenen uit en doe het monddoekje af. Terwijl ik het doe, herinner ik me hoe het is om gevangen te zitten in de ijzige greep van de angst.

15

Het was Toms kind. Niet echt. Het was van mij.

In de lente dat ik in de vierde klas zat, was ik zestien. De tekenen waren er al maanden, al had ik het niet meteen door. Ik was heel tenger en dun, mijn cyclus was in het gunstigste geval onregelmatig en ik menstrueerde zelden. Het was geen kwestie van niet ongesteld worden. Ik werd overweldigd door moeheid, maar ik was nooit misselijk. Geuren werden indringender. Na een paar maanden was mijn middel iets dikker, dat was alles. Ik lette er allemaal niet op tot ik het fladderen voelde, het ontwaken van iets, iemand, binnen in me.

In bracht de moed op om niet meer naar de bibliotheek te gaan na school, al weet ik niet of het wel moed was; eerder overlevingsdrang, wanhoop, het verlangen mijn kind tegen hun binnendringen te beschermen. Er volgden geen represailles. Voor Tom was ik al een verre herinnering en toen de knappe, populaire meisjes verhit door de lentekoorts opbloeiden onder de aandacht van het footballteam, werd ik niet meer gemist in de bibliotheek. Had ik dat maar eerder beseft.

Ik ging bij Witherspoon werken, een bloemisterij. Het was mijn taak de voorraad bij te houden, het water in de emmers te verversen en de stelen en bladeren van de vloer in de werkruimte te vegen nadat Daphne haar monumentale bloemstukken had gemaakt. Uitvaartcentrum Mulrey was haar beste klant.

Nadat zij om vijf uur de winkel had afgesloten, bleef ik nog een uur om schoon te maken en ervoor te zorgen dat de winkel de volgende dag weer open kon. Ik bleef vaak nog langer om de namen van de bloemen, hun textuur en hun geur te leren kennen. Als mijn werk erop zat, troostte het me om door het magazijn te dwalen, waar emmers met allerlei soorten bloemen stonden. Ik vond een toevluchtsoord tussen de romige rozen, scherpe lelies en ingetogen orchideeën.

En ik verdiende geld dat ik van week tot week spaarde. In de openbare bibliotheek zocht ik in de annonces in de *Boston Globe* naar een appartement en een baan die genoeg zou opleveren voor ons tweeën. Ik vond alles wat ik zocht: een appartement voor de zomer, dat goedkoop was tot de herfst, wanneer de studenten terugkwamen en de huren werden opgetrokken; banen te over, althans van het soort waar ik geschikt voor was; en advertenties waarin contant geld werd aangeboden voor diamanten zonder dat je iets werd gevraagd. Mijn grootmoeder bewaarde de ring 's nachts in een doosje op haar ladekast. Hij was nog van haar moeder geweest.

Ik kende de dienstregeling van de bus en was van plan binnen een paar weken te vertrekken, wanneer ik bijna acht maanden zwanger was en het moeilijk zou worden mijn toestand te verhullen, zeker wanneer de lentevestjes plaatsmaakten voor zomerjurken.

Maar hoop is de vloek van de jeugd.

De weeën begonnen ergens 's nachts. Ik werd wakker in mijn bed, onder het kruisbeeld dat mijn moeder boven het hoofdeind had gespijkerd, en wachtte tot het overging. De pijn kronkelde in mijn buik, kneep in mijn ingewanden en wrong ze rond en rond.

Toen het over was, glipte ik tussen de lakens uit en drukte me tegen de muur om de kromgetrokken planken in het midden van de gang te mijden. Mijn grootmoeder mocht dan ver in de zestig zijn, haar gehoor was nog scherp. Ik liep voorzichtig op mijn tenen en na een paar minuten bereikte ik de trap. Toen ik de eerste tree wilde nemen, werd ik weer door een wee overvallen. Ik duwde het vlezige deel van mijn handpalm in mijn mond en beet zo hard dat ik nog dagen tandafdrukken hield, maar ik gaf geen kik.

Voor zover ik het me herinner, was het voor het eerst dat ik blij was dat de enige badkamer zich beneden bevond. Na al die jaren van opzien tegen de nachtelijke tocht door de krakende oude boerderij, was ik nu dankbaar. Meer dan dat. Net toen ik weer een verpletterende wee kreeg, trok ik de deur achter me dicht. Daarna klom ik in de stokoude badkuip op klauwpoten en bleef daar liggen, met een opgepropte handdoek onder me en een handdoek in mijn mond gepropt. Het ging allemaal heel snel.

Ik lag met mijn benen wijd gespreid, mijn voeten tegen de schrootjeswand en mijn rug tegen het harde porselein. Een paar minuten later werd ze geboren, in een kramp van vloeistof, bloed en radeloosheid. Toen ik tussen mijn benen keek, kwam mijn adem snel en stotend, maar de hare niet.

Ze was zo lang als mijn onderarm en net zo dun. Ragfijne adertjes schenen door haar transparante huid en haar ogen waren dicht. Haar dikke, bruine haar zat op haar hoofd geplakt, waarvan de kruin met bloed was besmeurd. Ze was prachtig.

Ik tilde haar voorzichtig op; ze lag gewichtloos in mijn armen. Ik haalde de handdoek uit mijn mond, wikkelde haar erin en drukte haar instinctief tegen me aan om haar warm te houden. Ik veegde eerst met een puntje van de handdoek over haar gezicht, en toen met mijn eigen wang. Het kwam niet in me op dat ze hoorde te huilen.

Ik keek naar haar onder het provisorische dekentje. Haar borst rees en daalde in een snelle, schraperige opeenvolging; een, twee, drie keer, en toen hield het op. Ik wachtte op haar volgende beweging, die uiteraard niet kwam.

'Haal adem!' smeekte ik. De woorden verbrijzelden de nacht.

Ik herinner me niets van de wandeling met mijn dochter door de kille nachtlucht over Preston Road naar het plein. Bij de bloemisterij aangekomen moet ik de sleutel uit de brievenbus hebben gepakt en de deur hebben opengemaakt. Dat moet wel, maar ik herinner het me niet.

Haar kist was een elegante, ivoorwitte doos voor langstelige rozen en gipskruid, voor gelukkiger tijden in een mensenleven. Ik waste haar in de werkruimte met zeep en een zachte doek, haar lijfje over de lengte strelend en haar huid onder mijn vingertoppen voelend. Toen ik klaar was, kuste ik haar op de mond en legde haar naakt op een bed zuiver witte margrieten.

De dienst op het dorpskerkhof was sober, zonder woorden of beloftes. Ze ligt langs de boomgrens, vlak bij mijn moeder, tussen twee statige dennen. Haar enige gedenkteken is een laag dennennaalden. Ik weet dat ze er ligt.

Wat ik me wel herinner, is dat ik terug ben gelopen naar het huis van mijn grootmoeder, weer naar de badkamer ging en het bad liet vollopen. Het geratel van de leidingen moet haar op dat vroege uur hebben gewekt. Ze kwam gewoon binnen, zonder te kloppen; sloten waren verboden. De aanblik van haar dunne ochtendjas, versleten pantoffels en het vuurwerk aan gesprongen aderen op haar schenen maakte het moment op de een of andere manier nog droeviger. Haar gezicht was zacht van de slaap, al had haar mond zijn harde rand nog. Ze hield haar varkensharen borstel in haar hand, op het ergste voorbereid.

'Ik had kramp in mijn buik,' zei ik. De ogen van mijn grootmoeder bleven even op het bloederige water rusten en keerden toen terug naar mijn gezicht. 'Het is de tijd van de maand.'

Ze keek naar me, en we hielden ons allebei gevaarlijk stil. Toen sloot ze zonder een woord de deur achter zich en ging terug naar bed, mij alleen achterlatend met het bloed, de pijn en het gemis.

16

In de afgedankte bloembedden groeien bergen sigarettenpeuken, een opeenhoping die alleen wordt onderbroken door overwinterende hopen afval. Ik sta bij de ingang van appartementencomplex Vanity Faire, gevangen in een windtunnel, tot in mijn kern overweldigd door de bittere kou. Een man van middelbare leeftijd met een strak over zijn hoofd getrokken muts op en handschoenen met afgeknipte vingers aan komt naar buiten. Er bungelt een sigaret tussen zijn lippen. Hij houdt de deur voor me open, maar ik doe alsof ik hem niet zie. Hij knipt de sigaret geërgerd op de berg peuken en loopt hoofdschuddend weg. De geur van Eileen Craig hangt er nog.

Ik kan hier niet lang blijven. Ik moet de laatste voorbereidingen treffen voor Eileens uitvaart. Het wordt de kortst mogelijke dienst, geleid door Linus, zonder bijstand van een geestelijke. Ze is met rode geraniums (*troost in wanhoop*) aan haar zij in een eenvoudig katoenen laken gewikkeld. Ze is te laat gevonden om nog kleren te kunnen dragen. Het wordt een dienst met gesloten kist die naar verwachting alleen haar moeder en haar zus zullen bijwonen, en dan wordt ze gecremeerd. Geld lijkt een probleem te zijn. Ik vermoed dat Linus niet meer zal rekenen dan de kostprijs. Het is algemeen bekend dat hij geen geld vraagt voor de uitvaart van kinderen, maar ik ben erachter gekomen dat hij ten opzichte van volwassenen net zo toegeeflijk kan zijn. Hij heeft het me nooit verteld, maar het is vaak voorgekomen dat familieleden kort na de dienst voor hun dierbare terugkwamen met hun armen vol kostelijke vruchtentaarten, het zakhorloge van hun vader of, wat ook een keer is gebeurd, met een paar kreeften die worstelden om zich te bevrijden uit de papieren zak waarin ze gevangenzaten, worstelden om te overleven. Dat getuigde allemaal van Linus' edelmoedigheid. De mensen spraken zijn naam uit alsof hij hun verlosser was, wat hij in zekere zin ook wel geweest zal zijn. In het geval van Eileen Craig is hij zelfs zo ver gegaan twee rouwboeketten te bestellen die ik nu zou moeten ophalen voor de dienst van vanmiddag, maar in plaats daarvan sta ik hier.

Het is tijd om naar binnen te gaan en ik weet dat als ik dat doe, ik mijn behoedzame leven achter me laat en Mikes wereld weer betreed. De deuren gaan makkelijk open.

Er is niets veranderd sinds eergisteren, alleen is de geur minder indringend. Ik loop de trappen op naar de derde verdieping en blijf op de overloop staan. Ik kijk naar het muizenhol en wacht tot de muis eruit komt trippelen, maar dat doet hij niet. Ik weet niet wat ik moet doen als ik bij de voordeur ben. Aankloppen? Naar het meisje vragen dat zo sterk op Trecie lijkt? Naar Trecie zelf vragen?

Ik haast me met afgewend gezicht langs de deur van de zwangere vrouw. Daar is de deur van het meisje al. Ik druk mijn oor ertegen, onder het kijkgaatje, en hoor het onduidelijke geluid van een tv. Mijn hart breekt als ik het zachte gekibbel van kinderstemmen hoor. Zonder erbij stil te staan klop ik op de deur.

Er volgt een uitbarsting van gekef, gevolgd door stilte. Dan gaat de deur een klein stukje open. Daar staat het kind, met het hondje in haar armen. Het rilt, kijkt panisch uit zijn ogen en heeft zijn oren gespitst. Het meisje lijkt niet bang, al is haar gezichtsuitdrukking bijna afgetobd.

'Hallo,' zeg ik.

Ze kijkt alleen maar naar me. De hond, die een hanger met een bot aan zijn band heeft hangen die me bekend voorkomt, kronkelt in haar armen. Ze heeft een verschoten blauwe joggingbroek aan met een T-shirt dat eruitziet alsof het van een volwassene is. *Cape Cod*, staat er in ooit groene letters op de borst. Er zweeft een zure geur uit het huis naar buiten.

'Ik zag je laatst, met je hond,' zeg ik met een knikje naar het dier, 'en ik vroeg me af hoe je eraan was gekomen. Hij lijkt sprekend op de hond die ik kwijt ben.'

Ze volhardt in haar zwijgen. Dan schiet me te binnen dat ik haar Portugees heb horen praten. Ik schaam me diep. Wat een bespottelijk idee dat ik dit in mijn eentje zou kunnen. Ik had Kate moeten bellen, het aan haar moeten overlaten. Of, nog beter, ik zou haar een anoniem bericht kunnen sturen. Het kan nog.

Ik buig mijn hoofd en wil weglopen, maar dan roept het meisje: 'Hoe heet je hond?'

De adem stokt in mijn keel. Ik denk terug aan die keer dat ik bij meneer Kelly thuis was. Hoe lang is dat geleden? 'Ukkie.'

'O.' Ze kijkt naar de hond, die tegen haar borst ligt te piepen. Ze wrijft met haar wang over zijn kop. 'Zo heet deze ook.'

Ik probeer langs haar heen het huis in te kijken, maar ze staat in de smalle opening. 'Misschien kan ik beter met je ouders praten.'

'Mama is niet thuis.'

'En je vader?'

Ze schudt haar hoofd en gaat op de vloer zitten, met de hond op schoot. Die rolt zich op zijn rug, met zijn ronde buik naar boven, en zoekt met zijn ogen haar gezicht af, maar zij kijkt naar mij. Ik hoor gefluister en dan probeert een jonger meisje zich door de kier van de deur te wurmen. Ik zie haar in een flits voordat haar oudere zus naar haar omkijkt en waarschuwend 'sst!' fluistert. Ze kijkt weer naar mij en aait de hond met steeds dezelfde korte, mechanische bewegingen.

'Je hebt zeker veel broertjes en zusjes binnen?' Ze zegt niets. Het enige geluid tussen ons in is het gehijg van de hond.

Ik weet niet hoe het verder moet. In gedachten neem ik vragen door, maar ik ben bang haar net zo af te schrikken als ik met Trecie heb gedaan. Ik voel een sterke drang die mijn longen samentrekt, mijn benen verstijft en me dwingt het nog één keer te proberen, zo goed mogelijk. Zij zegt het eerst iets.

'Ga je Ukkie meenemen?' Ze heeft haar hoofd nu gebogen en kromt haar lichaam om de hond heen, alsof ze zich verpletterend verslagen voelt. Het lijkt hopeloos wreed, maar ik moet doorzetten.

'Hoe kom je aan die hond?'

'Van Victor.'

Victor. Ja, Victor. Niet Vincent, Vito of Rick, maar Victor. Ik buk me en steek mijn hand uit om de hond aan te halen. Ik zie hoe erg mijn hand beeft en beweeg hem sneller, zodat het meisje het niet ook ziet, maar ze heeft alleen oog voor de hond. Ze heeft haar mond dicht tegen zijn oor gedrukt, misschien om hem een afscheidsgroet toe te fluisteren. Als ik vlak bij de hond ben, draait hij zijn kop en bijt in mijn vinger. Hij springt van haar schoot en rent om haar benen heen het huis in.

We staan allebei op en voordat ik een woord kan zeggen, draait het meisje (ja, ze is beslist ouder dan Trecie. Een jaar, twee?) zich bliksemsnel naar me om. 'Ik geloof niet dat hij je lief vindt.'

Ze slaat de deur dicht en ik hoor een grendel schuiven. Mijn vinger bonst en er sijpelt bloed uit een wond vlak boven de middelste knokkel. Ik blijf staan, met het bloed dat langs mijn vinger stroomt, om te zien of het meisje weer naar buiten komt. Dat doet ze niet, ik weet dat ze niet komt. Ik loop door de gang terug. Mijn vinger brandt en mijn hoofd doet zeer. *Victor.*

Als ik vlak bij het trappenhuis ben, zwaait de zwangere vrouw haar deur wijd open. Hij slaat tegen de muur en ik neem in een reflex een vertrouwde houding aan: in elkaar gedoken en verlamd.

'Waag het niet in mijn gebouw drugs te komen kopen, trut!'

Ze heeft een zak kaaszoutjes in haar hand en haar mond en vingertoppen hebben een kunstmatige oranje kleur. Hoe bevallig haar volle baarmoeder ook is, haar gezicht staat dreigend. Mijn ogen flitsen langs haar heen; haar appartement is groter dan dat van Eileen Craig en veel schoner, al hangt er een zwakke tabaksgeur. Op het aanrecht flakkert een geurkaars – appel en kaneel. Haar zoontje zit met gekruiste benen op een weelderig tapijt naar een breedbeeldtelevisie te kijken, met zijn gezicht zo dicht bij de dansende poppen dat het lijkt alsof hij ook bij het programma hoort. Hij schrikt niet van de commotie.

'Ik zocht mijn hond.'

Er klikt iets in haar en ze leunt ontspannen tegen de deurpost, waarbij ze haar buik naar voren steekt. Haar vingers vinden hun weg weer naar de zak en ze wipt al pratend een paar kaaszoutjes in haar mond. 'Jij was hier pas ook al. Je hebt dat nare dooie mens meegenomen. Hoe lang blijft die lucht nog hangen? Ik maak me zorgen om mijn kinderen.'

Het is moeilijk me op haar woorden te concentreren tussen de pijn in mijn vinger en de verschrikkelijke onzekerheid van het niet-weten of ik dichter bij Trecie in de buurt kom. Ik stop mijn goede hand in mijn zak en haal er een stapel kaartjes uit. Er zitten er wat tussen van plaatselijke bloemisterijen, limousineverhuurbedrijven en twee schoonmaakbedrijven die gespecialiseerd zijn in het reinigen na de dood. Ik geef haar er een. 'Uw huurbaas zou dit bedrijf moeten inschakelen.'

'Kijk nou toch,' zegt de vrouw, en ze wijst met haar eigen oranje vingers naar mijn vinger. Ze maakt geen aanstalten het kaartje aan te nemen. 'Heeft dat keffertje je gebeten?'

Ik knik. Het is tijd om verder te gaan en de bloemstukken voor Eileen Craig op te halen. En ik heb behoefte aan een rustige plek om na te denken.

'Heb je aids?' vraagt de vrouw met een blik op mijn hand. Voordat ik iets terug kan zeggen, zuigt ze op haar wangen en schudt haar hoofd. 'Kom op, je moet er een pleister op plakken of zo, voordat je de hele gang onder spat.'

Ik schud mijn hoofd, maar ze dringt aan. 'Kom mee naar binnen. Die mensen kennende...' – ze knikt naar het appartement van het meisje – '... zal die hond wel rabiës hebben. Je zou verwachten dat ze een rottweiler of een pitbull hebben, een soort waakhond. Dat hebben de meeste dealers hier.'

'Dealers?' Het jochie kijkt naar ons als zijn moeder de deur sluit; we staan al in haar keukentje. Bij het raam staat een kleine kerstboom in een pot met lichtjes die nu niet branden. Hij hangt vol rode en groene ballen, met een biddende plastic engel als piek, en de pot is ontwikkeld met goudfolie. De vrouw gebaart dat ik mijn hand onder de kraan moet houden terwijl ze zelf haar gezicht en handen afveegt met een natte papieren handdoek.

Ze reikt naar mijn pols en houdt mijn hand onder de hete kraan. 'Zo,' zegt ze. Ze is verbazend sterk. Haar haar ruikt naar chemisch ontkroesmiddel en haar donkere, onopgemaakte huid glanst onder het tl-licht. 'Die vrouw is verslaafd. Crack, heroïne, meth, kies maar uit. Er kwamen op de gekste tijden mannen bij haar langs. Ik heb de politie een keer gebeld, een jaar of vier geleden, maar ze hebben er geen reet aan gedaan. Er kwam één politieman langs, en die heeft niet eens de kinderbescherming gebeld. Hij heeft dat vriendje er wel uit geknikkerd, zó van de trap gesmeten.'

Ik probeer mijn stem in bedwang te houden. 'Hoeveel kinderen zitten er?'

'Doe ik je pijn?' Ze giet nu waterstofperoxide over de wond. Ik voel het prikken nauwelijks. 'God mag weten hoeveel ze er heeft. Vijf, zes? Ik zie ze in elk geval nooit naar school gaan, dat staat vast.'

Ze windt een verbandgaasje strak om mijn vinger. De vingertop is binnen een paar seconden krijtwit en gevoelloos. 'Heb je ook een klein meisje gezien? Van een jaar of zeven, acht misschien, met lang donker haar? Ze heet Trecie.'

De vrouw legt de rol leukoplast en het gaas weg en schudt haar hoofd. Haar mond is een norse frons. 'Hoor eens, als je hier woont, leer je wel je met je eigen zaken te bemoeien. Ik heb de politie die keer alleen maar gebeld omdat die moeder een vals vriendje had, maar degene die erna kwam, was nog erger. Toen die begon langs te komen, hoorde ik veel stennis en gehuil, vooral van de kinderen. Mijn zoontje was toen nog een baby en ik weet niet of jij kinderen hebt, maar als hij eenmaal sliep, wilde ik dat graag zo houden.' Ze slaat haar armen boven op haar buik over elkaar en werpt een blik op haar zoontje. 'Ik raad je aan een andere hond te nemen.'

Ik sta daar, niet langer dan een seconde, hooguit twee, maar het voelt als een heel leven. De vrolijke uitbundigheid van het kinderprogramma overspoelt mijn oren (verderop in de gang moet hetzelfde programma opstaan) en ik word overweldigd door het idee constant met angst en gevaar te moeten leven, met de blijvende geur van de dood. Dit is Trecies leven.

'Maar was het jouw hond?' De vrouw reikt me een blikje cola light aan. Ik schud mijn hoofd en ze trekt het voor zichzelf open.

'Pardon?' Ik moet beter opletten.

'Die hond. Was hij van jou?'

'Nee,' zeg ik. 'Nee, hij was niet van mij.'

'Gelukkig maar.' Ze reikt naar de zak kaaszoutjes. 'Want je wilt die vriend niet tegen je krijgen. Hij takelt je toe en niemand kan hem iets maken.'

'Victor? Hoezo?' Ik voel het weer, die zet naar voren, stuwkracht en snelheid, een beweging naar iets toe.

De bewegingen van de vrouw worden trager en de cellofaan zak beeft in haar handen. 'Je moet nu weg. Meteen. Vort.'

Op weg naar de deur draai ik me om om mijn excuses aan te bieden, maar de vrouw blijft in de keuken staan. In het voorbijgaan zie ik het jongetje. Hij kijkt me nors aan als ik de deur dichttrek.

Ik start eerst de lijkauto en tast dan in mijn zak naar Mikes kaartje. Ik probeer er niet aan te denken wat het over mij zegt dat ik het nog heb.

'Met Mike Sullivan.'

Ik zwijg en hij zegt zijn naam nog eens voordat ik me ertoe kan zetten iets te zeggen. 'Met Clara. Clara Marsh.'

'O.'

Ik klem het mobieltje tussen mijn oor en mijn schouder. 'Ik geloof dat ik nieuws heb. Over Trecie.' Mijn nagels strijken langs een gevoelige plek op mijn achterhoofd en er trekt een pijnscheut helemaal tot mijn nek.

Het blijft lang stil en dan ademt Mike hoorbaar uit. 'Je moet Kate bellen, die leidt dit onderzoek.'

Ik krab de korst van de wond en zoek naar nieuwe haren, maar ze zijn nog te donzig. 'Ik denk dat ik weet waar ze woont.'

Mikes stem wordt scherp. 'Hoe bedoel je?'

Ik laat mijn handen op mijn schoot vallen. Ik voel dat er bloed uit de wond loopt. 'Ik moest een lichaam uit Vanity Faire halen en toen kwam er een meisje uit een van de appartementen. Ze lijkt sprekend op Trecie, ze zouden zusjes kunnen zijn. Ze heeft ook een hond, en hij heet…'

'Clara, ophouden.'
'Maar...'
'Ik weet dat je wilt helpen, echt. Jezus christus,' zegt hij met een zucht. 'Hoor eens, Clara, we weten niet eens of die Trecie van jou wel hetzelfde meisje is als op die video.'
'Ze is het, ik weet het zeker,' fluister ik. Mijn vrije hand keert terug naar mijn hoofd, opzettelijk nu. Er zit een plekje met weerbarstige krullen bij de kruin.
'Maar ík niet,' zegt Mike met stemverheffing. 'Waar ben je trouwens mee bezig? Eerst zeg je dat je niets weet van de moedervlek van het Lieve Kind en nu beweer je dat er een meisje in het uitvaartcentrum rondhangt.'
Een ruk en er laten wat haren los. De wortels zijn aangenaam wit. De stekende pijn maakt me extatisch, al is het maar even.
'Het is waar.'
'O ja? Waarom heeft verder niemand haar dan gezien?'
'Linus wel.' Ik weet niet of Mike me hoort, zo klein is mijn stem nu.
'Ik heb twee weken verspild in het uitvaartcentrum waar ik afscheid heb moeten nemen van mijn vrouw, jagend op een hersenspinsel van jou, terwijl ik echte slachtoffers had kunnen helpen.' Hij zwijgt en ik voel de enorme ruimte van de lijkwagen op me drukken, de wijze waarop die weergalmt in Mikes stem. 'Hé, het spijt me, het moet zwaar zijn om daar te werken, er te wonen, het zal wel eenzaam zijn, maar...'
De rest hoor ik niet. Het toestel valt op de vloer van de lijkwagen. Ik schakel en scheur weg. Mijn vuist is nu gevuld. Ik druk de haren tegen mijn gezicht, veeg ermee over mijn tranen en verstop de hele pluk vervolgens in mijn zak.

Minibussen en SUV's verdringen zich op het parkeerterrein van Kennedy's Country Gardens. Hier en daar bindt een man een kerstboom op een auto terwijl moeders met babymutsjes redderen. Luidsprekers aan palen laten 'Jingle Bell Rock' door het hele park klinken en een zwerm kinderen in vrolijk gekleurde jacks zwerft vrijelijk tussen de blauwsparren. Ik zet de lijkwagen in de verste hoek, weg van de kerstvreugde, probeer Mikes woorden te vergeten en doe mijn best te onthouden dat ik zowel de door Linus bestelde bloemstukken als een pot voor mijn ficus moet hebben. De kam die ik in het handschoenenkastje bewaar, heeft me geholpen mijn zelfbeheersing te hervinden.

Zonder mijn pas in te houden om de rijen en nog eens rijen kerstkransen met smaakvolle linten te bewonderen – sommige bezaaid met zeesterren, andere met hulstbessen (*vooruitziende blik*) – ga ik door een zijdeur naar binnen, waarbij ik erom denk niet op de maretak (*behoefte aan een kus*) te letten. Als ik door de ruimtes aan de voorkant zou dwalen, zou ik getuige moeten zijn van de massa's mensen die de mooiste trendy amaryllis (*trots*) en kerststerren (*heel mooi*) uitzoeken in de wetenschap dat al die overblijvende planten na een paar weken samen met een dode kerstboom worden weggegooid. Ik kan beter een omweg naar de bloemisterij nemen om die slachtpartij te mijden. Wanneer ik over de drempel stap, haal ik mijn handen uit mijn zakken en zie dat de wond van de hondenbeet door het verband heen heeft gebloed. Hij zal gehecht moeten worden.

In deze tijd van het jaar zijn de kassen achterin een vergeten doolhof waar mest, aarde, zaden en allerlei potten (geglazuurd aardewerk, piepschuim, cederhout, terracotta, beton) worden opgeslagen tot de tuiniers na hun winterreces klaar zijn om zich te buiten te gaan aan de overvloed van het voorjaar. De voorraad staat overal opgeslagen, met stof bedekt, op elkaar gestapeld, tegen de muren, op alle tafels. Ik word begroet door de geur van veenmos en spaanders cederhout die uit hun zakken over de vloer stromen. Bij een slordige uitstalling vogelhuisjes blijf ik staan. Ze zijn gedetailleerd gemaakt, met liefdevol ontworpen dakspanen en witgeverfd hout; sommige hebben een koperen dak. Ik steek mijn hand naar een van de huisjes uit. Het voelt koud aan en als ik mijn hand terugtrek, flitst er een mus langs me heen. Als mijn grootmoeder nog leefde, zou ze niet rusten voordat ze de vogel had verjaagd, het oudewijvenpraatje indachtig dat een vogel binnenshuis een voorbode is van de dood. Op haar eigen manier probeerde ze mij niet ook te verliezen. Ze deed haar best. Ik neem de tijd om een kobaltblauwe, vierkante plantenbak te bewonderen en denk dan weer aan mijn ficus.

Ik til de bak van de plank en zeul hem met moeite door het smalle gangpad. Een ruw randje op de bodem, dat niet geglazuurd is, schraapt langs mijn zere vinger. Ik voel het bij elke stap. Ik zie hem niet meteen, maar op weg naar de balie van de bloemisterij achter in de winkel hoor ik een stem roepen: 'Hé, Mikey!'

Ik draai me om en zie op een paar passen afstand een man die ik bijna herken iemand wenken die ik niet kan zien. Ik moet vluchten, maar mijn voeten willen me hier niet wegvoeren en ik sta goed zichtbaar midden in het gangpad. Een verkoper, Jeff, haast zich met zijn armen vol groen langs me heen en stoot tegen mijn arm. Hij struikelt, net als ik, en richt zich weer op alsof hij me niet heeft gezien.

'Mikey!' De man gebaart naar iemand net buiten mijn gezichtsveld. Ik moet er niet aan denken hem onder ogen te komen, niet nu. Het is alsof er een vloedgolf in me is opgerezen die op het punt staat los te barsten. Ik voel de bak uit mijn handen glijden. Dan komt er een peuter met een opzichtige kerstversiering in zijn handen de hoek om.

'Kom hier, maatje,' roept de man naar de jongen.

Ik verstevig mijn greep en de rust daalt neer; ik mag de paniek niet nog eens laten opwellen. Ik versnel mijn pas en trek me terug in de bloemenwinkel in de aangrenzende ruimte. Het is er uitgestorven, op de reusachtige blauwe ara na die tussen de zijden klaprozen (*buitensporigheid*) zit te soezen op haar stok. Jaren geleden is ze ontsnapt en heeft ze de voorruit verbrijzeld van een bestelbus die het parkeerterrein op kwam. Tegenwoordig kan ze niet veel meer opbrengen dan af en toe kort, maar verwoed te vliegen. Ze hipt voornamelijk van stok naar stijl, erom denkend haar ontlasting in een hoek van de winkel te laten vallen. Mirabelle is hier al zolang ik hier klant ben, nog langer, een winkeldochter tussen de droogbloemen en kransen van ranken. Overal hangen foto's van haar. Bea, de dochter van de eigenaar, is de bedrijfsleidster van deze afdeling en de 'moeder' van de vogel. Ze gebruikt de uitgevallen veren vaak in bloemstukken, maar nooit in de onze. Meestal heb ik iets lekkers voor Mirabelle bij me, al heeft Bea her en der bordjes opgehangen in haar kinderlijke handschrift met de tekst 'vogel niet voeren'.

De plantenbak is een last geworden, en als ik naar de toonbank loop om hem neer te zetten, begint Mirabelle te koeren. Ik kijk op mijn horloge; de dienst voor Eileen Craig begint straks. Als ik voortmaak, is er nog tijd voor een kop thee om me te helpen deze dag weg te stoppen.

'Hallo?' zeg ik. Ik hoop dat Bea in de werkruimte is en niet in de winkel vol mensen. Ik heb de fut niet om haar te gaan zoeken. Deze plek, dit tweede huis, begint claustrofobisch aan te doen.

'Hallo.'

Het komt van achter me. Ik draai me om, maar zie niemand.
'Hallo?'

'Hallo.' Het is Mirabelle.

Ik heb haar nog nooit horen praten. Ik lach onwillekeurig, een geluid dat me nog meer van mijn stuk brengt. Het is een dag voor vreemde gebeurtenissen. De ara tuurt naar me door haar witte irissen. Haar kop is zwart-wit gestreept, maar voor de rest is ze een schilderspalet van geel-, blauw- en groentinten.

'Bea?'

'Hallo, Clara,' zegt de vogel, al beweegt haar snavel nauwelijks. Ik moet wel glimlachen wanneer ze haar kop schuin houdt en naar me toe leunt. Ik doe een stap naar haar toe en dan nog een. Had ik maar een koekje voor haar meegebracht. Ze spreidt haar vleugels en fladdert er licht mee, en nu valt me pas op dat de onderkant van haar staart zongeel is, maar de bovenkant saffierblauw. Ze strekt haar nek helemaal, zodat haar gekromde snavel vlak bij me komt. Ik buig me naar haar toe en ze kroelt in mijn hals. Haar veren zijn als een fluwelen kussen. Ik sluit mijn ogen en vergeet mezelf.

'Ik dacht dat ze het meest van mij hield.' Bea staat bij de kassa, klaar om de bescheiden bloemstukken voor Eileen Craig aan te slaan. Ze scheurt het prijsje van de plantenbak. 'Deze ook?'

Ik maak me los van de ara, die naar een andere stok fladdert. 'Ja, apart afrekenen.'

Bea is een nuchtere vrouw met grijze strepen in haar ooit blonde haar, blauwe ogen die flets zijn geworden en een figuur dat berust in het vet van de middelbare leeftijd, dat verborgen wordt door een rood T-shirt met het beeldmerk van de kas erop. Haar kortgeknipte nagels hebben altijd rouwrandjes en de aarde is vastgekoekt in haar handpalmen, ook vandaag. Wanneer het zover is, zal ik haar begraven met witte viooltjes (*ongegeneerde openhartigheid*); ze heeft niet veel geduld met dwazen.

'Je moet haar wel iets heel lekkers hebben gegeven,' zegt Bea terwijl ze mijn cheque aanneemt. We kijken elkaar niet aan. Ze krimpt in elkaar wanneer mijn vingertoppen langs de hare strijken, maar zegt niets over het verband. 'Hoe is die compost je bevallen?'

'Dat weet ik komend voorjaar.' Ik schuif Linus' creditcard over de toonbank, me nu wel bewust van mijn hand.

'Laten we hopen dat we wat sneeuw krijgen van de winter. Ik zou het vreselijk vinden de lente met een droge periode te beginnen. Vorig jaar ben ik al mijn cosmea kwijtgeraakt.' Ze stopt de beide bonnetjes in een zakje en legt het samen met de bloemstukken in de plantenbak. Dan richt ze zich verwachtingsvol op. 'Heb je al een boom? We hebben voor een paar prachtexemplaren staan.'

Ik schud mijn hoofd.

Bea's stem wordt zacht en haar mondhoeken trekken naar beneden alsof ze in iets zuurs heeft gebeten. 'Nee, jij zult wel geen Kerstmis vieren, hè?'

Ik neem de plantenbak in mijn armen en draai me om. Mirabelle duikt naar de stok het dichtst bij me en leunt naar me over. Het dons in haar hals is iriserend, wel duizend kleuren die met elkaar versmelten. Ik voel Bea's ogen op me.

'Ze heeft mijn naam gezegd,' zeg ik.

Bea komt achter de toonbank vandaan en slaat beschermend haar armen om Mirabelle heen. Haar stem klinkt luchtig, plagerig, maar haar gezicht heeft die voorzichtige, afgeschermde uitdrukking aangenomen die ik van zo veel mensen zo goed heb leren kennen. 'Ik denk dat je te veel tijd in het uitvaartcentrum doorbrengt, Clara. Mirabelle kan niet meer praten sinds het ongeluk.'

17

De moeder van Eileen Craig staat in de opening van de deur naar het parkeerterrein achter het uitvaartcentrum. Vlagen ijskoude lucht fluiten om haar oren en dringen zich in de vestibule terwijl zij een laatste, lange trek van haar sigaret neemt. Haar nylon jas is te dun voor dit weer en haar handen en hoofd worden door niets beschermd; haar lange, dunne haar zwiept in haar gezicht. Aan haar schouder hangt een donkerblauwe tas met een kapotte rits waar de inhoud uitpuilt. Ze heeft een polyester broek aan die bij een uniform lijkt te horen en ik stel me voor dat Eileens gezicht tegen het eind sprekend op dat van haar moeder leek: een slagveld van hopeloosheid en hunkering.

'Hallo, ik ben vroeg,' zegt ze terwijl ze naar binnen stapt. Haar stem krast in haar keel; het zwarte slijm dat haar keel en longen bekleedt, vibreert bij elk woord. 'Mijn dochter is onderweg. Ze komt zo.'

Ik verwacht Linus' krakende voetstappen in de gang. Hij is nog nooit vergeten een familielid te begroeten.

'Dag, mevrouw Craig,' zeg ik. Linus zou haar hand in zijn beide handen nemen. Hij zou haar handen vasthouden, zijn deelneming betuigen en terwijl zij over het leven en sterven van haar dochter praatte, zou hij een hand op haar schouder leggen en zij zou tegen hem aan leunen, getroost door zijn enorme omvang en zijn vermogen haar pijn te absorberen, al is het maar zolang hij erbij is. Ik geef wat ik kan. 'Zal ik uw jas aannemen?'

'Nee, ik heb het nog ijskoud.' Ze stopt haar vuisten in de zakken van haar windjack en trekt haar schouders tot aan haar oren op. 'Is het goed als ik hier op mijn dochter wacht? Ik wil niet alleen... dáár gaan zitten. U weet wel.'

'Nee, natuurlijk niet. Ik zal u de zitkamer wijzen, daar zit u prettiger.' De zitkamer is vlak bij de rouwkamer waar de kist van Eileen staat, en hij is ingericht met leren oorfauteuils en gerieflijke banken. Ik wijs haar een van de stoelen in de wetenschap dat ze vanuit die hoek de sobere kist met alles wat er over is van haar kind niet kan zien. 'Mag ik u een glas water aanbieden? Koffie, thee?'

'Ja, koffie graag. Lekker.' Ik draai me om en hoor: 'Mevrouw?'

'Ja?'

'De politie zegt dat ze pas na een paar dagen is gevonden.'

'Ja.' Het verse verband omhult mijn vinger. Ik heb mezelf zes hechtingen gegeven; het deed bijna geen pijn. Een dutje en een kop kamillethee hebben me geholpen alles weer in het juiste perspectief te zien. Ik ben weer de oude.

'Wie heeft haar hierheen gebracht?' vraagt mevrouw Craig met verstikte stem. Haar ogen lopen vol, vergroot en flikkerend tot de tranen loskomen.

'Ik.'

'Ze zal er wel heel erg hebben uitgezien, hè?' Ze rommelt in haar tas en stapelt de brokstukken van haar leven – een plastic kam, pepermunt, een goedkope lippenstift, merkloze keelpastilles – op de bijzettafel.

Ik trek een tissue uit de doos op een andere tafel en ik reik hem haar aan. Ze houdt op met zoeken en ze drukt de tissue tegen haar neus. Haar adem is nu gejaagd en hijgerig.

'Ze zag er heel mooi uit, mevrouw Craig.' Ik geef haar een schouderklopje en laat mijn hand liggen. Ik geef haar bijna een kneepje. 'Ik zal die koffie voor u halen.'

Waar blijft Linus? In deze verschrikkelijke kou heeft hij last van zijn artritis. Misschien is hij gevallen. Ik kan me niet voorstellen dat er iets ergers aan de hand is, maar als ik de hoek om kom en zie dat zijn kamerdeur dicht is, wordt het knagende gevoel in mijn binnenste sterker. Hij is er wel, maar hij verzaakt zijn plicht. Er moet iets vreselijk mis zijn. Ik reik naar de deurknop en wil naar binnen stormen, maar dan hoor ik zijn stem.

'Heer, vergeef me, ik ben niet "volmaakt en rechtschapen", nee, dat ben ik niet.' Zijn stem draagt door de eiken deur en zijn bariton vibreert door me heen. 'Soms, Heer, word ik overmand door het kwaad dat in ons midden loert, in ons, "gezonden op een zwerftocht over de aarde, die ik doorkruist heb"'.

Mijn angst neemt af. Ik kijk op mijn horloge en zie dat Linus helemaal niet te laat is; hij is zich gewoon aan het voorbereiden op de dienst voor Eileen Craig. Hij zuivert zich, zoals hij het zelf noemt, voordat hij een gebedsdienst leidt. Nabestaanden die zich nog nooit met een religieus instituut hebben ingelaten, verlangen toch naar een schijn van ceremonieel. Ze geloven dat Linus invloed heeft en kan helpen hun dierbare het hiernamaals te wijzen. Ze hopen uit alle macht dat het nooit te laat is.

'Heer,' zegt Linus, 'ik ben een zondaar. Diep in me groeit een steenpuist die me hindert, die maakt dat ik me afvraag of wat ik doe wel zuiver van hart is…' Ik wil weglopen, hem nog een paar minuten gunnen om tot rust te komen. '… Het maakt niet uit of ik heb gelogen door iets te verzwijgen of de waarheid glashard heb ontkend, en om zo tegen Clara te liegen…'

Bij het horen van mijn naam druk ik mijn oor tegen het hout. De deur achter in de gang gaat open en de koude lucht kruipt naar binnen. De deur slaat dicht en een vrouwenstem roept: 'Hallo?'

Ik maan haar in gedachten tot stilte en luister weer naar Linus. '... geeft me het gevoel dat ik Genesis moet lezen in plaats van Job, Heer. Al die jaren kon ik maar niet begrijpen hoe Abraham het donzige hoofd van zijn zoon kon strelen terwijl hij hem op het altaar legde en een mes achter zijn rug hield...'

De vrouwenstemmen verheffen zich en ik druk een hand tegen mijn oor om ze buiten te sluiten.

'Ik kan niet zeggen dat ik zo anders ben dan Abraham, Heer, bereid als ik ben mijn eigen kind te offeren.' Hij hikt en struikelt over zijn woorden. Het is geen snik. Nee. 'Wat mij bang maakt, wat maakt dat ik om hoeken en heen en weer kijk, is de vraag of ik wel echt uw wil doe. Ik moet de leugens geloven, geloven dat het bedrog een doel dient. Dat ik echt het goede doe voor Clara en Trecie. Want in de duistere dagen heeft een mens alleen zijn geloof.'

Het is alsof er een band om mijn borstkas wordt aangehaald, strak en snel, met een immense druk. Een pijnlijke tinteling verspreidt zich in de ruimtes tussen de ribben. Hij meent het niet, hij liegt niet, dat kan ik niet geloven. Linus is een man van eer, niet van bedrog. Mike zou me kunnen verloochenen, ja, het was niets, ik betekende niets voor hem, maar niet Linus. En Trecie? Ik heb het gewoon verkeerd begrepen. Hij was aan het bidden, gebeden laten zich op wel duizend verschillende manieren interpreteren.

'Pardon!' Een vrouw staat boos en gespannen aan het eind van de gang. 'Mijn moeder en ik zitten in die kamer te wachten.'

'Ja,' zeg ik. 'Ik ging meneer Bartholomew net halen.'

Ik draai aan de knop, maar voordat ik de deur kan openduwen, trekt Linus hem open. Ik struikel naar binnen en hij vangt me op.

'Ik heb je vast, geen paniek,' zegt hij terwijl hij me overeind zet. Zijn handen voelen zeker op mijn lichaam, zoals ik me de handen van een vader voorstel. Ik richt me snel op. Ja, ik heb hem gewoon verkeerd begrepen.

'De Craigs zijn er.'

'Ik zie het,' zegt hij en hij loopt langs me heen.

'Linus?' roep ik hem na. Hij is al op weg naar de nabestaanden van Eileen Craig. Ik sidder inwendig, maar het is nu of nooit. 'Hoe lang ken je Trecie al?'

'Hm?' Hij blijft staan en draait zich langzaam om, met een ondoorgrondelijke uitdrukking op zijn gezicht. Dat is niets voor hem.

'Hoe lang komt ze hier al? Om te spelen?'

'Al een tijdje.'

Hij loopt door en ik doe een paar stappen en pak zijn arm om hem tegen te houden. 'Hoe lang?'

Linus haalt mijn hand van zijn arm en omvat hem met zijn beide handen. 'Wat vraag je me nu precies, Clara?'

Ik kan het niet zeggen. Ik kan het niet. Hij laat me los en bereikt het eind van de gang, waar de zus van Eileen Craig staat te wachten. Haar handen verdrinken in de zijne, zoals altijd. 'Mevrouw Craig, ik kan me voorstellen hoeveel verdriet u nu hebt. Ik weet hoe het is om een broer of zus te verliezen, ik heb mijn eigen broer verloren toen ik zesentwintig was. Het is alsof je de helft van je herinneringen kwijtraakt en nog een arm op de koop toe. Ik leef met u mee.'

Haar woede verbrokkelt en ze buigt haar hoofd. 'We zijn samen opgegroeid, weet u? Ze had problemen, de drugs, maar ze was een goed mens. Echt waar.'

'Ja, dat was ze, en wees maar niet bang dat God dat niet weet.' Hij neemt haar in zijn armen en houdt haar vast tot haar gesnik tot bedaren komt. 'Gaat u maar naar uw moeder. Ik moet mijn gebedenboek nog pakken en dan kom ik.'

De vrouw gaat de kamer in en Linus loopt door de gang terug. In het voorbijgaan wijst hij naar mijn vinger.

'Wat is dat?'

'Een wondje, het stelt niets voor.' De vinger bonst weer, dus houd ik hem met mijn andere hand vast.

'Denk erom dat je er zalf op smeert en het goed inpakt. Zorg dat de wond niet in contact komt met vloeistoffen. Daar kun je verschrikkelijke infecties van krijgen, dat weet je wel.'

Hij stapt zijn kamer in en reikt naar zijn gebedenboek, dat geopend op zijn bureau ligt. Voordat hij weggaat, neemt hij mijn kin in zijn kolossale hand en kijkt me net iets te lang aan.

'Ik wil niet dat je iets overkomt.'

Terwijl hij door de gang loopt, neuriet hij een gezang, luid, zonder een spoortje onbehagen. Het is duister en kwellend, een bekende melodie, de woorden liggen op het puntje van mijn tong – ja! – en zijn dan weer weg. Ik zou het moeten kennen, het is tergend dichtbij, een hint van iets... *toils and snares I have already come...* Ik weet het niet zeker. Als hij om de hoek verdwijnt, wil ik hem roepen om het te vragen, maar ik doe het niet. Ik weet niet waarom.

18

Ik droom. Ik weet dat ik droom, maar toch.

Vlak voor me loopt een oosterse vrouw die af en toe omkijkt, naar me glimlacht en wuift om duidelijk te maken dat ik moet doorlopen. Ze is petieterig, loopt op blote voeten en draagt een witte *ao dai* die rond haar kuiten opbolt door een briesje dat van haarzelf afkomstig is. Haar zwarte haar hangt in lange, ongelijke lagen op haar rug. Ze lijkt jonger dan ik, maar toch veel ouder. Ik ken haar. We lopen op een tuinpad met een menagerie aan bloemen die aan dichte, kronkelende, in het niets zwevende ranken hangen. Ik wil stoppen om een hibiscus, een hortensia, een roos te plukken die samen aan een enkele steel hangen, maar de vrouw is er ook nog. Vlak voor me.

Ze volgt de bocht in het pad en ik zie haar niet meer. Ik ga sneller lopen, maar dan komen de ranken in beweging. Ze strekken zich naar me uit, plukken aan mijn huid, knijpen en bijten. Ik zie de enkel van de vrouw nog voordat ze in het duister opgaat.

Ik kijk aarzelend over mijn schouder. Het pad achter me is overwoekerd. Bladeren ontvouwen zich ritselend, rijpe knoppen barsten open voor mijn ogen, met zulke zinderende kleuren dat het brandt, en de geuren smoren me. Ik volg de vrouw het donker in.

Ik val, ik stort de diepte in, met wild trappelende benen, wanhopig zoekend naar vaste grond. Ik tast en tast, maar mijn handen vinden niets om vast te pakken voordat ik in nog meer niets land. Het is een droom, dat weet ik wel.

Dan zie ik haar, Trecie, met gekruiste benen op het pad zitten. De oosterse vrouw is weg. Trecie klemt een bundeltje tegen zich aan en ik hoor het janken. Ik denk aan de hond, Ukkie, en kijk naar Trecie, die het bundeltje dichter tegen zich aan drukt en er giechelend met haar wang langs wrijft.

De opluchting die me overspoelt rimpelt in concentrische cirkels naar buiten, steeds groter wordend en kabbelend in mijn binnenste. Ik loop met uitgestrekte armen op Trecie af om haar te omhelzen. Trecie is veilig, ze is veilig.

Ze ziet me aankomen en recht haar rug. Ze verandert op een manier die me met afgrijzen vervult. Elke stap dichter naar Trecie toe doet me pijn, een steek in mijn borst, maar ik moet haar naar huis brengen.

Dan sta ik voor haar. Ze kijkt naar me op alsof zij mij beschermt en slaat de deken om het bundeltje open. Er zit een baby in. De mollige, ronde wangetjes smeken om een kus. Het mondje glanst van het kwijl, en er hangt een sliert in een mondhoek die ik met mijn vinger wil opvangen. Ze heeft bruine, heldere ogen, onschuldig en mooi. Op haar bolle buikje liggen her en der margrieten, en in een plooi van haar dij zit een steel klem. Ze schopt hem los, glimlachend en gorgelend. Het is mijn dochter.

Trecie tilt haar naar me op. 'Clara.'

Ik steek mijn armen uit en voel de tranen op mijn wangen branden, maar ik kan er niet bij.

'Clara,' zegt Trecie.

Mijn armen zijn loden aanhangsels, alsof ik onder water ben. Ik zwem naar Trecie toe, vechtend om lucht te krijgen.

'Clara!'

Ik schrik wakker. Mijn lichaam hijst zich overeind, mijn longen piepen en het boek waarmee ik in slaap ben gevallen, iemands oorlogsmemoires, ligt open op de vloer. Mijn ogen schrijnen, heet van tranen. Ik wil terug. Ik moet me een weg terug naar hen banen.

'Clara, wakker worden. Ik ben het, Mike.' Er wordt op de deur gebonsd.

Ik stommel mijn bed uit, pak mijn ochtendjas, vergeet mijn pantoffels. Mike blijft op de deur bonzen en mijn naam roepen. Om me heen is het wazig en ik vraag me af of ik wel echt wakker ben, of ik niet nog steeds verstrikt ben in de nachtmerrie.

Nu zie ik hem door de tuindeuren; hij ziet er magerder uit dan ik me hem herinner, al heb ik hem een paar dagen geleden nog gezien. De keukenklok geeft zes over zeven aan; ik heb me verslapen. Ik open de deur, maar heb een te wattig hoofd om iets te zeggen.

Dit is geen bezoekje voor de gezelligheid. Mike is niet gekomen voor nog een kop thee, om mijn hand vast te houden, om me ervan te verzekeren dat Trecie het goed maakt, dat het mijn schuld niet is en dat hij niet echt gelooft dat ik het me allemaal heb verbeeld. Hij heeft een colbert met een das aan, zijn handen zijn rood en beurs en zijn anders zo gladde gezicht is nu ruw van de stoppels. Ik leg behoedzaam mijn hand op mijn achterhoofd, maar het maakt niet uit. Hij blijft op de mat staan. Hij wil me niet aankijken.

'Clara, ik moet je meenemen naar het bureau om je een paar vragen te stellen.'

Op het parkeerterrein achter hem staan nog meer auto's: drie burgerauto's en een surveillancewagen van de politie van Whitman.

'Waarom?' Ik voel me net als vroeger, wanneer mijn grootmoeder me uithoorde over een misverstand. De verschrikkelijke momenten van het wachten in de oude slaapkamer van mijn moeder terwijl mijn grootmoeder haar borstel uit de badkamer beneden haalde. Ik hoor haar bijna de trap oplopen.

'Ik wacht hier wel tot je je hebt aangekleed.' Hij wipt van de ene voet op de andere.

'Wat wil je me vragen?' Is hij benieuwd naar mijn bezoek aan Vanity Faire?

'Kleed je nou maar gewoon aan.' Nu lijkt het alsof hij smeekt, alsof we allebei smeken.

'Mike, toe.'

Hij wrijft met zijn hand over zijn gezicht tot de hand zich om zijn nek krult en daar heen en weer begint te wrijven. 'We hebben de gegevens van dominee Greenes telefoonlijn. De data en tijdstippen van alle anonieme tips komen overeen met gesprekken die vanuit Uitvaartcentrum Bartholomew zijn gevoerd. Ik moet je meenemen naar het bureau.'

'Ik begrijp het niet.'

Mike staat met zijn lichaam half van me afgewend. 'Meer mag ik niet zeggen.'

Ik knik, meer kan ik niet doen, en ga terug naar mijn slaapkamer. Ik reik met onhandige, bevende vingers naar mijn witte blouse en mis de knoopsgaatjes telkens. Terwijl ik me aankleed, kijk ik naar mijn kas en vraag me af of ik nog tijd heb om mijn bloemen water te geven. Hoe lang zou het gaan duren? Zouden de bloemen het twee dagen volhouden, een week? Ik zet de deur open en snuif, me vullend met hun geuren, hun troost met me meenemend. Het kost me maar een paar minuten om mijn bed op te maken, mijn tanden te poetsen en een paardenstaart in mijn haar te leggen. Als ik in de keuken terugkom, staat Mike nog op dezelfde plek, nog steeds met zijn gezicht afgewend.

Wanneer we het parkeerterrein bereiken, zie ik Linus en Alma. Kate loopt met Alma naar een van de burgerauto's en

Jorge, Mikes partner, begeleidt Linus. Niemand zegt iets. We staan te ver van elkaar verwijderd om elkaar de hand te reiken, maar te dichtbij om elkaars angst niet te voelen. Alma ziet er beheerst, maar nerveus uit. Ze drukt haar tas tegen zich aan en haar lippen zijn zorgvuldig rood gestift. Ze kijkt me aan en knikt geruststellend. Linus moet last hebben van zijn knieën in die kou. Hij loopt langzaam en voorzichtig. Hij kijkt me langdurig aan, dwars door me heen. Dan glimlacht hij, warm en vriendelijk, alsof hij me in een beschermende omhelzing neemt. Als het kon, zou ik naar hem toe gaan. Ik zou zijn hand in de mijne nemen en tegen mijn wang drukken. Ik kan zijn stem horen: *Ik zal voor je zorgen.*

Ik slik het brok in mijn keel weg en loop naar hem toe, maar Mike pakt mijn arm en loodst me naar een andere auto. Ik blijf staan, kijk naar zijn hand en dan omhoog, naar zijn gezicht.

Dan kijkt hij me aan en kan ik hem zien. Ik kan hem eindelijk weer zien.

'Het spijt me, Clara.'

19

Mijn thee is lauw geworden. Aangezien er alleen maar melkpoeder en kleine suikerzakjes zijn, heeft theedrinken weinig zin.

We zitten in een verhoorkamer op het politiebureau in Brockton. Ik zit tegenover Mike, Frank Ball en wie er ook maar achter de confrontatiespiegel mag staan. Ik probeer niet naar mijn spiegelbeeld en degene erachter te kijken, maar richt mijn aandacht op de wippende adamsappel van de rechercheur uit Whitman die een dossier leest uit de solide kartonnen doos met aanwijzingen waarop aan alle vier de kanten slordig het bekende LIEVE KIND is geschreven. Tussen ons in staat een stokoude metalen tafel met een grijs blad vol in elkaar grijpende ringen van koffiekoppen, neergekraste verwensingen en spelletjes boter-kaas-en-eieren. De groeven zijn zwart van het vuil en het altijd aanwezige gruis van de stad. Mike heeft al gezegd dat er geluidsopnames van het gesprek worden gemaakt; hij heeft niet gezegd of we ook op videofilm worden gezet.

Ik probeer me Linus en Alma voor te stellen, in net zulke kamers, waar ze op de hoogte worden gesteld van hun recht op de aanwezigheid van een advocaat bij het verhoor en de verzekering krijgen dat ze niet onder arrest staan. Ik stel me Alma's onaangedane gezicht voor en het contrast met Kates blonde opgewektheid. Haar vingers moeten jeuken om de tafel te boenen.

Linus zal anders reageren. Vriendelijk, warm zelfs. Hij zou te ver kunnen gaan. Hij is niet in staat tot bedrog. Hij zal ze alles vertellen wat ze willen weten. Of zal hij ze misleiden in een poging mij te beschermen? Ik moet mezelf dwingen adem te halen (*een-twee-drie*).

Ik houd mijn handen gevouwen op mijn schoot, waar ze mogen beven zo veel ze willen. Mikes koffie staat onaangeroerd voor hem op tafel. Hij wrijft met zijn hand over zijn wang. Het schrapen van de stoppels is hoorbaar in de kleine kamer, maar hij lijkt het niet te merken. We zitten zo dicht bij elkaar dat ik zijn zeep kan ruiken. Het lijkt nu ondenkbaar dat ik nog maar een paar weken geleden bij hem stond en hem vasthield terwijl hij schokte. Nu zijn we hier. Ik kijk op en zie hem naar me kijken. Zou hij hetzelfde denken als ik?

Mike begint. 'Kun je ons vertellen over de telefoons in Uitvaartcentrum Bartholomew?'

Ik roep Linus en Alma voor mijn geestesoog op en hun gezichten geven me de moed om te antwoorden. 'Er zitten twee nummers op dezelfde lijn. Het ene nummer is van het uitvaartcentrum en het andere is Linus en Alma's privénummer. De nummers hebben een verschillende beltoon, zodat we kunnen horen of er een zakelijk gesprek of een privégesprek binnenkomt.'

'Waarom twee nummers op dezelfde lijn?' vraagt Ball. 'Waarom geen verschillende lijnen?'

'De dood komt op de gekste tijden, rechercheur Ball. Meneer Bartholomew is beschikbaar wanneer hij zit te eten, wanneer hij slaapt; hij heeft zelfs een telefoontoestel in zijn douche laten installeren. Wie een uitvaartondernemer nodig heeft, krijgt niet graag een antwoordapparaat aan de lijn.'

'Aha.' Rechercheur Ball maakt een notitie op zijn kladblok en gebaart naar Mike.

'Wie kunnen er gebruikmaken van de telefoon?' vraagt Mike. Hij draait een pen tussen zijn vingers. Zijn notitieboekje is nog leeg.

'Linus, Alma en ik.' Een glimmend plekje op zijn verder doffe trouwring vangt het licht van de plafondlamp. Hij moet het ook zien, want hij stopt zijn hand onder de tafel. De andere hand blijft met de pen spelen.

'Hoe goed ken je dominee Greene?' vraagt hij.

Het valt me in dat de dominee ook ergens in dit gebouw moet zijn, dat hij door een andere rechercheur aan de tand wordt gevoeld. De ruimte begint een beetje te deinen. De lucht is drukkend en opeens is mijn keel kurkdroog en wordt de thee onweerstaanbaar, maar ik durf mijn onvaste hand niet uit te steken.

'Ik ken hem twaalf jaar.'

Mike beweegt de pen niet meer. Hij laat zijn blik op me rusten, trekt me in zijn sfeer. Ik kan rechercheur Ball niet meer zien. Ik kan niets anders meer zien, horen of voelen dan Mike. Mijn armen trekken en een hand glipt van mijn schoot en kruipt naar mijn hoofd.

'Dat vroeg ik niet,' zegt Mike. 'Ik vroeg hoe goed je hem kende. Spreek je hem regelmatig, zien jullie elkaar ook privé? Hij is weduwnaar, hè?'

Ik kijk zwijgend naar zijn stoppels. Ik begrijp wat hij insinueert en kan hem wel slaan. Mike is sterk, maar ik voel net zo'n kracht in me oprijzen. Ik vouw mijn handen weer. 'Hoe goed kun je een ander ooit kennen?'

Er flitst iets in zijn ogen wanneer hij vraagt: 'Waarom heb je tijdens het onderzoek naar de dood van het Lieve Kind drie jaar geleden niets gezegd over de moedervlek die je in haar nek had ontdekt?'

'Waarom hebben jullie hem niet gevonden?'

Hij krimpt bijna in elkaar. Het is niet zo bevredigend als een klap, maar het effect is hetzelfde. Toch zet hij door. 'De anonieme beller en jij wisten er allebei van.'

'Daar lijkt het op.'

'Wist Linus het?'

'Nee.'

Mike leunt naar voren. Ik ruik zijn zweet door de zeep heen en voel dat ik warm word. 'Weet je dat zeker?'

Ademhalen. 'Als Linus iets wist waarmee hij dat kind had kunnen helpen, had hij jullie wel gebeld.'

'Waarom denk je dat hij dat niet heeft gedaan?' Mike praat zo snel door dat ik geen antwoord kan geven. 'Goed, en hoe zit het met Trecie?'

'Ik dacht dat je niet meer geïnteresseerd was in Trecie.'

'Je zei dat Linus haar in het uitvaartcentrum liet spelen?'

'Hou op, Mike.'

'Zijn er meer kinderen geweest in de loop der jaren? Iemand die aan het signalement van het Lieve Kind voldeed?'

'Nee!' Mijn nagels krabben in mijn handpalm. 'Mike, je kent Linus. Hij is een goed mens.'

Mike weet echter van geen ophouden. 'Je hebt net zelf gezegd dat je iemand nooit echt kunt kennen.' Hij wacht net lang genoeg om de woorden tot me te laten doordringen en vervolgt dan: 'Waarom bezocht jij het graf van het Lieve Kind op de avond dat Trecie je huis ontvluchtte?'

'Omdat niemand anders het doet.'

Mike klemt zijn lippen op elkaar en wendt zijn blik af. 'Kom je er vaak?'

'Ik ga meestal 's nachts,' zeg ik met een moed die wordt gevoed door mijn woede. 'Na middernacht, wanneer er niemand is. Nou ja, bijna niemand.'

Zijn ogen flitsen terug naar de mijne en ik zie zijn naaktheid erin. Ik wil me afwenden, mijn woorden terughalen, maar ze zijn uitgeworpen en hebben doel getroffen. Het is te laat.

Mike recht zijn schouders en vermant zich. 'Heb jij toegang tot alle vertrekken van Uitvaartcentrum Bartholomew?'

'Ja.'

'Ook de woning?'

'Ja.'

Mike leunt over de tafel en kijkt me strak aan, zonder met zijn ogen te knipperen. Hij trekt de strop aan. 'De slaapkamers?'

'Pardon?'

'De slaapkamers,' zegt Mike met stemverheffing. 'Ben je wel eens in de slaapkamers boven het uitvaartcentrum geweest?'

Ik zou het hem nu moeten vertellen, hem moeten dwingen naar mijn verhaal over het hondje te luisteren, over het meisje dat zo op Trecie lijkt, over de vriend die Victor heet, maar ik doe het niet. Hij staat nu aan de andere kant. Niet de mijne, niet die van Linus. 'Ja.'

'Kort geleden?'

'Ik weet het niet precies.'

'Hoeveel kamers zijn er op de verdieping van het woonhuis?'

Ik denk na over de val die hij voor me zet. 'Vier slaapkamers, een badkamer en een gastenbadkamer.'

'Ik neem aan dat er boven ook telefoon is?' Mike blijft me aankijken en ik weet niet waar ik het zoeken moet.

'Ik heb al gezegd dat Linus een toestel in de douche heeft laten installeren. Er staat er ook een op zijn nachtkastje.'

'Die avond toen we Trecie zochten en bij Linus in de keuken zaten, zei hij dat hij boven met Alma ging praten. Een paar minuten later werd er vanaf dat nummer naar dominee Greene gebeld. Vervolgens belde dominee Greene mij om te zeggen dat het andere meisje in de videofilm het Lieve Kind was. Herinner je je dat nog?'

Ik kan niets uitbrengen. Ademhalen doet pijn.

Maar hij weet van geen ophouden. 'Hoe worden de andere kamers gebruikt?'

Ik reik naar de thee en laat de bittere smaak door mijn keel glijden. 'Alma gebruikt er een als naaikamer en de andere twee zijn slaapkamers.'

Mike haalt een foto uit het dossier van het Lieve Kind en laat hem me zien. Het is een foto van Trecie, een filmbeeld uit de videofilm die ik in het huis van Charlie Kelly heb gezien. Ze staart in de lens; achter haar zie ik de groezelige muur met de potloodtekening en de kale matras die me blijft achtervolgen.

'Komt dit je bekend voor?' vraagt Mike.

Ik knik en wend me af. Ik heb hard mijn best gedaan om die videofilm te vergeten.

'Is dit een van de slaapkamers in huize Bartholomew?' Mikes stem is een fluistering en de foto trilt tussen zijn duim en wijsvinger.

Ik leg mijn handen op tafel, duw me overeind en pak mijn jas van de rug van mijn stoel. Rechercheur Ball staat op en loopt naar de deur. 'We zijn nog niet klaar met onze vragen.'

Hij is niemand. Ik kijk naar Mike tegenover me, die ook opstaat. De foto van Trecie ligt tussen ons in op het tafelblad.

'Er zijn vier slaapkamers boven.' Ik ben nu kalm; voor Linus kan ik alles. 'De ouderslaapkamer, de naaikamer van Alma en een logeerkamer met een quilt op het bed die Alma samen met haar zussen heeft gemaakt. De vierde slaapkamer is van hun overleden zoon Elton. Zijn honkbaltrofeeën staan er en er hangen posters van zijn favoriete popgroep. Er is niets aangeraakt sinds die dag.'

Mijn stem slaat over en ik moet mijn keel schrapen voordat ik weer iets kan zeggen. 'Die kamer,' zeg ik wijzend naar de foto, 'zullen jullie bij de Bartholomews niet vinden.'

Ik voel de woede toenemen en ga zachter praten. 'Ik neem aan dat het huis op dit moment wordt doorzocht. Ik zou het op prijs stellen als je tegen je mensen zegt dat ze Eltons kamer zo moeten laten als hij is. Alma zou er kapot van zijn als jullie hem overhoophaalden. Als iemand daar begrip voor zou moeten hebben, ben jij het wel.'

Mike knikt. Zijn gezicht is verslapt en hij ziet er ongelooflijk moe uit. Ik draai me om en wil weglopen.

'Clara, wacht.' Hij pakt mijn arm en ik schud zijn hand af.

'Raak me niet aan.' Ik wil niets liever dan hier weg zijn. Ik tast naar mijn portemonnee in mijn zak en hoop maar dat ik genoeg geld heb voor een taxi naar huis. Ik ga niet vragen of ze me brengen. Geloofde ik echt dat ik meer van hem kon verwachten, iets anders dan verraad? Mijn vingers wurmen zich onder het elastiekje in mijn haar en beginnen te draaien. Niet hier, niet nu. Later. 'Als je nog vragen hebt, kun je contact opnemen met mijn advocaat.'

Ik wil de deur opendoen, maar Ryan is me voor. Hij stapt de kamer in, mijn ontsnappingsroute versperrend. Hij knikt naar mij, maar kijkt naar Mike. 'We hebben onze anonieme beller. Bartholomew heeft zojuist om een advocaat verzocht.'

20

Mijn grootmoeder kwam 's nachts naar me toe.

Ik voelde haar voordat ik mijn ogen opsloeg, de geur van loogzeep en kruidnagel die tussen ons in hing. Ze zei niet meteen iets, maar wachtte tot mijn pupillen zich hadden aangepast aan het licht dat vanaf de gang naar binnen viel. Hoewel ze klein was, torende ze boven mijn bed uit, het bed van mijn moeder; haar rozenkrans zo strak om de vingers van haar linkerhand gewonden dat de vingertoppen wit oplichtten. Toen ik besefte dat ze aangekleed was onder het gestreepte schort, dat met de zakken, begon ik te beven. De bovenkant van de varkensharen borstel piepte boven de rand van de ene zak uit, de andere was zwaar van iets wat ik niet kon zien. Ik keek niet naar het gezicht van mijn grootmoeder.

'Sta op.'

Mijn bed was warm en de boerderij ijskoud, die winternacht. Toch volgde ik haar door de gang en de trap af, mijn nachtpon, die om mijn knieën fladderde, aan de zijkanten vasthoudend. Ik had beter moeten weten en mijn blote voeten niet over de planken van knoestig vuren moeten slepen; ik had met ferme pas op het onvermijdelijke af moeten stappen. Binnen de kortste keren nestelde een splinter zich in de bal van mijn rechtervoet. Hij bleef er dagen zitten, tot er een vuurrode bult ontstond. Toen ik er meer dan een week later met een hete naald in prikte, barstte de splinter door de huid, meegevoerd op een golf pus.

Toen mijn grootmoeder me door de woonkamer loodste, zag en wist ik het. Daar, op de schoorsteenmantel onder het kruisbeeld en naast de eindexamenfoto van mijn moeder, stond mijn eigen portret van een maand eerder. Beide foto's waren met rode viltstift in haar nette, doelbewuste schuinschrift beklad: HOER. Op de dag dat de fotograaf op school kwam, had ik mijn haar uit het elastiekje bevrijd en los tot aan mijn middel laten hangen. Ik had de foto onder in mijn kast verstopt, samen met het geld dat ik had gespaard met mijn baan bij bloemisterij Witherspoon, een enkele reis met de bus naar Boston voor de dag na mijn diploma-uitreiking en het kaartje van mijn pop van lang geleden, Patrice, het kaartje dat ik uit de kist van mijn moeder terug had gegrist. Ik kon ervan uitgaan dat alles nu weg was.

We liepen door naar de eetkamer met het ameublement van haar moeder, met als kroonjuweel een victoriaans dressoir met contrasterend inlegwerk in mahonie. Het was te zwaar voor de ruimte, te zeer een verwijzing naar gasten die we nooit zouden ontvangen. Door de deuropening van de keuken viel fel licht. Toen we erheen liepen, wist ik wat er ging gebeuren. Het was niet de eerste keer, al was het wel de laatste. Of mogelijk het begin.

Midden in de keuken stond een kruk op het linoleum klaar, met een tafeltje uit de logeerkamer ernaast. De bijbel van mijn grootmoeder lag erop, met op het versleten plastic kaft een handspiegel met het glas naar beneden. Geliefde passages werden aangegeven door afgescheurde stukjes papier. Het beetje warmte dat ik nog had, raakte ik op dat moment kwijt. Het was alsof al mijn bloed uit me stroomde en mijn lichaam zwak en kneedbaar achterbleef. Ik zou graag willen zeggen dat ik in verzet kwam, dat ik op zijn minst een pas of twee achteruit had gezet, maar ik deed niets.

'Zitten,' zei ze en ze wees naar de kruk.

Ik gehoorzaamde. Ergens was het een opluchting. Mijn grootmoeder, die tastbare golven razernij uitstraalde, nam haar plaats achter me in. Ik hoorde de varkensharen van de borstel langs haar schort schrapen toen ze hem uit haar zak pakte. Toen pakte ze de spiegel van de bijbel en hield hem me voor. Ik pakte hem met beide handen aan en richtte mijn blik wazig op een punt vlak achter de lijst. Als ik mijn blik scherp stelde en in mezelf bleef, zouden de tranen kunnen komen. Ze drukte de borstel hard op mijn kruin en begon systematisch te borstelen.

'Je moeder moet wel van zwartjes hebben gehouden, moet je dat haar zien. Kijk je wel?'

'Ja, oma.' Ze trok zo hard dat ik van de kruk viel. Ik was wel zo wijs weer te gaan zitten, dan was het sneller voorbij. Ik probeerde niet op het brandende gevoel te letten, de pluk haar die naar de vloer dwarrelde.

'Al dat kroeshaar. Ik kan me niet voorstellen waarom je daar trots op bent.'

Ze bleef met haar rechterhand de borstel door mijn haar halen terwijl ze met de linker de bijbel bij de door haar uitgekozen passage opensloeg. Het lukte me mijn kin omhoog te houden toen ze de borstel door weer een klittende massa krullen haalde. Mijn ogen prikten, maar ik durfde niet met mijn ogen te knipperen. Mijn grootmoeder legde de bijbel ondersteboven terug. Het kraken van de rug schonk een zekere voldoening. Ze haalde de losse haren uit de borstel. De slierten die ze had bevrijd, vielen op mijn knie en bleven op de zoom van mijn nachtpon liggen. De rest van mijn verblijf op die kruk kriebelden ze me wanneer ze door een van de vele vlagen tocht werden opgetild.

Ten slotte legde mijn grootmoeder de borstel op het tafeltje. Hoewel ik wist wat me uit haar andere schortzak wachtte, wilde ik geloven dat het ergste achter de rug was, maar ze stond te stil achter me, geagiteerd ademend. De spiegel reflecteerde het zwoegen van haar borst en, vlak daarboven, haar kin en onderlip. Toen ze praatte, hoopte zich spuug op in haar mondhoeken. 'De appel valt niet ver van de boom, hè? We weten hoe dol Eva op appels was. Ik kwam Dot McGee op de markt tegen. Ze wilde haar bezórgdheid om jou uitspreken. Naar het schijnt had ze haar zoon Tom met zijn vrienden over je horen zeggen dat jij de beste cheerleader van het team bent.'

Ik keek naar de hand van mijn grootmoeder in de spiegel, hoe hij over het blauw-wit gestreepte schort naar die voorzak gleed. Ik wilde er niet naar kijken. 'Ze zei het alleen uit medeleven, zei ze. Ze wilde niet dat jij net zo terecht zou komen als je moeder. "De appel valt niet ver van de boom," zei ze.'

Mijn grootmoeder draaide de bijbel om. Ik zag het niet, ik hoorde alleen het plofje waarmee hij neerkwam, waarna ze hem recht legde. Ze vervolgde met donderende stem: 'Een lezing uit De eerste brief van Paulus aan de Korintiërs: "Want indien een vrouw zich het hoofd niet dekt, moet zij zich ook maar het haar laten afknippen."'

De schaar, haar goede voor het naaien, ving het licht toen ze hem naar mijn hoofd bracht. De spiegel schudde toen ze begon te knippen. Mijn grootmoeders gepreek en het piepen van het scharnier van de schaar deden pijn aan mijn oren. Ze begon met kleine plukken, maar hoe bozer ze werd, hoe groter de plukken die ze pakte. Ik hield me stevig aan de spiegel vast en richtte me telkens weer op.

Ze was nog maar gedeeltelijk klaar toen ze kramp in haar linkerarm kreeg. Haar borst zwoegde en ze schuimbekte. Voordat ze op haar stoel aan de keukentafel zakte, reikte ze me de schaar aan. 'Maak het af.'

Een paar maanden later, op de dag vóór mijn diploma-uitreiking, stierf mijn grootmoeder aan een hartaanval. Van de ring met diamanten van haar moeder kon ik een buskaartje en een paar maanden huur betalen voordat ik aan de opleiding tot mortuariummedewerker begon. De rest deed ik zelf. Later, na een stage bij een begrafenisondernemer, kwam ik bij Linus terecht. Hij doet zijn best me een toevluchtsoord te bieden, me een manier te laten vinden om met mijn verleden om te gaan, maar zelfs hij is niet opgewassen tegen de erfenis van mijn grootmoeder.

Het duurde tien jaar voordat mijn haar weer de oorspronkelijke lengte had. Het zal nog veel langer duren voordat ik die nacht kan vergeten, de geur van kruidnagel, hoe mijn handen beefden. Wat me echter het scherpst is bijgebleven, is de kalmte die over me neerdaalde toen ik de schaar ten slotte neerlegde. Hoe mijn adem tot rust kwam, de tranen ophielden, hoe alles stilstond toen ik de laatste plukken beetpakte. Ik keek eerst naar mijn grootmoeder, die haar schouder vasthield, richtte mijn ogen weer op mijn spiegelbeeld en begon te trekken.

21

Ik kijk tussen de auto's op het parkeerterrein, aarzel en neem dan de buitenbocht van de oprit. Een lichte motregen bevochtigt het vuil en versterkt de stank van afval. Mijn dijen verkrampen tijdens de klim naar het politiebureau van Brockton, hoog op een steile, betonnen heuvel, als een schildwacht boven de lusteloze stad. De sporadische halogeenlampen werpen een wazig, onaards licht en het alomtegenwoordige stof en de regen wervelen in de gloed. Op een steenworp afstand van de hoofdingang is een halte van de ondergrondse, wat tot vanavond nooit vreemd heeft geleken, maar vanavond is het vertrouwde onwezenlijk.

Het is gepast dat de lucht donker is, zonder maan of sterren om me bij te lichten. Alles is mogelijk. Een trein giert langs het perron van de halte tegenover de ingang van het politiebureau en braakt dieselwalmen uit zijn binnenste. Dan verslindt hij een stroom mensen tussen zijn klapdeuren, alsof hij ze ontvoert naar hun laatste afscheid. Een politieman die geen dienst heeft komt het bureau uit en loopt mijn kant op, met een mobieltje tegen zijn oor gedrukt en een pet diep over zijn hoofd getrokken tegen de kou. Zijn gelach schalt door de bittere nacht; hij weet van niets.

Ik maak de deur open naar dezelfde sjofele hal van die ochtend, al lijkt dat nu jaren geleden. Dezelfde affiches die me waarschuwen voor echte monsters liggen op de loer. Ik vraag me af hoe lang het nog zal duren voordat ze een foto van Linus bij de andere hangen.

Alma heeft me gevraagd Linus op te halen. Ze herinnerde me eraan dat ze nachtblind is en dat ze een stoofschotel in de oven had staan. Het is allebei waar; ik wil niet denken dat er een andere reden is.

De politie heeft hem niet in staat van beschuldiging gesteld, maar Alma vertelde dat ze toch een advocaat in de arm hebben genomen, een gemeentelid van dominee Greene. De dominee heeft veel moeite moeten doen om haar te bereiken in North Carolina, waar ze Kerstmis vierde met haar familie. De advocaat zei dat ze de volgende ochtend vroeg terug zou vliegen. Ze neemt de zaak pro Deo op zich; Linus heeft nog geen jaar geleden haar verloofde begraven. Hij was in de auto op weg naar het repetitiediner voor de bruiloft toen een oudere heer het gaspedaal voor de rem aanzag. Tijdens de hele wake werd gefluisterd dat Linus weigerde geld aan te nemen, dat dit zijn geschenk aan de bruid was. Het was de voorgenomen trouwdag van het stel.

Er zit vanavond niemand in de wachtruimte. De man die nu achter het plexiglas zit, is jong en mager, met een jongensachtige glimlach en een boksersneus; ik stel me voor dat zijn weekends gevuld zijn met wufte vrouwen en potjes touch football. Hij bestelt koffie bij iemand buiten mijn gezichtsveld: 'Drie suiker en melk, en kun je een donut met chocola en crèmevulling voor me halen?' Ze maken de obligate grap over politiemensen en donuts, en dan zwenkt hij in zijn stoel en ziet mij. De glimlach sterft weg op zijn lippen.

'Wat kan ik voor u doen?' Hij kijkt met een masker van onverschilligheid op zijn gezicht naar een berg papieren.

Daar is die steek, het vertrouwde gevoel van anders-zijn. 'Ik kom voor Linus Bartholomew.'

Hij kijkt me niet aan, maar pakt de telefoon en mompelt iets in de hoorn. Ik blijf staan nadat hij heeft opgehangen, wachtend op verdere aanwijzingen, maar hij bladert verder in zijn papieren.

Ik draai me om en ga op het puntje van een metalen stoel zitten, alleen, weer onzichtbaar. Het valt me zwaar om het toe te geven, maar ik wil hier niet zijn, ik wil Linus niet kwetsbaar en geknakt zien. Gedachten aan de dagen en weken die komen, gaan gonzend door mijn hoofd, het voorspel van een naderende hoofdpijn. Linus zal vanavond door deze deuren naar buiten lopen, maar ik betwijfel of hij ooit weer vrij zal zijn. In verband worden gebracht met een dergelijk misdrijf bezoedelt je voor eeuwig. Ik zal een ongekende reserve in mezelf moeten aanboren om ons allebei overeind te houden.

Ik zoek in mijn zakken naar een verdwaald aspirientje, wat dan ook, als het het oorverdovende geraas van mijn gedachten maar tot bedaren brengt. Er klinkt geluid aan de andere kant van de muur achter de politieman, een bekende stem en dan Linus' eigen lage gerommel. Dan gaat de deur van het trappenhuis open en komt hij tevoorschijn. Jorge houdt de deur voor hem open en Linus praat door.

'Nee, nee, ik stel het zeer op prijs,' zegt Linus naar mij wijzend, 'maar Clara brengt me naar huis. Evengoed bedankt.'

Linus sjokt naar me toe en Jorge geeft me een knikje. Hij legt zijn hand op mijn rug, een onbewust blijk van genegenheid. Deze keer laat ik hem liggen.

'Dus ik zie u morgen om een uur terug met uw advocaat?' vraagt Jorge, die een map bij zich heeft en zowel spijtig als teleurgesteld kijkt.

'O, ik kom echt wel, wees maar niet bang.' Linus, die al op weg naar de uitgang is, steekt over zijn schouder een hand op.

Het miezert niet meer, maar er glijden nieuwe wolken door de lucht. Sneeuw? We lopen zonder iets te zeggen naar de auto, maar Linus leunt de hele weg op me; in de putten in het asfalt zit een dun laagje ijs. Ik vermoed dat zowel de kou als de steile afdaling moeilijk zijn voor zijn benen, en uiteraard de lange, afgrijselijke dag die een zware belasting voor hem is geweest. Ik help hem met instappen aan de passagierskant van de lijkwagen, zoek mijn sleutels en start. De ventilatie staat op vol en de eerste lucht die wordt uitgeblazen is koud met een zweempje muffe rottingsgeur, de geur die bij mijn werk hoort. Onder aan de betonnen heuvel stop ik voor rood. Zodra het licht op groen springt, sla ik links af naar Whitman.

'Clara,' zegt Linus met krachtige stem. Zijn gezicht wordt door de schaduw aan het oog onttrokken. 'Vooruit, vraag maar. Het geeft niet, het mag wel.'

Ik weet niet of hij het in het schemerige licht kan zien, maar ik schud mijn hoofd. Ik denk dat hij zich bij de stilte neerlegt, tot hij gaat verzitten en door het raam naar buiten kijkt. Neonreclames van winkels zoeven voorbij met duizelingwekkende flitsen rood en blauw, vergroot en vervormd door de regendruppels die op het raam zijn achtergebleven. Dan zegt hij: 'Weet je nog dat je bij ons aan de deur kwam?'

Ik rijd door en laat het donker het onbehagen opslokken. Het timbre van zijn stem en zijn soepele intonatie kalmeren me.

'Het waren duistere dagen na Eltons dood. Ik bad, ik smeekte God me zijn plan te onthullen, me mijn doel te laten zien. Maar als je denkt Gods plan te kennen, bedenkt Hij zich natuurlijk weer.'

Ik rijd onder een brug met afbrokkelende muren door en zie een dakloze tegen een bruggenhoofd hangen. Naast hem staat een boodschappenkarretje dat uitpuilt van zijn leven. Voor ons zie ik een matrassenmagazijn, een punt om cheques in te wisselen en de afslag naar Whitman.

'We zijn er bijna,' zeg ik.

Linus luistert niet. Zijn stem bromt nu alsof hij in trance is en ik laat me hypnotiseren, of ik nu wil of niet. 'Jij was wees en wij waren verweesde ouders, dus het leek me logisch. Alma en ik houden van je alsof je ons eigen vlees en bloed bent.'

Ik leg mijn hand op de zijne. Ondanks de warmte die nu volop door de roosters wordt geblazen, is zijn huid nog ijzig. Met mijn blik strak op de weg knijp ik in zijn vlezige handpalm. Hij buigt zijn hoofd naar mijn hand en drukt er een kus op. Ik voel hem, tastbaar en puur, als iets wat ik met me mee kan blijven dragen. Ik moet hem geloven, ín hem geloven. Ik moet het proberen.

'Alma zei dat ze varkensvlees ging braden.' Zijn stem stokt en hij schraapt zijn keel. 'Kom je bij ons eten?'

'Ik kom,' zeg ik, en dan haal ik mijn hand weg.

Het is niet ver meer. Ik neem de achteringang naar het parkeerterrein tussen Linus' huis en het mijne. Alma moet de auto hebben horen aankomen, want alle buitenlichten zijn aan en zij staat met haar handen voor zich gevouwen in de deuropening. Het kan niet, het zal wel door het tl-licht boven haar hoofd komen dat elk rimpeltje en vlekje benadrukt, maar ze lijkt tien jaar ouder sinds vanochtend. Ze haast zich naar de auto om Linus te helpen uitstappen.

'Kijk nou wat je doet, mijn eten is helemaal verpieterd. Nu moet je je varkenshaasje twee keer kauwen.' Het standje wordt weersproken door de arm die ze om zijn middel slaat. Met de andere ondersteunt ze hem terwijl hij naar het huis hinkt.

Linus glimlacht. 'Het spijt me, ik werd opgehouden.' Hij blijft staan en kijkt Alma aan, die zijn blik beantwoordt. 'Het spijt me echt, Alma.'

'Jij hoeft nergens spijt van te hebben, Linus Alvin Bartholomew, is dat duidelijk? Van niets!' Ze schudt hem zacht door elkaar terwijl ze het zegt. Bij de deur wachten ze even. Alma recht haar rug en Linus leunt tegen haar aan.

'Clara, geef ons een kwartiertje, wil je, lieverd?' zegt Alma zonder om te kijken. 'Tegen die tijd moet het eten wel klaar zijn.'

'Kan ik iets meebrengen?' vraag ik, maar ze horen me niet, dus ga ik naar huis. Het is een opluchting om weer in mijn keuken te zijn en door mijn woonkamer naar mijn slaapkamer te lopen. Het gaat me niet om de vertrekken; die vormen slechts de route erheen. Ik zwaai de deuren van mijn kas open en loop naar binnen. Ik voel dat mijn huid opwarmt, mijn gedachten tot rust komen en het kloppen van het bloed in mijn aderen vertraagt. Ik ga in de deuropening zitten, heen en weer geslingerd tussen die twee werelden, tussen het trekken van de behoeften van anderen en de mijne. Ik adem de wierook van mijn tuin een paar keer diep in, niet vaker in mijn herinnering, en dan schrik ik wakker.

Voordat ik mijn ogen zelfs maar heb geopend, wil ik al op mijn horloge kijken. Ik moet in slaap gesukkeld zijn en nu ben ik te laat voor het eten. Ik heb bijna een half uur geslapen; wat zullen ze wel niet denken? Ik hijs me overeind en zoek mijn schoenen, die bij de terrasdeur staan. In mijn haast vergeet ik mijn jas te pakken en eenmaal buiten word ik prompt belaagd door een wind die als granaatscherven mijn dunne blouse doorboort.

Het is donkerder dan toen ik voor het laatst buiten was. De wassende halve maan is nog zichtbaar door de dichte wolken die met hun onbestemde vormen en onheilspellende grijs met een week sneeuw dreigen. De vlokken kunnen elk moment vallen.

Mijn hoofd is nog suf van de slaap, verdoofd en traag. Dan dringt het tot me door wat er anders is. De schijnwerpers op het parkeerterrein doen het niet. Alma laat ze altijd voor me aan. Zo is ze. Terwijl ik naar haar huis loop, steekt de wind weer op en blaast dwars door me heen, de wolken opjagend zodat het licht van de maan wordt gedimd. Ik hoor iets: schrapende voetstappen over de laag zand en grind op het asfalt. Ze weerklinken zachtjes en zijn zo snel verdwenen, dat ik niet zeker weet of het voetstappen waren.

Ik vertraag mijn pas, bang voor mijn verbeelding en het maar al te echte zwarte ijs en de grillige rotsblokken. Desondanks struikel ik en val op iets hards en bols. Een nieuwe windvlaag zwiept snijdend zand in mijn ogen en bevrijdt de maan uit haar schuilplaats. Ik knipper verblind het zand weg dat over het tere oppervlak van mijn hoornvliezen schuurt.

Als alles zichtbaar wordt, zou ik het liefst weer blind zijn.

Er ligt een hoop kleren, een soort bundel die me aan mijn droom doet denken. Ik steek mijn hand ernaar uit in de wetenschap dat het leven al anders is geworden.

'Linus?' Hij ligt op zijn rechterzij, met zijn knieën opgetrokken. Ik kniel en tast naar zijn hals om het kloppen van de slagader onder mijn vingertoppen te voelen. Zijn ogen zijn open en dan hoor ik hem gejaagd en schraperig ademhalen.

'Clara?' Het is een murmeling, maar het is leven.

'Wat is er gebeurd?' Ik hoor het beven in mijn stem en druk het de kop in. Mijn blik vernauwt zich tot zijn gezicht; al het andere wordt grijs. In de fractie van een seconde tussen zijn woorden en de mijne gaan er wel duizend gedachten door me heen: kan ik hem optillen? Als ik mijn jas had gepakt, had ik die over hem heen kunnen leggen; stel dat ik mijn lippen op de zijne moet drukken om hem leven in te blazen?

'Ik kwam je halen voor het eten...' Hij hoestte hard.

'Linus, heb je pijn op je borst? Is het je hart?' Ik neem de stappen door van de reanimatiecursus die ik in het ziekenhuis van Brockton heb gevolgd. Mogelijk moet ik hem plat op zijn rug leggen, controleren of zijn hart nog klopt en voelen of hij nog ademt. Drie keer beademen, vijftien keer op de borst stompen, klopt dat wel?

'Clara,' brengt hij moeizaam uit.

'Linus, niet praten. Ik ga je op je rug leggen, en dan ren ik naar binnen om het alarmnummer te bellen.'

Mijn handen reiken naar zijn schouders, maar hij pakt mijn pols.

'Wacht.' Hij krijgt weer een hoestaanval en er komt bloed uit zijn mond.

Zonder erbij na te denken pak ik de panden van mijn blouse, met de punt van mijn paardenstaart erbij, en veeg over zijn gezicht en hals. Ik rol hem op zijn rug en pak hem onder zijn oksels om hem op te hijsen, zodat hij niet stikt, maar mijn handen glijden weg.

Ik breng mijn vingers weer naar zijn hals, maar mijn handen zijn te glibberig. Ik veeg ze af aan mijn blouse en voel de vegen. Ik houd ze in het licht dat door het raam van de keuken valt, waar Alma nietsvermoedend in een pan staat te roeren. Mijn handen zitten onder het bloed. Te veel.

'Alma!' Ik wil Linus niet alleen laten, maar ze hoort me niet. 'Alma!' gil ik nog eens, hoog en schril.

De lucht die zich in mijn haar nestelt, kristalliseert het zweet. Het slijm in en om mijn neusgaten bevriest. De enige warmte die ik heb, is die van Linus' bloed.

Ik trek zijn wollen vest open. Een knoop blijft steken en rolt over het asfalt. Zijn witte overhemd straalt in het weerkaatste licht, maar er zijn ook schaduwplekken die zich voor mijn ogen uitbreiden. Ik druk mijn hand op de grond en voel zijn leven in een plas uit hem stromen.

'Linus, wat is er gebeurd?' Ik probeer me te herinneren hoeveel bloed een mens heeft en te berekenen hoeveel hij al heeft verloren.

'Een man...' Hij rochelt weer. 'Rennen, Clara.'

Hij duwt me van zich af en zakt in elkaar. Ik aarzel besluiteloos, maar ik weet dat ik hem in mijn eentje niet kan redden.

Voordat ik kan gaan staan, hoor ik hem naar adem snakken, waarna hij weer een pijnlijke hoestbui krijgt. Ik ren naar Alma, naar hulp. Als ik de stormdeur openruk en een voet op de trap zet, zwiept een windvlaag mijn warrige haar tegen mijn wangen en hals. De wind loeit en jankt, maar ik hoor Linus' stem die erop wordt meegevoerd: 'Heer, zorg voor mijn Clara.'

22

De wanden van Ellison 4 zijn beige en blauw, erop gericht de angsten van dierbaren weg te nemen. De verlichting streeft naar subtiliteit, maar de gemarmerde vinyltegels op de vloer vormen een duizelingwekkende mengelmoes van vlekken en spatten die allerlei kleuren lichaamssappen moet verdoezelen. Wat ook niet helpt, is de gestage stroom oproepen aan artsen die over het lot van patiënten met code groen of blauw moeten beslissen.

Ik zit met Alma te wachten tot de verpleegkundigen Linus hebben geïnstalleerd. We hebben hem heel even in de verkoeverkamer van de intensive care gezien, maar toen lag hij nog aan de beademing en verkeerde hij in de onderwereld van de anesthesie.

Hij is met een traumahelikopter naar het Massachusetts General gebracht. Alma en ik zijn er met de lijkwagen naartoe gegaan, vrijwel zwijgend, al neuriede Alma een psalm mee die alleen zij kon horen. Toen we bij de spoedeisende hulp kwamen, verzekerde dokter Belcher Alma dat het Massachusetts General de beste afdeling thoraxchirurgie van het land had, en dus van de wereld. Zijn vriendelijke ogen en zachte gezicht ontweken de angst in haar ogen niet.

'Uw man is er heel ernstig aan toe, mevrouw Bartholomew,'

zei hij. 'Zijn linkerlong is doorboord en ingeklapt en hij heeft een aantal gebroken ribben. Hij heeft veel bloed verloren en krijgt nog steeds transfusies. In combinatie met zijn overgewicht is dat een hele belasting voor zijn organen.'

Toen dokter Belcher mij naast Alma zag staan, keek hij vragend naar haar. Ze had haar schort nog om, met in de stof verweven geuren van knoflook en patat; dat was alle troost die ik had tot ze een hand op mijn schouder legde en me een stukje naar voren duwde. Ik voelde het beven van haar hand, die hard tussen mijn botten drukte. 'Dit is Clara, onze dochter.'

Ik sprak het niet tegen. Dokter Belcher richtte zijn aandacht op mij en zijn gezicht werd zo mogelijk nog zachter. 'Waarom loop je niet even met me mee? Ik heb een extra sweatshirt in mijn kledingkluisje. Je kunt je in de kleedkamer opfrissen.'

Ik was Linus' bloed vergeten. Pas toen vroeg ik me af hoe Alma mijn nabijheid had kunnen verdragen. Toen ik bij haar terugkwam, werd ik opgewacht door twee rechercheurs uit Whitman. Ik herkende ze geen van beiden van de verhoren van de voorgaande dag, maar nam aan dat ze allebei op de hoogte waren gebracht, en daar haatte ik ze bijna om. Alma had haar verslag al gegeven. Ze had weinig bij te dragen; ze wilden mijn verklaring opnemen.

'Kan het niet wachten?' Ik was nog duizelig na het inzepen van mijn handen en onderarmen en het zien hoe het water diep zalmroze in de wasbak spatte en in de afvoer verdween. Toen ik in de spiegel keek, had ik een lange, onregelmatige rode veeg gezien die van mijn wang om mijn hals kronkelde. Daarna had ik moeten overgeven.

'We zijn hier om te helpen,' zei de rechercheur die zich had voorgesteld als Marcolini. Hij was pezig en sterk, het soort man dat mensen volgens mij naast zich willen hebben tijdens een crisis. 'Hoe eerder u met ons praat, hoe sneller we degene kunnen pakken die heeft geprobeerd meneer Bartholomew te vermoorden.'

Ik had het kunnen weten, neem ik aan; er was geen andere verklaring voor zijn verwondingen. Misschien kwam het door de kracht van de kale, hardop uitgesproken woorden dat het eindelijk tot me doordrong.

'Linus vermoorden?'

'Het spijt me, mevrouw Marsh,' zei de andere rechercheur, die Pingree heette en ouder was dan zijn partner. Hij had een lange snor met opgekrulde punten, als een eeuwige glimlach vlak boven zijn lip. 'De dokter zei dat hij steekwonden had. We hebben vanaf de plaats delict gehoord dat de lijnen naar het buitenlicht waren doorgesneden. Hebt u iemand gezien toen u meneer Bartholomew vond? Iets vreemds gehoord?'

'Nee, niets.'

Geholpen door hun vragen vertelde ik hoe ik Linus had gevonden. Dat ik over hem was gestruikeld, hoeveel bloed hij had verloren. Toen herinnerde ik me wat hij had gezegd.

'Hij zei dat er een man was, dat ik moest rennen.' Op dat moment kwam Alma naar me toe en wilde me in haar armen nemen. 'Mijn god, hij zei dat ik moest rennen.' Het was voor het eerst sinds de dood van mijn moeder dat een vrouw me wilde omhelzen. Achteraf besef ik dat ik te onwetend was om mijn armen ook om haar heen te slaan.

Ik weet niet wat ik verder nog heb gezegd, wat ik nog te melden had, maar we praatten nog een tijdje door tot dokter Belcher terugkwam. 'Uw man gaat nu naar de operatiekamer,' zei hij.

'Mag ik mee?' vroeg Alma, die haar tas al pakte en over dokter Belchers schouder naar de deuren keek die haar van Linus scheidden.

'Het spijt me,' zei dokter Belcher. 'Ze zijn al onderweg.'

'Mag ik dan tenminste afscheid nemen?' De groeven en

schaduwen die ik eerder op haar gezicht had gezien, maar toen aan de lichtval had toegeschreven, hadden zich definitief gevestigd, alsof de gelaatstrekken die ik had gekend maar een dun laagje vernis waren geweest dat moeiteloos was gebarsten en weggeveegd.

Dokter Belcher nam Alma's hand in zijn beide handen. 'Ik zal voor u bidden.' Met die woorden liep hij weg.

Alma's gezicht stond vastbesloten. 'Ik denk dat ik de kapel maar eens ga opzoeken. Loop je met me mee?'

Rechercheur Marcolini, wiens bruine ogen een bodemloos medeleven uitdrukten, wilde ons tegenhouden: 'We zouden het op prijs stellen als u in de buurt bleef. We hebben nog wat vragen,' zei hij, maar ik bracht Alma al naar de uitgang. Ze zouden moeten wachten.

Dat deden ze natuurlijk ook, maar toen ik terugkwam, had ik niets aan mijn verhaal toe te voegen. Dat was gisteren, uren geleden, maar geen vol etmaal. We hebben al die tijd op deze stoelen gezeten, in de wachtruimte voor familie, de televisie het woord voor ons laten doen en stroperige koffie en koud bronwater uit kartonnen bekertjes gedronken. We verlieten onze post alleen om naar de wc te gaan, maar nooit allebei tegelijk. Alma komt elke keer iets verschrompelder terug, en haar gezwollen, bloeddoorlopen ogen kijken me niet aan. Ik ben de dennengeur van het ontsmettingsmiddel waarmee de vloeren worden gedweild zat.

'Familie Bartholomew?' Een verpleegkundige leunt tegen de deurpost en steekt haar hoofd de wachtruimte in.

'Hier.' Alma staat op, met gebalde vuisten. Haar tas bungelt aan haar arm.

'U mag nu bij hem naar binnen.'

Terwijl we door de gang lopen, moet ik me wel verwonderen over de kracht in Alma's rug en benen; hoe kan ze rechtop blijven staan onder de last van beschuldigingen en geweld?

Als we langs de lift komen, glijden de deuren open en daar staat Mike. Hij lijkt iemand uit mijn verre verleden, alsof ik hem niet gisteren nog heb gezien; er is te veel gebeurd in de tussenliggende uren. Zijn kleren zijn gestreken, zijn haar is gekamd en hij is weer fris geschoren, maar toch ziet hij er net zo kapot uit als ik me voel.

Hij richt zich eerst tot Alma. 'Hoe is het met hem?'

'We zijn net op weg naar hem toe.'

'Zou ik na u bij hem mogen?'

Mike houdt haar blik vast, maar in plaats van weg te kijken trekt ze een wenkbrauw op en houdt haar hoofd schuin. 'Geen vragen.' Het is geen verzoek, maar een bevel.

'Kate McCarthy van mijn bureau is beneden met een paar rechercheurs uit Whitman; u hebt ze gisteren gezien,' zegt Mike. 'Ze weten niet dat ik er ben.'

Alma kijkt naar mij, maar voordat ik iets kan zeggen, knikt ze naar Mike. 'Ik zal zien hoe het met hem is.'

Ze loopt weg en ik wil meelopen, maar Mike pakt mijn arm. 'Clara.'

Zijn mond en de frons in zijn voorhoofd verraden tientallen vragen, maar ik wil ze geen van alle horen en ruk me los.

'Ik had zijn huis moeten laten bewaken. Ik had moeten weten dat het zou uitlekken, zo'n zaak als deze, en dat een verontruste burger hem te grazen zou nemen.' Hij zwijgt even. 'Het is mijn schuld.'

Ik knik en wil Alma volgen, maar voordat ik een stap heb verzet, roept hij me na: 'Het spijt me.'

Het voelt alsof ik zelf met een mes ben gestoken. De woorden snijden door me heen en ik draai me bliksemsnel om. Mijn hand zoekt troost in een pijpenkrul. 'Het spijt je?'

Hij houdt zijn handen in de zakken van zijn jas, gespannen gebalde vuisten die het kamgaren doen spannen. 'Ik had het mis. Wat Linus betreft. Ik weet niet waar hij mee bezig was met die telefoontjes, maar mijn gevoel zegt me dat hij niets kwaads in de zin had.'

Hij kijkt me aan en het zou heel makkelijk zijn om nu naar hem toe te gaan, tegen zijn borst te leunen en hem het gewicht van mijn botten en zorgen te laten dragen. Ik weet nog hoe sterk zijn armen om me heen waren, hoe het kuiltje tussen zijn nek en schouders rook. En ik ben zo verschrikkelijk moe.

Maar ik ben niet gek.

Als ik een andere vrouw was, zou ik Mike alles kunnen vertellen. Dat het leven ingewikkeld is en een zootje, vol van wreedheden die zelfs hij nooit heeft gezien. Ik zou kunnen proberen uit te leggen hoe het is om te midden van de doden te leven, getuige te zijn van hun laatste gevecht om te leven, de strijd om de laatste adem, ook wanneer hun leven de moeite helemaal niet waard was. Hoe de aderen in hun ogen en hun keel samentrokken, hoe een hand nog steeds naar een volgend moment kan grijpen. Eentje nog. Ik ken die hunkering vanbinnen en vanbuiten. Verkrampte ingewanden, gespannen spieren. Ik zou de parelkettingen van bloeduitstortingen rond een lieflijke hals kunnen beschrijven, de door geschoeide voeten aan flarden gescheurde milten, de steek- en schotwonden en de veelheid aan verbrijzelde schedels die opgelapt moesten worden voor de wake met open kist. Ik zou Mike vertellen dat ik nog nooit zoiets wreeds heb gezien als toen het Lieve Kind werd gevonden. Ik weet niet hoe het kan dat vlees en bloed iets zo ontvlambaars bevatten, iets zo door en door slechts als het kwaad dat onze wereld afschuimt op zoek naar de kwetsbaarsten onder ons. Ik zou Mike vertellen dat monsters echt bestaan. Bovenal zou ik hem smeken in te zien dat Linus een goed mens is. Dat moet wel.

'Linus heeft geen mens kwaad gedaan.' Meer kan ik niet zeggen.

Mike zakt op een van de plastic stoelen bij de lift. Hij kromt zijn rug, zet zijn ellebogen op zijn knieën en kijkt naar de vloer. Het is een opluchting dat ik zijn gezicht niet kan zien.

'In mijn leven en werk moet ik elke dag op de een of andere manier de fouten van anderen rechtzetten en vaak is er zo veel slechts op de wereld, in mijn wereld, dat het moeilijk is om nog vertrouwen te hebben in het goede.' Zijn stem klinkt verslagen en ik moet wel terugdenken aan toen Linus hem naar de kelder bracht om afscheid te nemen van zijn vrouw en zijn ongeboren kind.

Mike staat op en vervolgt: 'Jij en ik geloven wel dat Linus het Lieve Kind niet heeft vermoord, maar mijn chef en de politie van Whitman zijn onderweg. Hij is de hoofdverdachte.'

'Hij is onschuldig.'

Mike beent met snelle, zekere passen op me af. 'Maar hij weet iets, Clara. Die telefoontjes waren van hem afkomstig. Hoe wist hij die dingen?'

Dan vertel ik hem bijna over het meisje en haar hond Ukkie. Over de vriend die Victor heet, maar Alma onderbreekt me.

'Clara.' Ze staat gelaten verderop in de gang bij een kamerdeur. 'Linus vraagt naar je.'

Ik loop naar haar toe en hoor Mike achter me vragen: 'Hoe is het met hem?'

Alma pakt me bij mijn elleboog en trekt me opzij voordat ik naar binnen ga. Ze is weer de vrouw die ik vóór vanavond kende, formidabel beheerst, degelijk rechtdoorzee. 'De arts zegt dat we alleen maar kunnen afwachten. Zijn lichaam heeft een opdoffer gekregen. Waar ze bij mensen van zijn leeftijd vooral bang voor zijn, is een hartstilstand. Maar hij is tenminste van de beademing af en kan weer praten.'

Ik schud mijn hoofd en voel mijn gedachten buitelen. Ik moet me inspannen om niet flauw te vallen. Alma's stem dringt door de schemering en ik klamp me eraan vast. 'We moeten ons op het ergste voorbereiden. Ik ga dominee Greene bellen.'

Mike spreekt Alma aan en ik loop Linus' kamer in. Een blonde, knappe verpleegkundige stopt zijn frisse witte deken in. Ontelbare slangetjes zijn bevestigd aan en kronkelen uit zijn lichaam. Door een ervan wordt hij vol bloed gepompt. Het is fascinerend. Zijn voeten, die in blauwe plastic laarsjes zijn gestoken, liggen iets hoger dan zijn lichaam. Alerte apparaten flitsen en piepen waarschuwingen; een heel peloton schildwachten dat zijn leven bewaakt.

En daar is Linus zelf, met zijn ogen dicht en zijn gezicht onder een zuurstofmasker. De verpleegkundige praat, maar zijn ademhaling knispert boven haar stem uit. Ze probeert te glimlachen, maar haar medelijdende ogen doen niet mee. 'Jij moet Clara zijn. Ik ben Julie. Hij ligt nu te rusten, maar hij heeft naar je gevraagd.' Ze verschikt een infuusslang en reikt naar het klembord aan het voeteneind van het bed.

'Dit is zijn medicatie tegen de pijn. Hij heeft een ruggenprik gekregen, maar als hij wakker wordt en meer moet hebben, roep je me maar. Hij krijgt het rechtstreeks via het infuus. Hij kan er een beetje high van worden, maar we willen er zeker van zijn dat hij zich prettig voelt.'

Ze laat het slangetje los en wijst naar het snoer eronder. 'Dit is de alarmknop; die kun je gebruiken als hij akelig wakker wordt. Ik ben vlakbij.' Ze zwijgt even, steekt een hand naar me uit en trekt hem terug. 'Blijf alsjeblieft niet te lang. Zijn toestand is uiterst kritiek.'

'Dank je.'

Haar woorden zijn me te veel en ik ben dankbaar voor de betrekkelijke stilte na haar vertrek. Linus' hand ligt zwaar in de mijne, immens en vast, zo'n hand die van aanpakken weet. Ik volg de ribbels van zijn knokkels, de lijnen in zijn hand. In weerwil van zijn toestand heeft die hand kracht, een soort robuustheid die ik altijd heb gekend, maar nooit erkend, zelfs niet stiekem. Hoe vaak heeft hij mijn hand niet in de zijne laten verdrinken wanneer hij bad bij het avondeten, hoe vaak heeft hij die hand niet op mijn schouder gelegd om mijn werk te prijzen? En ik maakte me altijd los.

'Clara?' Zijn stem klinkt gedempt door het zuurstofmasker. Hij trekt het naar beneden en krimpt in elkaar.

'Heb je pijn?' Hij knikt moeizaam. Ik laat de verpleegkundige niet komen, maar zet het infuus verder open om meer narcotica in zijn bloedsomloop te laten stromen. Het duurt niet lang of zijn gezicht ontspant zich.

'Jij hebt niets,' zegt hij traag.

Ik schud mijn hoofd en bijt op mijn wang om de tranen tegen te houden.

'Toen ik je niet te zien kreeg, dacht ik dat ze maar wat zeiden.'

'Ik ben hier al de hele tijd. Niet meer praten, je moet rusten.' Ik denk aan de waarschuwing van de arts en probeer het zuurstofmasker omhoog te schuiven, maar hij duwt het weg.

'Ik heb altijd van je gehouden alsof je mijn eigen kind was.'

'Probeer te rusten.'

'Je moet de waarheid weten.' Hij krijgt een hoestbui en zijn borst verkrampt bij elke kuch. Ik duw zijn hand weg en schuif het masker voor zijn gezicht.

'Hoe is het met hem?' Mike staat in de deuropening. Vlak achter hem in de gang staat Alma met Kate en de andere rechercheurs uit Whitman te praten. Alma, die opstandig haar armen over elkaar heeft geslagen, schudt haar hoofd.

'Ik weet het niet,' zeg ik.

Mike loopt naar de andere kant van Linus' bed. Hij kijkt naar alle apparatuur, richt zijn aandacht weer op Linus en zet zijn handen op de metalen reling rond het bed. Linus wijst naar het masker. Mike schuift het weg. Ik zeg dat het niet mag, maar ze luisteren niet naar me.

Linus schraapt zijn keel. Het slijm blijft in zijn keel steken en borrelt weer op. Hij kijkt Mike aan. 'Ik ben de anonieme beller. Maak dominee Greene geen verwijten. Hij beschermde me tegen rampspoed en ellende. We vertrouwden erop dat jullie het goede zouden doen.'

Mike omklemt de reling van Linus' bed en luistert.

Ik voel me gevangen tussen de mensen buiten en de intensiteit in de kamer. Mijn borst trekt samen en zet uit. 'Hij moet rusten,' zeg ik.

Linus wuift me weg en schraapt zijn keel weer, en ik voel mijn eigen adem in mijn keel stokken. 'Voor mijn dood moet ik dingen zeggen, Clara.'

'Je gaat niet dood!' fluister ik fel, en ik geloof bijna dat het volstaat om de krachten die hem willen opeisen af te schrikken.

Zijn stem klinkt heel even zoals vroeger, vol en substantieel, vervuld met leven. 'O, ik ga wel dood. Ze wachten allemaal tot ik ze de weg naar huis wijs. Ze wachten al heel lang.'

'Linus.' Mikes stem weerklinkt in die vreemde lucht die om ons heen is neergedaald. 'Hoe wist je die dingen van het Lieve Kind?'

'Mike,' zeg ik. 'Hij weet niet wat hij zegt. Hij zit onder de medicatie.'

Linus sputtert. 'Trecie. Trecie heeft me alles verteld. En nog meer op die avond dat jij haar bij Clara zocht. Ze was de hele tijd in de rouwkamer, met Angels hand in de hare.'

Mike knikt en ik probeer niet aan Trecies gezicht te denken, gefascineerd door Angels dode gezicht. 'Waarom heb je het ons niet verteld, Linus?' dringt Mike aan. 'We hadden haar kunnen helpen.'

Linus, die strak naar een punt achter het voeteneind van zijn bed kijkt, geeft geen antwoord. Mijn gedachten zijn niet meer van mij en ik denk aan de andere kinderen die achter de deur van Trecies appartement verscholen zitten. Niemand weet hoeveel het er zijn, niemand zou er een missen. Misschien is er drie jaar geleden nog een verdwenen zonder dat iemand het heeft gemerkt.

'Linus,' zegt Mike, 'weet je wie je dit heeft aangedaan?'

Linus schudt zijn hoofd, krijgt weer een hoestbui en probeert zich op te richten. 'Ze zijn hier. Zie je ze? Zie je ze niet, daar?' Hij wijst naar het voeteneind van zijn bed en roept naar zijn geesten: 'Niet bang zijn, de Heer zal komen om ons allemaal thuis te brengen.'

'Niet weggaan! Alma!' roep ik en Alma haast zich de kamer in, langs Mike, die ze opzij duwt.

'Linus?' Ze omvat smekend zijn gezicht met haar handen.

'Stil maar, Alma, ik ga naar onze Elton.' Hij glimlacht en er rollen tranen uit zijn ogen die uitdijende vlekken op het kussen aan weerszijden van zijn hoofd maken. Dan krijgt hij een stuiptrekking en zijn ademhaling wordt jachtig en wild. Als van ver beginnen de apparaten hun waarschuwingen te krijsen. De piepjes gaan over in een luide, vlakke jammertoon.

'Nee!' Ik leg mijn handen op de plek waar zijn hart hoort te kloppen, maar voel niets.

Dan komt zijn lichaam tot bedaren. Ondanks het lawaai van de apparaten hangt er een griezelige stilte in de kamer. Linus verstilt ook; zijn gelaatsspieren ontspannen en zijn armen en benen zakken slap op het bed. Zijn gezicht, het is zijn gezicht, dat ik beter ken dan het mijne – verandert van het ene moment op het andere in een levenloze huls. Het is alsof hij verdwenen is (*ademhalen, een-twee-drie*). Mijn lichaam reageert buiten mij om en plotseling drukken mijn handen uit alle macht op zijn borst. Ik voel een rib kraken. 'Laat me niet in de steek!'

'Help hem dan!' schreeuwt Alma. Ze reikt naar de alarmknop en drukt hem keer op keer in met haar duim. Een stem mompelt iets door een intercom, maar Julie rent de kamer al in en trekt de stethoscoop van haar nek. Ze schuift Linus' zuurstofmasker terug en pakt de alarmknop.

'Code blauw.'

Mike glipt de kamer uit en Alma en ik drukken ons tegen de muur om plaats te maken voor de drom mensen bij Linus' bed. Ik wend me af wanneer iemand een slang in zijn keel wringt. Terwijl Alma het Onzevader bidt, kijk ik om me heen, zoekend naar de verloren zielen die door Linus naar huis gebracht willen worden. Kon ik hem maar terugroepen.

23

De sneeuw die in zachte dotten naar beneden zweeft, legt een deken over het bed van verfrommelde bladeren dat het kelderraam vult. De vlokken nestelen zich zacht ritselend op hun plaats en smoren alle andere geluiden tot er niets meer te horen is. De zwakker wordende namiddagzon aan de lucht wordt nog doffer door de dichter wordende wolken. Alleen een verdwaald straaltje licht filtert er hier en daar nog door. Ik neem aan dat andere mensen vrolijk worden bij het vooruitzicht van een witte kerst.

Het is ijzig hier in mijn werkruimte in de bevroren grond. Telkens als ik uitblaas, vormt mijn adem een pluimpje.

Ik pak een ivoorwitte kaars uit de la en zet hem op mijn werktafel. Er zijn een paar lucifers nodig voordat de nieuwe lont met protesterende vonkjes vlam vat. De stemmen van Mozarts *Requiem* zwellen aan terwijl de vlam zich opricht en haar gloed verspreidt.

Deze ene keer is er geen sprake van een monddoekje of handschoenen tussen mijn huid en het lichaam. Ik zet de kraan open, haal mijn hand zo af en toe door de stroom en voel het koude water uiteindelijk warm worden. Ik houd mijn hand eronder tot het echt heet wordt en er wolken stoom uit de spoelbak oprijzen. Ik voel duizend speldenprikjes tegen de gevoelloosheid.

Ik vul een roestvrijstalen bak met het hete water. Ik heb een stuk zeep uit de ouderslaapkamer gejat. Het is diepbruin met gele randen waar zijn handen het grootste deel eraf hebben gesleten en het ruikt naar cacaoboter en honing. Het ruikt naar Linus. Ik loop met de bak en de zeep naar de werktafel, maak een washandje nat en haal de zeep erover tot ik schuim heb.

De patholoog-anatoom, Richard, heeft de incisies met fijne steekjes in de kleur van Linus' huid gehecht, een blijk van respect voor zijn oude vriend. Gezien de aard van het overlijden moest er natuurlijk sectie worden verricht, maar er was veel consideratie. Mike en ik mochten Linus' lichaam door de doolhof van gangen in het ziekenhuis rijden die de doden moeten afleggen: ondergrondse tunnels, verborgen voor andere patiënten en hun familie, en allemaal leiden ze naar de sombere krochten waar lijkwagens ongezien in en uit kunnen glippen. Mijn hand lag op een handvat van de brancard en Mike legde de zijne erop. Alma liep achter ons, met haar kin omhoog en een open gezicht, en Richard liep discreet tien passen achter haar. Het is verboden een lichaam dat is overgedragen aan de patholoog-anatoom aan te raken, maar Alma ritste de lijkzak open en drukte een kus op Linus' lippen voordat we hem in de auto laadden. Niemand durfde er iets van te zeggen. Ik reed achter Richard aan naar het pathologisch-anatomisch instituut een paar kilometer verderop en Mike bracht Alma naar huis. Ik beloofde haar dat ik Linus niet alleen zou laten. Het duurde niet lang.

De muziek zwijgt even voordat de weifelende klanken van het *Lacrymosa* het vertrek overspoelen. Mijn handen werken draaiend van Linus' voeten naar boven, een zeepspoor in hun kielzog achterlatend. Na zijn benen haal ik het washandje over zijn buik, van het midden in steeds grotere cirkels naar buiten. Waar de huid nat is, is ze donkerder, zuiver glanzend. Ik doop het washandje weer in het gloeiend hete water, wrijf het restje zeep erlangs en was zijn armen en de plooien in zijn hals. Ik aarzel even voordat ik zijn gezicht was. Zijn ogen zijn voorgoed gesloten voor deze wereld en de mensen die er leven. Ze zullen me nooit meer vangen en vasthouden. Iets wat dichter bij een omhelzing kwam, heb ik nooit toegestaan. Ik kijk aandachtig naar de welving van zijn lippen, hoe de onderste net iets verder uitsteekt dan de bovenste. Wat zou het me gekost hebben om een kus op mijn kruin of mijn wang te laten drukken? De volkomen gladheid van zijn huid, als van een baby, is nu voor mij verloren.

Ik kijk naar zijn hand en herinner me de enige concessie die ik heb gedaan, hoe ik die hand in de auto in de mijne heb genomen. Het voelde oprecht. Het is alles wat ik heb.

Ik veeg voorzichtig met het washandje om zijn wenkbrauwen op dezelfde hoogte en zijn wimpers van elkaar gescheiden te houden. Als ik klaar ben, trek ik een zachte blauwe deken tot aan zijn hals op en stop hem in onder zijn brede schouders. Hij komt uit de linnenkast en hij ruikt naar Alma's wasmiddel. Ik wou niet dat ze hem onder een ordinair plastic zeil zou zien liggen.

Ik kan niets meer doen. Linus heeft door de jaren heen vaak over zijn dood gesproken. Zijn aanwijzingen waren helder: zijn gezicht moest in de natuurlijke toestand blijven. Als ik hem heb aangekleed, zal ik hem boven opgebaard in zijn kist leggen. Ik bedenk me dat dit een van mijn laatste momenten met hem alleen moet zijn.

'Linus.' Ik buig me over naar zijn oor. Mijn stem klinkt onnatuurlijk in deze ruimte. 'Ik weet dat je dood bent en me niet kunt horen, maar ik wil zeggen...'

Ik til zijn hand op, die stijf is van het formaldehyde. Er zit maar een klein beetje beweging in, net zo veel dat ik mijn eigen hand eromheen kan sluiten. Zijn hand voelt gezwollen en koud aan, onnatuurlijk, heel anders dan in mijn herinnering.

Hij is nu net zoals alle andere lichamen die ik heb geprepareerd. Ik laat zijn hand los voordat de herinnering aan die aanraking de herinnering aan zijn aanraking toen hij nog leefde kan overschaduwen.

De rest fluister ik. Er is meer, maar woorden zijn lastige dingen. Ze verstikken mijn keel en omsnoeren mijn borst. In plaats daarvan doe ik dus maar wat ik zo graag tijdens Linus' leven had gedaan: ik buig me over zijn brede borst en leg mijn hoofd erop. Al snel vinden mijn armen hun weg eromheen en omhelzen die man die mijn vader had kunnen zijn als ik hem de kans had gegeven. Als hij een schoot had, zou ik erop klimmen. Ik blijf zo liggen tot mijn rug pijn gaat doen, tot de stilte waar zijn hartslag had moeten zijn ondraaglijk wordt.

Voordat ik de balsem op zijn lippen strijk, buk ik me om hem te kussen. Ik zou hier kunnen blijven staan, de hele dag laten opgaan aan zijn gezicht, maar Alma wacht boven. Ze wil hem alleen aankleden. Later, wanneer het tijd is om hem naar de rouwkamer boven te brengen, zal ik alle irissen (*geloof, wijsheid, heldenmoed*) uit mijn kas halen om een bed voor hem in de kist te maken. Alleen ik zal weten dat de lissen daar liggen.

Ik loop de werkruimte uit en bel Alma, maar ze neemt niet op, dus zal ik een briefje voor haar moeten achterlaten dat haar man klaar is. Hoe verwoord je zoiets?

Ik loop de trap op naar de rouwkamer. Als ik de deur opendoe, kijkt Alma op. Ze zit in een leren oorfauteuil, met haar enkels gekruist en een kledinghoes op haar schoot. Haar rug is recht en haar gezicht onaangedaan.

'Is hij klaar?' Wat is haar stem stevig aan de aarde verankerd, solide en vertrouwd.

'Ja.'

Ze staat met een zucht op. 'Ik heb de bel van de telefoon uitgezet. Er bellen de hele tijd verslaggevers, de een na de ander. Ik doe de voordeur voorlopig ook niet open. We zitten de komende dagen toch vol. Ik geloof niet dat we al nieuwe opdrachten kunnen aannemen.'

'Natuurlijk,' zeg ik. Alma komt niet in beweging.

'Het is wel jammer, hoor. Ik heb zo veel vlees in de vriezer liggen. Ik had het lamsribstuk voor zondag bewaard, je weet dat het zijn lievelingskostje was. Ik weet ook niet wat ik met de muntsaus moet. Het lijkt zo zonde, koken voor één persoon.'

Alma zwijgt, in gedachten verzonken. Ik zie een glimp van de vrouw die ze de komende jaren zal worden: diep gerimpeld, haar mahoniebruine huid asgrauw geworden en verslapt. Ze is nog nooit kwetsbaar overgekomen. Ik denk terug aan hoe ze me vasthield in het ziekenhuis, toen mijn benen het onder me begaven, en ik zou willen dat ik wist hoe ik haar moest opvangen, maar dat doe ik natuurlijk niet, en ze vermant zich trouwens toch al.

'Clara,' zegt ze, weer met vaste stem. 'We moeten praten.'

Ik kan met geen mogelijkheid nee zeggen, dus ga ik tegenover haar staan en wacht af.

'Dit is nu allemaal van jou.' Ze maakt een weids gebaar met haar vrije arm. 'Dit huis, dit bedrijf, alles.'

'Alma…'

'Ik blijf hier de rest van mijn leven wonen, hoe lang dat ook nog mag zijn.' Haar gezicht staat volkomen sereen. 'Ik heb al mijn zussen in de loop der jaren verloren, en mijn zoon, natuurlijk. Nu ben ik mijn man ook nog kwijt…'

'… alsjeblieft, zeg het niet.' Dit is nooit mijn opzet geweest. Goed, ik heb ook geen ander plan, maar ik kan de verantwoordelijkheid voor alles wat ze me schenkt niet op me nemen. Ik weet me er geen raad mee.

'Ik verwacht niet van je dat je me tot aan mijn dood verzorgt, dat bedoel ik niet.' Ze staat op en loopt naar me toe. 'Jij bent de enige familie die ik nog heb. Of je het nu weet of niet, of je het nu prettig vindt of niet, we zijn familie, híer.' Ze pakt mijn hand en slaat hem tegen haar hart. 'Ik wil dat je blijft.'

Ik wend mijn blik af, maar ik moet haar weer aankijken. Het is ondraaglijk: ik wil me afwenden, maar ze laat me niet los. Mijn ogen dwalen telkens weg.

'Kijk me aan, Clara.' Ik denk aan Linus die een verdieping onder ons ligt en raap al mijn wilskracht bijeen. Ik kijk haar aan en dan is het of er iets loskomt in mijn binnenste. Haar hart bonst onder mijn hand en haar ogen staan zacht.

'Ik blijf,' zeg ik uiteindelijk.

Haar lippen beven naar een glimlach. Ze pakt mijn kin, houdt mijn blik nog even vast en loopt dan langs me heen naar de kelderdeur, met de kledinghoes tegen zich aangedrukt.

24

Kronkelingen hebben zich ontrold terwijl ik mijn tuin verwaarloosde; ivoorwitte, karmozijnrode en met roze confetti bestrooide bloemblaadjes vieren hun debuut. Mijn bloemen hebben het overleefd, ook al heb ik er niet meer aan gedacht dat ze elke dag twee keer gedoucht en acht uur onder de warme lampen gebaad moesten worden. Vrolijke klaprozen (*troost van gene zijde*) zweven als een rood waas achter me in de kas, waar ze zich vermengen met de gladiolen (*wapen in de aanslag*), rechte stelen met diepblauwe, in de lucht hangende klokken die proclamaties van leven en belofte luiden. Rode zonnehoedjes klitten in de hoek bij elkaar, in zichzelf opgaand.

Buiten is de lucht onveranderd onheilspellend grijs en de sneeuw die blijft vallen, heeft eerst de zon en nu de maan verduisterd, maar toch zijn de bloemen uitgekomen. In de koude maanden zal mijn tuin me harder nodig hebben. De afgelopen week is het weer van onze frisse, heldere herfst omgeslagen in de kille winter van New England. De grond zal straks te hard zijn om de doden te begraven; de lichamen worden dan opgeslagen tot de lente, als de aarde weer zacht is en meegeeft. Het leven heeft de eeuwige gelofte afgelegd zich te blijven vernieuwen, maar dat lijkt nu een verre hoop.

Het zou ondraaglijk zijn Linus' lichaam de hele winter in de kelder op te slaan bij de andere lichamen die nog zullen komen. Gisteren, toen ik wachtte tot de patholoog-anatoom klaar was, heb ik de beheerder van Begraafplaats Colebrook gebeld en hem gevraagd het graf te delven voordat het begon te sneeuwen.

Ik sluit de deuren van mijn kas achter me, reik naar de schakelaar en zet de dimmer laag, zodat alleen de verlichting in de treden en langs mijn pad nog een wit schijnsel afgeeft.

Ik moet me zuiveren van de lelijke dingen van de afgelopen dagen, me baden in de schoonheid van mijn tuin. Mijn schoenen glijden als vanzelf van mijn voeten, samen met mijn wollen sokken. De tegels zijn warm, bijna heet onder mijn voetzolen. Ik laat mijn trui op mijn spullen vallen, trek het elastiekje los dat mijn haar in toom houdt en loop naar mijn bloemen. Ik zet elke stap zorgvuldig en doelbewust; mijn gewrichten zijn nog opgezet van de kou in de kelder en de rest is nog verdoofd van het prepareren van Linus' lichaam. Terwijl ik mijn blouse openknoop, denk ik aan Alma, die in het huis hiernaast worstelt om Linus zijn overhemd aan te trekken. Ik trek mijn broek naar beneden in de wetenschap hoe het kan zijn een broek over stijve benen te trekken, maar ik moet die gedachten wegwassen.

Ik ben hier om me te koesteren in de warmte, om een schijn van orde te vinden die niet echt bestaat. Ik tast in een bosje alsemambrosia (*beantwoorde liefde*) naar de kraan. Ik moet me inspannen, maar dan geeft de knop mee en vullen de plafondsprinklers zich. Ik hef mijn gezicht om de druppels te vangen en vouw mijn handen om de bloem van een fakkellelie (*vurig bij leven*).

Het koude water en de verstikkend warme lucht prikkelen samen mijn huid. Mijn beha, onderbroek en haar plakken aan mijn lijf. Ik strijk de slierten uit mijn ogen en zie iets wonderbaarlijks: de margrieten groeien. Ik ga erheen om de geribbelde blaadjes van de beginnende bloemen te bewonderen, nog zo dicht bij de grond in hun terracotta potten, zich omhoogwerkend, met hun stelen nog verborgen in de aarde. Waterdruppels bundelen zich en stromen erlangs naar beneden, en ik voel dat hetzelfde op mijn huid gebeurt. De geur van natte aarde is op te veel manieren vertrouwd.

Ik heb tijd nodig om na te denken. Alles moet stil blijven staan, zodat ik hier tussen mijn bloemen kan luisteren, mijn gedachten kan laten dwalen. Ik laat me op de tegelvloer zakken en voel hoe de hardheid bij me binnendringt. Een van de torenhoge asters blijft haken achter een behabandje en streelt mijn hals over de volle lengte. Ze sussen me met hun marmeladegeur en lavendelblauwe bloemen. Ik vlij mijn wang ertegenaan.

Hier kan ik veilig huilen.

Dan hoor ik het: een klop op de achterdeur naar de tuin. De ramen van mijn kas rinkelen ervan. Mijn benen weigeren dienst, mijn ogen willen niet knipperen. Dan zie ik hem de deur openduwen.

'Clara?'

Mike ziet niet dat ik hier zit, verscholen in mijn tuin. Ik ben in mijn omgeving opgegaan, transparant als water; onzichtbaar, zoals zo veel andere keren in mijn leven.

Hij sluit de deur achter zich. Zonder zich iets aan te trekken van de sprinklers boven zijn hoofd loopt hij met kletsende schoenen door de plassen. 'Clara?'

Zijn stem klinkt nu luider en stokt even als hij onder zijn colbert tast. Een klik en hij heeft zijn wapen gepakt. Hij duikt achter een kluit suzanne-met-de-mooie-ogen (*warme herinnering*) die op een bank staat.

Met beide handen om het wapen schuift hij zijdelings naar mijn slaapkamerdeur. Dit is een man die ik niet eerder heb gezien: primitief, in staat tot geweld. Op de een of andere manier is het een geruststelling. Als hij bij de twee treden aankomt die de kas uit leiden, maakt hij zich klein. Hij kijkt telkens om zich heen onder het lopen. Wanneer hij de schuifdeur wil openen, kom ik tevoorschijn.

'Mike.'

Hij richt zich op, draait zich bliksemsnel om en neemt me onder schot. Ik kan de kogel die zich een weg door mijn borst baant al voelen. Ik wacht erop, klaar om te vallen.

'Jezus christus!' roept Mike, die zijn handen laat zakken. Hij klapt dubbel en snakt naar adem. 'Waar ben je in godsnaam mee bezig?'

Ik zou me naakt moeten voelen, me bedekken; ik verwacht door zedigheid te worden overmand, zo zichtbaar als mijn lichaam is door de natte, witte katoen, maar in plaats daarvan kom ik plotseling tot leven. 'Wat kom je doen?'

Hij stopt zijn wapen in de holster en loopt op me af, het water van zijn gezicht vegend. 'Je lijkwagen stond buiten, maar je was niet in het uitvaartcentrum, en toen ik hier aanbelde, deed je niet open.'

Ik doe een stap in zijn richting. 'Nou en?'

'Ik was ongerust, na wat er met Linus is gebeurd.' Zijn blik glijdt naar mijn borsten en buik en nog lager. De stroompjes die de kraaienpootjes rond zijn ogen en de plooien bij zijn neus volgen, verplaatsen zich bij elke nieuwe gezichtsuitdrukking. Druppeltjes landen op zijn lippen en vallen voordat hij weer iets zegt. 'Ik kon je niet vinden.'

Ik knik. Hij ziet er sterk uit. Zijn colbert wordt donker onder het gewicht van het water en zijn witte overhemd plakt aan zijn borst. Eronder zie ik zijn buikspieren spannen, een glimp naakte huid en een vermoeden van iets meer, iets wat niet te onderscheiden valt. Ik doe nog een stap.

'Je maakt het goed,' fluistert hij.

Ik kan alleen mijn hoofd schudden. Iets in mij smeekt me

mijn naaktheid te bedekken, de kale plekken op mijn hoofd te verstoppen, er meer te maken, maar nee, ik ga niet terug. Ik loop naar hem toe en kijk naar zijn ogen, die door de kas flitsen en weer op mij blijven rusten.

Nog een stap en een punt van zijn colbert schampt mijn navel. Ik leg mijn hoofd in mijn nek om mijn gezicht naar het zijne te brengen.

'Je maakt het goed,' fluistert hij op mijn lippen.

Ik blijf mijn hoofd schudden, *niet waar*, en voel mijn mond langs de zijne strijken terwijl ik het doe. Hij pakt mijn gezicht om het stil te houden. We zouden het hierbij kunnen laten. Ik kan achteruit stappen, naar mijn slaapkamer lopen (hij kan door de achterdeur vertrekken) en moed putten uit mijn ochtendjas. In plaats daarvan druk ik me tegen hem aan.

Ik trek zijn colbert uit, dat met de mouwen binnenstebuiten gekeerd op de vloer valt. Ik heb duizenden knopen losgemaakt voor mijn werk, maar het is nooit zo makkelijk gegaan als nu met die van zijn overhemd. Dan zie ik het. Een Keltisch kruis, lijnen in goudkleurige en rode inkt die zijn huid kleuren, een gecompliceerd blijk van devotie. Het reikt van zijn borst tot aan zijn middel. Ik leg mijn vingers erop, op het noorden, zuiden, oosten en westen, op geest, lichaam, hart en ziel. Zijn buikspieren spannen zich onder mijn aanraking. Wat is hij mager. Hij heft mijn kin op met de allerlichtste streling en we kijken elkaar aan. Ik beeld me in dat mijn blik net zo zeker is als de zijne. Wanneer hij zijn blik naar beneden laat zakken om zijn riem los te maken, is het alsof de zon is ondergegaan en mijn lichaam tegen het zijne wegkwijnt, zich vastklampend aan die warmte.

Mijn handen zijn de mijne niet; mijn handen zouden nooit zo gretig en ongeduldig naar de riem van een man reiken om hem los te maken en vervolgens de broeksknoop eronder. Wanneer ik zijn vingers over mijn rug voel strijken, waar ze even prutsen voordat ze de gesp van mijn beha hebben losgemaakt, wordt mijn drang nog sterker. Hij ademt gejaagd, maar zijn vingers voelen glad aan op mijn heupen als ze zich glad achter mijn onderbroek haken. Hij laat ze naar beneden glijden, knielt voor me, en ik stap eruit. Hij kust mijn dijen, drukt zijn gezicht ertussen, snuift diep en richt zich weer op. Hij woelt met zijn vingers door mijn haar en voelt mijn schaamte: zijn vingers volgen stuk voor stuk de randen van korsten, maar zijn ogen laten de mijne niet los. Hij trekt me dichter tegen zich aan.

Dan heb ik mijn armen om zijn hals geslagen en tilt hij me op de rand van mijn werktafel. Hij is strak en gespannen, hard onder me. Ik krom me om hem heen en begraaf mijn neus in zijn haar. Mijn mond proeft zijn nek: zout, zweet en leven.

Het is woest, ongeduldig; voordat het voorbij is, is er geen tijd voor of behoefte aan raffinement. Wanneer hij me laat zakken, voel ik zijn armspieren trillen. Hij valt tegen me aan. We beven allebei. Zo blijven we staan, ik met mijn oor tegen zijn borst, tot zijn hart niet meer bonkt, tot het weer regelmatig klopt.

Hij heft zijn hoofd op van het mijne en neemt mijn gezicht in zijn beide handen. Hij brengt mijn mond naar de zijne, maar kijkt eerst aandachtig naar me, alsof hij een veilige haven in me zoekt.

Dan kussen we elkaar.

25

Ik heb zijn kleren gedroogd terwijl hij sliep. Toen heb ik zijn pak geperst en alles aan de slaapkamerdeur gehangen, zodat hij het kan zien wanneer hij wakker wordt. Als ik snel van de deur naar hem kijk, is het alsof hij er in tweevoud is.

Hij ligt languit op zijn rug, met een bloot onderbeen buiten de dekens. Mijn lakens zijn losgetrokken uit hun met militaire precisie opgemaakte hoeken, mijn donzen sprei is pluizig door zijn rusteloze slaap. Hij heeft een keer iets gezegd, als vanuit zijn droom, maar het enige woord dat ik kon verstaan was 'sorry'.

We zijn hierheen gegaan na... nou ja, na de kas.

Met mijn hoofd op zijn schouder en onze armen en benen om elkaar heen gewikkeld vonden we beschutting in het donker. Pas toen ik bijna sliep, zei hij iets.

'Ik heb haar gevraagd het kind weg te laten halen, maar dat wilde ze niet.' Er viel niets te zeggen, dus luisterde ik. 'Weet je dat ik zelfs heb gebeden dat ze het kind mocht verliezen? Echt waar.'

Er vertreken een paar minuten, hij ademde regelmatig. Hij slaapt, dacht ik.

'Mijn gebed is dus verhoord.'

We zeiden niets meer, we hielden elkaar gewoon vast als bescherming tegen de nacht. Toen hij eindelijk in slaap viel, glipte ik weg. Ik heb het grootste deel van de nacht in deze stoel gezeten, heen en weer glijdend tussen levensechte dromen en surrealistische wakkerheid. Mijn gedachten keerden telkens terug naar Linus, tot de tranen ten slotte kwamen. Er was nog tijd genoeg om de rest van mezelf te begraven voordat de zon opkwam.

Het is een troost geweest naar Mike te kijken, deze ene nacht te hebben gehad. Straks wordt hij wakker en dan is het voorbij; de dageraad begint al door te sijpelen. Zijn gesnurk hapert even en dan rekt hij zich uit en draait zich om. De rode en goudkleurige inkt loopt kriskras over zijn buik, een patchwork van verraad. Het heeft geen zin me aan het moment te hechten; ik koester geen enkele verwachting dat het zich ooit zal herhalen.

Ik heb me uren geleden al aangekleed; er moet veel gedaan worden. Linus' wake wordt over drie dagen gehouden, op kerstavond maar liefst. Genoeg tijd om zijn familie in Alabama hun reis te laten regelen, waarna ze de feestdagen hier kunnen doorbrengen. Alma zei dat ze er niet aan moest denken om op kerstochtend wakker te worden in een leeg huis. Maar ik moet me op het heden richten.

Zonder het goed te beseffen sta ik op, zet de paar stappen naar hem toe en kniel. Hij slaapt echt. Ik gun het mezelf aan zijn haar te ruiken, aan dat plekje in zijn hals; ik smacht ernaar hem aan te raken, maar laat het bij fluisteren.

'Toen ik in de tweede zat, zat er bij wiskunde een jongen voor me. Ik kende hem niet echt. Ik wist dat hij op ijshockey zat en van geometrie hield, maar we praatten niet met elkaar. Als hij proefwerken naar achteren doorgaf, glimlachte hij altijd naar me. Gewoon uit beleefdheid, niet omdat hij me leúk vond. Als hij het lokaal in kwam, zei hij soms "dag, Clara", zo hard dat de andere kinderen het ook konden horen. Iedereen mocht hem graag.'

Mike beweegt zich even en snurkt dan gelijkmatig verder. Zijn lippen wijken iets van elkaar, teder. Het is veilig.

'Op een keer gaf hij me een briefje toen mevrouw Whitman bij het bord stond. Er stond in dat de anderen allemaal een petitie tekenden, *Clara Marsh de grootste slet*, maar dat hij weigerde te tekenen. Hij had de petitie zelfs verscheurd. Er was niemand tegen hem in verzet gekomen. Ik heb dat briefje al die jaren bewaard.'

Ik zie Mikes oogleden knipperen en wacht tot zijn ogen opengaan, maar eerst ga ik zitten en fluister: 'Je doet me aan hem denken.'

Hij woelt rusteloos voordat hij wakker wordt en kijkt dan naar me. 'Clara.'

Hij hijst zich overeind, maar ik weiger te blijven dralen op de paden die mijn handen gisteren op zijn lichaam hebben ontdekt. Zijn ogen zijn spleetjes, zijn wangen zijn gezwollen van de slaap en zijn meestal zo secuur gekamde haar is weelderig en warrig. Ik ontwijk vooral zijn mond, hoe die zacht wordt wanneer hij me ziet.

Ik concentreer me op het nachtkastje vlak achter hem. Mijn blik rust op *De stenen dagboeken*. 'Mike, we moeten weg.'

'Ben je al op? Hoe laat is het?' Hij kijkt naar de verlichte cijfers van de digitale wekker op het nachtkastje en dan naar zijn kleren die op hem wachten. Het schild dat zijn ogen meestal verhult, daalt neer. 'Ja, ik moest maar eens gaan.'

Hij staat op, zonder verlegenheid; ik zie zijn rug voor me, zijn naaktheid, maar richt mijn ogen weer op het boek. Op het omslag staat een kalkstenen engel met een beschaduwd gezicht, bekroond met een lauwerkrans (*overwinning op hartstocht*). Mike trekt met snelle, rukkerige bewegingen zijn broek aan. Elke keer als hij trekt, rinkelt zijn riem.

'Ik moet je iets vertellen, ik heb iets gedaan,' zeg ik. 'Het gaat over Trecie.'

Hij staat stil en draait zich om. 'Wat dan?' vraagt hij zacht.

Ik wend mijn ogen af van zijn lichaam en concentreer me op het probleem. Het is een dilemma dat ik onder ogen moet zien, een moment dat de diepte van de moed die ik zou kunnen bezitten te boven gaat. Ik ben al te veel kwijt; ik moet het proberen. 'Drie dagen geleden heb ik een meisje gezien dat Trecies zusje zou kunnen zijn, zo sterk leek ze op haar.'

Zijn gezicht ontspant zich en hij laat zijn ingehouden adem ontsnappen. Hij loopt om het bed heen, knielt bij mijn stoel, neemt mijn hand in de zijne en glimlacht vriendelijk. 'Clara, er zijn zo veel meisjes die op Trecie lijken. Bruin haar en bruine ogen, dat is geen zeldzaamheid.'

'Er is meer.'

Ik vertel hem over Ukkie, de chihuahua van meneer Kelly, de vriend en wat de zwangere buurvrouw me heeft verteld over de man die op bezoek komt, de onaantastbare. Hij laat mijn hand los en terwijl ik het allemaal vertel, verandert zijn gezichtsuitdrukking. De warmte trekt uit zijn ogen en ik krijg het koud, maar ik blijf praten.

Als ik klaar ben, staat hij op, loopt naar de kleerhanger aan de deur en kleedt zich verder aan, met zijn rug naar me toe.

'Mike.'

Hij zegt niets terug en ik dwing mezelf op te staan, naar hem toe te lopen en het nog eens te proberen. Linus is dood en Trecie loopt gevaar. Ik voel de kloof tussen ons, maar ik dring me naar voren.

'Mike.'

'Waarom heb je me dat niet verteld?' Zijn gezicht is uitdrukkingsloos. Hij heeft zijn rechercheursfaçade opgetrokken, maar ik zie hem erdoorheen, de lagen pijn om het bedrog die naar de oppervlakte komen. Ik vraag me af of mijn eigen masker net zo doorzichtig is voor hem.

'Ik heb het geprobeerd.' Mijn stem is zacht en ik voel dat

de woede van de afgelopen dagen door me heen begint te stromen. 'En toen zat jij aan de andere kant van de verhoortafel.'

Hij kijkt me even aan voordat hij naar zijn mobieltje reikt. Dan dringt er iets tot me door wat de lucht uit mijn lichaam perst. Het had me dagen geleden duidelijk moeten zijn, maar er is zo veel gebeurd in zo weinig tijd. Ik moest nadenken, naar mijn gedachten luisteren.

'Wie bel je?' vraag ik.

'Kate. Ik ga met haar naar het meisje toe, zien of ze iets met dit gedoe te maken heeft.'

'Nee.' Ik gris de telefoon uit zijn hand, klap hem dicht en gooi hem op het bed. 'Je mag het aan niemand vertellen.'

'Wat doe je nou?' Hij stapt naar het bed, pakt de telefoon, klapt hem weer open en toetst een nummer in.

'Mike, ik denk dat die Victor een politieman is.'

Hij drukt zonder aandacht aan me te besteden het toestel tegen zijn oor. Ik hoor het overgaan. Een keer, twee keer, drie keer. Ik mag Trecie niet nog meer laten doorstaan.

'Ik zeg niet waar het is. Ik help je niet haar te vinden.'

Hij kijkt naar mijn gezicht en mijn haar, klapt het toestel dicht en haalt een hand over zijn mond. 'Clara, het haar dat ik op de avond van Trecies verdwijning in de kas heb gevonden, was dat van jou?'

Er valt niets meer te zeggen; ze heeft me nodig. 'Ik weet het niet. Ik denk het niet.'

Hij strijkt met zijn duim langs mijn kaak en knikt. 'Oké. Hoor eens, ik weet dat je die meisjes wilt helpen…'

'Mike, wij gaan er samen heen. Jij mag met het meisje praten, maar verder niemand. Er is een kans dat we Trecie vinden. We moeten haar vinden voordat we het aan iemand anders vertellen.'

'Kate is mijn chef, ik moet haar erbij betrekken. We laten

Interne Zaken wel uitknobbelen wie die Victor is, als hij al bij de politie zit.'

Ik wil hem door elkaar schudden, hem mijn angst laten proeven. 'De buurvrouw zei dat ze de politie een paar jaar geleden had gebeld en dat de politieman die toen kwam het vriendje eruit had geschopt. De nieuwe vriend is onaantastbaar, zei ze.'

Hij klopt op mijn arm. 'Kate en ik zullen erheen gaan, met de ouders praten. Ik ken het hele korps en er is geen Victor bij. Ryan kan teruggaan naar het asiel om uit te zoeken wie Charlie Kelly's hond heeft geadopteerd en Jorge kan op het bureau naar die Victor informeren.'

'Nee.' Hij zou het moeten begrijpen.

'Clara, vertrouw me nou maar.'

Hij wil me aanraken, maar ik duw zijn armen weg. 'Mike, wie wisten er dat Linus de anonieme beller was?'

'Kate, ik, Jorge, Ryan en de rechercheurs uit Whitman. Iedereen die op de zaak zit.'

'Heeft iemand de pers gebeld?' Ik ben misselijk; de gal klauwt zich door mijn slokdarm naar mijn keel en nestelt zich daar bijtend.

'Nee,' zegt Mike met een grimas. 'Ze hebben het verband tussen hem en de zaak van het Lieve Kind nog niet gelegd, maar het is nog maar een kwestie van tijd voordat het uitlekt.'

Dan moet hij het aan me zien, het besef van een paar minuten geleden. Hij slaat met zijn hand tegen zijn slaap en begint te ijsberen. 'Shit!'

Zijn agitatie dempt mijn paniek. Hij staat nu aan mijn kant.

'Linus is niet door een verontruste burger vermoord, Mike.'

Hij komt naar me toe, pakt me bij mijn armen en trekt me tegen zich aan. 'Ik weet het.'

Het maakt niet uit of hij de naam hoort die ik tegen zijn borst fluister, maar hij hoeft het niet te horen, want hij weet het al. Hij weet het. 'Victor.'

26

We lopen op de metalen trap. Mikes voetstappen worden niet gedempt door de gerafelde traploper, en weerkaatsen in het hele trappenhuis. Mijn eigen stappen zijn geluidloos, aarzelend. Wanneer we op de verdieping van het meisje komen, zoek ik onwillekeurig naar het muizenhol. Ik word niet teleurgesteld. Er staat een simpele val bij de opening, en de metalen klem omsluit de nek van het bruine knaagdier stevig. Hij ligt met al zijn pootjes wijd en zijn zwarte staart uitgestrekt. Als Mike het al ziet, zegt hij er niets van.

Voordat we hierheen gingen, zijn we langs Mikes huis gegaan zodat hij schone kleren kon aantrekken. Ik ben er vaak langsgereden, dus ik wist welke bescheiden bungalow de zijne was. Hij vroeg me mee naar binnen, maar ik bleef in de auto wachten. Het was genoeg om DE SULLIVANS in langgerekt schuinschrift op de brievenbus geschilderd te zien. Hij bleef niet lang weg. Toen hij terugkwam, toen hij zijn handen op het stuur legde en eraan draaide om achteruit de oprit af te rijden, zag ik een streepje witte huid op de plek van zijn trouwring. Toen hij me ernaar zag kijken, streek hij met zijn vingers langs mijn wang en deed zijn best om te glimlachen.

Mike trekt de deur van het trappenhuis open en we lopen de gang in die me inmiddels vertrouwd is geworden. Ik kan Eileen

Craig niet meer ruiken, maar de gang heeft nog steeds iets spookachtigs: de deur van de zwangere vrouw is versierd met een slinger van aluminiumfolie en een grote kartonnen kerstman die met zwarte viltstift van geslachtsdelen is voorzien; even verderop staat een afgedankte plastic boodschappentas die de stank van bijna lege blikjes kattenvoer verspreidt; nog verder keft een hondje.

Wanneer we bij de deur zijn, wenk ik Mike. Ik hoor de gebruikelijke herrie van de tv, kinderen die in korte, zachte zinnen met elkaar bekvechten en natuurlijk het geblaf. Mike buigt zijn hoofd even voordat hij zijn vuist optilt om te kloppen.

Hetzelfde meisje doet open en wringt haar lijfje in de kier van de deur. Het hondje maakt zich klein achter haar benen.

Ik verstop me net als het hondje, maar dan achter Mike, in de hoop dat het meisje me niet ziet. Mike verstrakt en steekt zijn nek uit om naar binnen te kijken voordat hij het meisje aankijkt. 'Hallo daar.'

Ze kijkt hem met wezenloze ogen aan, een gezichtsuitdrukking die ik alleen bij de meest geharde volwassenen heb gezien, maar zegt niets. Ze lijkt niet te merken dat de hond aan haar kuiten krabt.

'Is je moeder thuis?' Mike laat zijn stem zacht en opgewekt klinken, maar ik bespeur de spanning, alsof hij een kuch wil onderdrukken. Het meisje schudt alleen haar hoofd. Als ik nog twijfelde, als ik nog bedenkingen had tijdens de rit hierheen, zijn ze verdwenen wanneer ik langs Mike heen kijk en het meisje naar me zie staren. Ze bukt zich met opengesperde neusgaten om het hondje in haar spichtige armen te nemen.

Mike pakt zijn portefeuille en laat haar zijn penning zien. 'Ik ben Mike, een vriend van Victor. Mogen we binnenkomen?'

Alles aan haar verslapt en dan doet ze de deur verder open en laat ons binnen. Daar zijn de andere kinderen, die ik tot nu toe alleen maar heb gehoord: drie jongetjes, alle drie mager en gehypnotiseerd door de tv, en een zusje dat niet ouder dan zes kan zijn. Ze heeft hetzelfde lange haar als het oudere meisje, maar een ander gezicht; donkerder, met een bredere neus en een roze moedervlek op haar linkerwang. De kinderen kijken niet op als we binnenkomen. Midden in hun halve kring staat een grote frisdrankfles met water en daarnaast een plastic bak met nog een paar korrels popcorn erin. Op het aanrecht liggen omgevallen dozen ontbijtvlokken naast borden met aangekoekt eten; her en der staan lege flessen hoestdrank.

Ik zie een overlopende afvalbak in de open keuken en bergen afval op de vloer. In de hoek die voor de koelkast is bestemd, staan een paar propaantanks met de knop op blauw. Mijn ademhaling versneld wanneer een van de jongens met een iets jonger jochie begint te smiespelen. Hun lange krullen raken elkaar wanneer ze zich naar elkaar toe buigen en onwillekeurig denk ik aan het groeien van zonnebloemen, hoe ze zich reikend naar het licht naar elkaar toe draaien. De jongetjes zien eruit alsof ze drie en vier zijn. Ze zijn allemaal zo jong, met gebogen, doorgezakte ruggetjes, alsof het leven ze nu al heeft doen verkwijnen. De jongste heeft nog een luier om. Trecie is nergens te bekennen.

Ik voel paniek in me opwellen en kijk naar Mike, maar die is weer rechercheur geworden. Hij lacht glad naar het meisje, maar ik ken die flitsende ogen inmiddels. Het meisje merkt het niet op. Ze drukte haar gezicht tegen de hond en koert in zijn oor: *'E aprovado, pequeño, ele é aprovado.'*

'Dus je bent hier alleen met de andere kinderen?' vraagt Mike. Hij knikt in hun richting en maakt van de gelegenheid gebruik om de kamer in zich op te nemen. Ik volg zijn blik en zie dat de wanden kaal zijn en dat het enige meubelstuk een bank is met een ontbrekende poot en gaten in de armleuningen waar groezelig schuimrubber uitpuilt. Ik zie een deur die vermoedelijk naar de slaapkamers leidt. Binnen deze muren zijn geen tekenen van de feestdagen te vinden.

'Ja.'

Mike hurkt voor het meisje. 'Mag ik je hond aaien?'

Ze mummelt met overslaande stem iets in de vacht. 'Komt ze Ukkie halen?'

'Nee, Ukkie is van jou. We willen met je praten. Hoe heet je?'

Ze drukt de hond zo stevig tegen zich aan dat hij piept en in haar hand bijt. Ze laat hem vallen en kijkt hem na als hij door de deuropening naar de slaapkamers holt. Als hij weg is, zegt ze: 'Adalia.'

Er is geen twijfel meer mogelijk; ze is het, de zus van Trecie. Ik kan me niet inhouden. 'Waar is Trecie?'

Het meisje verstijft. Haar heldere ogen worden groot. Mike legt me met opgestoken hand het zwijgen op. 'Adalia, wat een mooie naam.' Hij kijkt naar het tv-scherm, waarover een tekenfilm raast. 'Hé, zullen we achter praten, waar het niet zo lawaaiig is?'

'O, ja,' zegt Adalia. 'Je bent een vriend van Victor.' Ze wordt nerveus. Haar ogen flitsen heen en weer. Ze wijst naar haar zusje en zegt met schelle stem: 'Inez blijft hier.'

'Goed, hoor,' zegt Mike. 'Wat jij wilt.'

Adalia's gezicht is op slag weer onaangedaan. Haar schouders zakken en het weinige leven dat ze even tevoren in haar ogen had, dooft. 'Het is daar,' zegt ze.

Ik kan me niet voorstellen waar we ons in gaan begeven, maar dan herinner ik me dat de zwangere vrouw heeft verteld dat er een gestage stoet mannen langskomt om drugs te kopen. Mijn geest probeert te bevatten dat dit kind, dat niet ouder kan zijn dan tien, een pion is van de volwassenen in haar leven.

Als we de slaapkamer binnenkomen, staat daar echter geen tafel met een weegschaal en netjes dichtgebonden zakjes. Er zijn geen bunsenbranders, potjes met pillen, wietplanten die onder warme lampen groeien en geen naalden; allemaal bekende tafereeltjes van het door de jaren heen ophalen van cliënten die aan een overdosis zijn overleden. Nee, het is een lege kamer met alleen een vuile matras erin met een smerig, naar het voeteneind getrapt laken. Een raam met een dichtgetrokken rolgordijn ervoor. En dan zie ik het, de kindertekening in kleurpotlood op de muur, de tekening van de videofilm.

Mike ziet het ook. 'Lieverd,' zegt hij, 'waar is je zusje? Waar is Trecie?'

Adalia geeft geen antwoord. Ze kijkt in het niets, en ik herinner me het moment waarop Linus stierf, toen zijn lichaam een lege huls werd. Ik weet waar dit meisje is gebleven. Ik verstopte me daar ook wanneer Toms vrienden me in de bibliotheek opzochten.

Dan zegt ze iets met een stem die zo vlak is als haar ogen: 'Schiet nou maar op.'

Mike trekt wit weg, alsof hij iets bitters en smerigs ruikt. Hij duikt de kamer uit, loopt naar de volgende slaapkamer, verschijnt weer in de gang en wenkt me. Ik loop achter hem aan naar de voordeur. De jongetjes lijken ons niet op te merken.

'In de andere kamer is een compleet methlab ingericht,' zegt Mike knarsetandend. 'Ik heb geen spoor van Trecie ontdekt. Ik moet Kate bellen.'

'Ik weet het.' Ik kijk of Adalia achter ons aan is gelopen, maar zie alleen Inez en de jongetjes in de kamer.

'Adalia lijkt op de andere meisjes in de videofilms, maar dan ouder. Misschien is er nog een zusje.'

Ik heb geen zeggenschap over mijn hand, die naar de deurknop reikt. Mike ziet het niet. Hij heeft het te druk met zijn mobieltje uit zijn binnenzak pakken. Mijn hand draait de knop om en mijn benen willen me hier wegdragen. Ik kan vluchten, Eileen Craigs identiteit overnemen. We zouden opnieuw kunnen beginnen in een stad die groot genoeg is, waar Eileen en ik kunnen versmelten en een nieuw leven kunnen opbouwen.

Waar geen mens me nodig heeft of vindt dat ik iemand kan, moet of zou moeten worden die ik niet ben.

Mike houdt het toestel bij zijn oor, maar praat nog tegen mij. 'Laat niemand erin of eruit, maar raak niets aan,' zegt hij. 'Dit is een plaats delict.'

De hond rent de hoek om en Mike bukt zich, tilt hem op en stopt hem mij toe. Dan reikt hij achter me en vergrendelt de deur. Dan ben ik, net als de anderen in dit appartement, opgesloten in deze wereld waaruit geen ontsnappen mogelijk is.

27

De hond rent met tikkende nagels over de houten vloer naar de aardewerken bak, die door Alma wordt gevuld met klodders ontdooide hutspot met rundvlees. Kliekjes van vorige week, zei ze, en de implicatie bleef tussen ons in hangen. Vorige week was alles anders. En nu... ik bied de hond onderdak tot Mike weet of Adalia's pleegouders een huisdier willen.

Ik ben naar Alma's keuken gegaan in de wetenschap dat zij wel eten zou hebben, iets voor Ukkie tot ik tijd had om naar de markt te gaan. Wat ik niet had verwacht, maar had kunnen weten, was dat ze mij ook van een maaltijd zou willen voorzien. Ze heeft me al met een kop Earl Grey aan de keukentafel gezet. Het enige wat erop wijst dat er iets niet in de haak is, is haar kleding; ze heeft dezelfde blauwe wikkeljurk van gisteren aan.

'Linus' broer komt morgen met zijn gezin. Dominee Greene heeft beloofd ze van de luchthaven af te halen.' Alma prikt in de karbonades in de koekenpan en steekt de vork dan in een kleinere pan met aardappels. Het kokende water schuimt over de rand. Het is te veel voor een lunch. 'Ik heb de bedden vanochtend opgemaakt en de gastenbadkamer schoongemaakt. Is alles beneden klaar voor de diensten?'

Ik knik en denk aan de bloemstukken waarmee de rouwkamers zijn overstelpt, zo veel dat er een paar hier moesten worden gezet, in hun – haar – huis. Dominee Greene heeft Alma verteld dat er geruchten boven de gebeden zweven, maar de media hebben nog geen verband gelegd tussen Linus en de zaak van het Lieve Kind. Het is nog maar een kwestie van tijd.

Wanneer de telefoon gaat, schrikt alleen Ukkie.

'Laat het antwoordapparaat maar opnemen,' zegt Alma. De verslaggevers blijven bellen en bij het huis posten, en af en toe kloppen ze aan. We doen niet open. Een moord in Whitman is zo'n zeldzaamheid dat we ervan uit mogen gaan dat ze tot en met de uitvaart zullen blijven, en misschien langer.

'Hoe lang denk je hem te houden?' vraagt Alma met een blik op Ukkie, die de nu lege etensbak met zijn snuit tegen de muur duwt. Ze gooit een reepje bacon in de bak en verkruimelt de rest boven de aardappels.

'Niet zo lang.' Ik vertel haar niet over Ukkies vorige baasje, meneer Kelly, of hoe Adalia smeekte of ze de hond mocht houden en huilde en schopte toen Mike hem mij in de armen duwde, hoe hij haar verzekerde dat het maar voor even was, tot de politie en de instanties haar en haar broers en zusjes ergens hadden ondergebracht. Ik vertel Alma niet hoe Adalia zich toen terugtrok, zich in een cocon van lagen ondoordringbare stilte wikkelde. Alma rouwt om haar eigen verlies en heeft al te veel gehoord over de situatie van Adalia en haar broers en zusje.

'Die arme kinderen,' zegt Alma, die met haar rug naar me toe twee borden pakt. 'Zou het niet fijn zijn als wij hun pleegouders konden worden? Ik heb al die kamers en ik ben nog maar alleen.'

Ze reddert met bestek en servetten terwijl ze praat, zonder ook maar één keer naar mij te kijken. 'Stel je voor. Je zou je spullen hier kunnen zetten, de logeerkamer betrekken, en zij zouden de andere kamers kunnen delen.' Ik betwijfel of ze zich ertoe zou kunnen zetten Eltons kamer leeg te halen.

Ze zet een glas water voor me op tafel, blijft even naast me staan en vervolgt gedreven: 'Ik zou op ze kunnen letten als jij aan het werk bent, fatsoenlijke maaltijden voor ze koken. We zouden samen voor ze kunnen zorgen.'

Ik doe er het zwijgen toe.

Ze draait zich om naar het fornuis, recht haar rug en prakt de aardappels. 'Heeft niemand een woord over het zusje gezegd?'

Hoe verklaar ik de vier catatonische, aan de tv gekluisterde kinderen, Adalia die stommetje speelt en de aanhoudende afwezigheid van Trecie? 'Niets.'

Ik pak mijn kop thee op en terwijl ik slik, bezinken haar woorden; er klopte iets niet aan haar toon, die was te precies en te bedekt.

'Alma?' Ik kijk geconcentreerd naar haar, want ik weet dat haar gebaren me meer kunnen vertellen dan ze me wil onthullen. 'Wist je van Linus en Trecie? Dat ze hier speelde? Al eerder, bedoel ik?'

Haar hand zweeft boven de pan. 'Hij zat onder de pijnstillers, Clara. Zo'n trauma kan een man in de war maken.'

Er gaat een siddering door me heen en ik zet mijn kop terug voordat ik mijn schoot kan verschroeien. 'Die avond toen we haar zochten, toen we allemaal om deze tafel zaten, wist je toen dat Trecie hier in huis was? Linus moet het je hebben verteld.'

Alma strijkt de stamper langs de pan af. Klodders aardappelpuree spatten tegen de tegels achter het fornuis. 'Ik heb het kind nooit gezien.'

Ik buk me om Ukkie aan te lijnen; hij krimpt in elkaar. Ik voel dat de lucht mijn lichaam verlaat en word me bewust van de vrijelijk tollende aarde onder mijn voeten. Bij het opstaan zoek ik houvast aan een stoel. 'Je wist het. Je wist het van Linus, van alles. Waarom heb je me niets verteld?'

Alma draait zich als door een adder gebeten om, met de

stamper nog in haar hand en woedend opgekrulde lippen. Opeens doet ze me aan mijn grootmoeder denken. 'Omdat het tegennatuurlijk was. Omdat je het toch niet zou begrijpen. Je wilt het niet eens proberen.' Haar borst zwoegt.

'Alsjeblieft,' zeg ik, maar mijn stem wordt verzwolgen door de golf van afschuw die in mijn keel opwelt. In plaats daarvan neem ik haar helemaal in me op; ik moet de vrouw zien voor wie ik haar aanzag. Ik moet haar terugvinden. 'Alma, vertel het me.'

'Ze zouden mijn man gestoord hebben genoemd, hem hebben opgenomen, en dat stond ik niet toe. Hij was, is niet gestoord. Hij was een man van God die de wereld anders zag. Dat weet jij ook. Je weet dat Linus een goed mens was.' Ze beeft over haar hele lichaam en de stamper schudt in haar geheven hand. Ik kijk haar diep in de ogen, maar die zijn verhuld alsof er donderwolken langstrekken.

'Tegennatuurlijk? Wat bedoel je?' Het hondje kermt in mijn armen.

'Houd er nou maar over op, Clara. Het is uit met die flauwekul. Je hebt Trecie zelf gezien, waar ze vandaan komt, wat ze hier heeft gedaan. Sluit je ogen niet voor wat er vlak onder je neus gebeurt.'

Ze kan de tranen niet meer terugdringen, maar ik ben er te ziek voor. Ik ren door de gang, te hard aan de riem trekkend. Ik hoor de hond jankend van de laatste traptreden tuimelen. Dan zijn we eindelijk buiten. Ik hoor Alma boven het keukenraam openzetten en dan roept ze met overslaande stem: 'Linus is een goed mens!'

Ik haast me over het parkeerterrein naar mijn huisje, Ukkie met me meesleurend tot ik gedwongen ben hem op te tillen. Ik weet dat Alma niet achter me aankomt, maar haar aanwezigheid smoort me. Ik zwaai de terrasdeur open, sla hem achter me dicht en draai me om om de grendel ervoor te schuiven. Ik schrik net zo hevig als Ukkie wanneer mijn mobieltje diep in mijn zak overgaat.

Het is Mike. 'Hoe is het met het hondje?'

Het beestje drukt zich trillend tegen me aan en ik vraag me af hoe het heeft geleefd, van hoeveel trauma's het getuige is geweest, hoeveel gruwelen het zou kunnen beschrijven. Ik stop hem onder mijn kin en wend me niet af als hij aan mijn oor likt. 'Goed. Hebben jullie al iets over Trecie gehoord?'

'Nee.' Het woord heeft zo veel gewicht dat het klinkt alsof elke dag tien jaar van zijn leven is geweest. 'Adalia zit nu bij Kate met een psychiater van het McLean Ziekenhuis, maar ze is helemaal dichtgeklapt.'

Ik blijf Alma's gezicht voor me zien en haar woorden horen, maar ik voer het gesprek op de automatische piloot. Als ik aan de omstandigheden denk, die te verschrikkelijk zijn om ten volle te beseffen, zal ik wegglippen en voorgoed verdwijnen. 'En Inez en de jongens?'

Mike zucht. 'Ik heb van de psychiater begrepen dat ze zo lang in een isolement hebben gezeten dat ze hun eigen taal hebben ontwikkeld. Ze hebben wel iets van de tv opgestoken, maar ze kunnen geen echt gesprek voeren met buitenstaanders.'

Er valt een stilte waarin ik op iets wacht, op hoop die uit de as oprijst, maar Mike zegt: 'Ik zat te denken dat ik na mijn werk naar je toe kon komen; dan haal ik wel iets te eten.'

Maar voor mij is het te laat. Alles is te laat gekomen. 'Nee, doe maar niet. Ik moet Alma helpen met de voorbereidingen voor de wake.'

'O, oké. Morgen, misschien.'

Ik moet niet aan morgen denken. 'Tot ziens, Mike.'

Ik verbreek de verbinding en zet het hondje neer. Het kruipt in een hoekje van de keuken weg, kijkt me ongelukkig en onzeker aan en poept dan op de vloer.

Terwijl het daarmee bezig is, loop ik de gang in en wroet achter in de linnenkast. Daar, tussen de handdoeken en de zeep, bewaar ik mijn koffers. Ik pak de drie goedkope, zwarte koffers en tast naar de Amtrak-etiketten die nog om de handvatten zitten. Dit is het enige aandenken dat ik heb aan mijn leven in Slatersville. Ik voel aan de labels, lees de verschoten letters, kijk naar de nog leesbare datum en denk aan een leven dat ik daar dacht te kunnen achterlaten.

Het is tijd om nu eens opnieuw te beginnen in een stad, of misschien op een boerderij in het westen, en daar te werken met de mensen die heen en weer zweven tussen deze wereld en een andere achter de grens. We zullen niet dezelfde taal spreken, er zal niet de verwachting zijn dat ik mijn leven of mijn wezen met hen deel. Ik kan een huisje bij de boomgaarden huren, een eigen plek waar alleen prairiehonden en haviken me gezelschap houden. Het is tijd om weer alleen te zijn. Deze keer wil ik het. Een laatste wake, dat ben ik Linus verschuldigd, en dan trek ik verder, vernieuwd.

Alsof zoiets mogelijk zou zijn.

28

Adalia's pleegouders wonen in een keurige splitlevelwoning met bruine dakspanen en donkerrode luiken. Aan de voordeur hangt een kerstkrans met een rode strik. Een toefje plastic hulstbessen is zwierig tussen het groen gestoken. Als ik met Ukkie in mijn armen over het met zout bestrooide betonnen pad loop, zwaait een kolossale, vrolijke sneeuwpop met een snoer dat begraven ligt onder een laag sneeuw naar ons. De wind steekt op en Ukkie kermt en begraaft zich dieper in mijn jas.

Door het boograam zie ik Mike en een vrouw naast een met veelkleurige lichtjes versierde kerstboom staan praten. De vrouw is mollig en blond en heeft een rode trui met bonte motiefjes aan. Ik vermoed dat als ik dichter bij kom, die kleurige vlekken een kerstboom met een overvloed aan met echte strikken dichtgebonden cadeautjes eronder zullen blijken voor te stellen. Voordat ik kan aanbellen, krijgt de vrouw me in het oog.

'Kom binnen, kom erin!' Ze is niet knap. Ze heeft rode, bolle wangen en haar ogen, die worden vergroot door een bril met dikke glazen, staan onzeker. Hoewel ze kloofjes in haar lippen heeft van de kou, glimlacht ze warm naar me. Ze ruikt naar talkpoeder en bleekmiddel. Ik veeg mijn voeten achter de deur en zie Mike een verdieping hoger over de smeedijzeren balustrade van de trap kijken.

'Ik zie dat je het hondje bij je hebt,' zegt de vrouw. Ze wil het tegen mijn borst gedrukte diertje aaien, maar ik wend me af.

Haar glimlach hapert even. 'Ik ben Janey Conyers. Ik ben Adalia's pleegmoeder, althans voorlopig.' Ze gebaart naar de woonkamer boven. 'Je kent rechercheur Sullivan al?'

Ik ga haar voor de trap op en blijf tegenover Mike staan. In de nette woonkamer staan een blauwe tweezits- en driezitsbank tegenover de stenen schouw en de kerstboom voor het raam. De aangrenzende eetkamer is eenvoudig ingericht, met blauw-geel geblokt behang en bijpassende gordijnkappen. Ukkie laat zijn kopje zien als Mike zijn hand uitsteekt om hem te aaien.

'Hé, fijn dat je zo snel kon komen.'

Ik druk de hond tegen me aan, die met zijn kop tegen mijn kraag kroelt. Ik was niet verbaasd toen hij vannacht op mijn bed sprong om tegen me aan te slapen. Ik heb hem telkens opnieuw op de vloer gezet.

Mike aait het hondje over zijn rug, waarbij zijn vingers langs mijn blouse strijken. Ik ga zo staan dat hij er niet meer bij kan. 'Hoe is het met haar?' vraag ik.

Mike wil iets zeggen, maar de vrouw is hem voor. 'Het arme schaap; sinds ze hier gisteravond is aangekomen, heeft ze nog geen woord gezegd en geen hap gegeten. Mijn man en ik proberen voor elkaar te krijgen dat we haar broertjes en zusje ook mogen opvangen. De kinderbescherming heeft het ons in het verleden ook wel eens laten doen. Mijn man is nu cadeautjes voor de kleintjes aan het kopen. Het is een zegen dat de winkels nog twee dagen open zijn.'

Ik neem geen notitie van de vrouw en haar montere optimisme. 'Heeft ze iets over Trecie gezegd?'

Mike schudt zijn hoofd. 'We zullen moeten wachten tot haar

moeder is bijgekomen uit haar roes. We hebben haar vanochtend in een verlaten fabriek aan Main Street gevonden.'

'O, mijn hemel,' zegt Janey. Ze trekt haar kersttrui over haar dijen. 'Wat die arme kinderen te verduren hebben gehad. Kon ik haar maar iets laten eten.' Ze werpt een spijtige blik op de gang naar de slaapkamers.

Mike knikt naar de vrouw. Zijn bleke gezicht staat afgetobd, maar wanneer hij zich tot mij wendt, is er nog iets, iets wat ik nog niet eerder heb gezien: een glimlach voor mij. Kon ik het gebaar maar beantwoorden. In gedachten zie ik hem weer door mijn kas sluipen, met zijn wapen op mij gericht, en wat erop volgde. Ik zal vandaag en morgen doen wat ik kan om Trecie te vinden, om Linus door zijn wake te helpen, want dat ben ik ze verplicht, maar daarna ben ik weg.

'Wanneer zou de moeder kunnen praten?' De hond zucht in mijn armen en duwt zijn snuit dieper onder mijn arm.

'Bloedonderzoek heeft uitgewezen dat ze heroïne en meth in haar lichaam heeft, dus het zal nog wel een paar uur duren voordat ze samenhangende antwoorden op vragen kan geven. Ze is een bekende van de politie; we hebben haar een jaar of vier geleden opgepakt wegens drugsbezit en prostitutie. Daarna hebben we haar niet meer gezien. Buren hebben verteld dat ze de kinderen dagen achter elkaar alleen liet.'

'O, hemel,' zegt Janey. Ze likt langs haar lippen en vraagt dan aan Mike: 'Wat dacht je van pannenkoeken? Zou ze een pannenkoek lusten?'

Mike legt een hand op haar arm. 'Ik denk dat ze dat heerlijk zou vinden.'

'En ik heb hamburgers,' zegt Janey. 'Ik wilde ze voor kerstochtend bewaren, maar we hebben deze ochtend veel om dankbaar voor te zijn, hè? Ik ben zo terug.' Janey zet koers naar de keuken, elk sprankje hoop met zich meenemend.

'De moeder gaat niet praten, hè?' zeg ik tegen Mike.

Hij kijkt naar buiten om mij niet te hoeven zien. 'Over een paar uur is ze weer bij.'

'Mike.'

De groef in zijn voorhoofd zegt genoeg. 'We doen ons best.' Hij kijkt me weer aan. 'Maak je geen zorgen, we komen er wel achter hoe het zit.'

'Heb je Ryan naar de hond gevraagd?'

'Hij zei dat hij hem nadat we bij Charlie waren geweest naar het asiel in Brockton heeft gebracht. Ik heb hem er gisteren heen gestuurd en de directeur heeft hem verteld dat ze de hond na ongeveer een week hadden afgemaakt. De naam schijnt toeval te zijn. Geen verrassing, eigenlijk.'

'En Jorge? Heeft hij Victor de politieman al gevonden?'

Mike steekt zijn hand naar me uit, maar ik doe een stap achteruit. 'Clara, we doen alles wat we kunnen. We zullen Trecie vinden.'

Ik klem de hond tegen me aan, die aan mijn arm krabt tot ik mijn greep laat verslappen. 'Ik wil haar spreken. Ik wil Adalia spreken.'

'Clara, waarom neem je geen rust? Je hebt een zware week gehad, laat ons ons werk maar doen. Zal ik naar je toe komen?'

'Tegen mij praat ze wel.'

Hij slaat zijn armen over elkaar en kijkt me aan. 'Ik moet erover nadenken.'

Ik aarzel, maar het kan niet anders. Ik knik en we lopen samen de smalle gang in. Mike klopt op de laatste deur en draait de knop om. Adalia zit met haar benen onder zich en haar rug naar ons toe op het bed. Als haar leven niet zo totaal aan scherven lag, zou ik me kunnen voorstellen dat ze gelukkig was in deze kamer. Hij is klein, maar er staat een bed met een wit frame en een vrolijke sprei in pasteltinten met een bijpassend tafeltje en een bureau en aan de wand hangt een poster van een boomtak waaraan een jong poesje bungelt met de woorden *Hou vol!* eronder.

Adalia verroert zich niet. Ze heeft klitten in haar haar, maar ze heeft wel nieuwe kleren aan, een blauw joggingpak. Ik vermoed dat een douche te traumatisch was geweest, gezien de afgelopen vierentwintig uur.

Mike gebaart naar me en ik ga naast haar staan. Ze geeft alleen een teken van leven als ze Ukkie ziet, al weet ik niet of ik woede of wanhoop over haar gezicht zie trekken. Als de hond haar ziet, begint hij te spartelen. Ik omklem hem met mijn vingers tot hij geen kans meer heeft om zich te bevrijden.

'Hallo, Adalia. Ken je me nog?'

Er is geen vergissing mogelijk: haar neusgaten zetten uit.

'Houd je van katten?' Ik wijs naar de poster, leg mijn hand weer op Ukkies kop en streel zijn fluweelzachte oren. 'Of ben je meer een hondenmens?'

Ze plukt aan een naad van de sprei en trekt de draad los.

'Ik houd van honden,' zeg ik. 'Vroeger wilde ik altijd een kat hebben, maar nu vind ik honden leuker.'

Ze heft haar hoofd met een ruk op en kijkt van Ukkie naar mij. Ik zie Mike aan de andere kant van de kamer zijn gewicht van de ene voet naar de andere verplaatsen. Ik slik het braaksel door dat in mijn keel opwelt.

'Ukkie is gek op knuffelen. Hij heeft vannacht bij me geslapen, weet je. Ik denk dat hij het wel fijn vindt bij mij.'

Adalia's ogen schieten vol. Het duurt even voordat ik weer kan praten.

'Waar is Trecie?'

Ze kijkt me aan. De tranen biggelen over haar wangen, haar onderlip trilt en dan schokt haar lichaam.

'Clara, zo is het wel genoeg.' Mike is hier te zwak voor, dus moet ik het doen.

'Als je je hond terug wilt, moet je me vertellen waar Trecie is.'

Mike posteert zich tussen mij en Adalia, die in snikken is uitgebarsten. Elke jammerklacht snijdt door het laatste beetje leven dat ik nog in me heb. Hij wijst naar de deur en fluistert schor: 'Eruit!'

'Kom maar, Ukkie.' Ik loop naar de deur, maar Adalia springt van het bed.

'Hij heeft haar meegenomen!'

'Wanneer?' vraag ik met mijn hand om de kop van de hond, die jankt onder mijn aanraking.

Adalia ploft huilend op het bed en trekt haar benen op. Ze pulkt met een hand aan haar oor en zuigt op de duim van de andere. Mike gaat naast haar zitten en fluistert telkens opnieuw 'het is goed, het is goed', maar dat is het niet en dat wordt het ook nooit. Wanneer hij me aankijkt, wend ik mijn blik niet af.

'Hij heeft haar heel hard geslagen en toen heeft hij haar meegenomen, ik weet niet waarheen,' zegt Adalia.

'Lieverd,' zegt Mike, 'heb je het over Victor?' Ze kan alleen maar knikken.

Hij strijkt het haar uit haar gezicht. 'Wanneer was dat?'

Adalia geeft geen antwoord. Haar ogen worden weer glazig, net als gisteren. Ze tuit haar lippen om haar duim en sabbelt luidruchtig. Haar vingers hebben de aanhechting van haar oorlelletje al opengekrabd. Ik kniel bij haar en sla mijn jas open. Ukkie springt uit mijn armen op het bed en likt de tranen van Adalia's wangen. Dan laat ze haar oor eindelijk los en legt haar hand slap op de hond, die naast haar kruipt, met zijn snuit vlak onder haar kin.

Ik loop de kamer uit en als ik zijn voetstappen achter me hoor, moet ik vechten tegen de aandrang om te vluchten. Ik haal de gang nog voordat hij mijn arm pakt, me omdraait en me tegen de muur smakt.

'Wat moest dat voorstellen?' Ik kijk naar beneden, niet in staat de teleurstelling die ik nu al in zijn stem hoor onder ogen te zien. Ik probeer ook niet te ademen, zijn geur niet te ruiken.

'Informatie.'

'Begrijp je niet wat dat meisje heeft doorgemaakt? Hoe kun je haar zo intimideren? Wat mankeert jou in godsnaam?'

Ik schud mijn arm los en maak de voordeur open. Windvlagen laten mijn jas opwaaien en losse lokken uit mijn paardenstaart zwiepen. De wind bijt vooral aan de vochtige wonden op mijn schedel. Allemaal vers.

'Ik heb gedaan wat nodig was om Trecie te vinden.'

Mike pakt mijn schouders om me te dwingen hem aan te kijken. 'Tegen welke prijs? Dat meisje is kwetsbaar. Zij heeft ook hulp nodig.'

Ik stap achteruit de stoep op. 'Je kunt haar niet helpen. Ze is geknakt. Net als jij. Net als ik.'

'Clara, ga naar huis. Laat dit aan de politie over.'

'Jij denkt dat je alles in orde kunt maken, Mike, maar dat kun je niet. Denk je dat jouw gewroet in dingen, het lostrekken van al het slechte, ook maar iets uithaalt? Het gaat niet weg, het is er altijd; de littekens blijven altijd.'

Hij loopt niet achter me aan wanneer ik door de tuin loop, verse voetstappen in de sneeuw zettend, maar ik voel hem kijken. Voordat ik in de auto kan glijden, roept mevrouw Conyers naar me: 'Clara, de pannenkoeken zijn klaar! Blijf je niet ontbijten?'

29

Ik heb uren rondgereden. Wanneer ik ten slotte het parkeerterrein achter het uitvaartcentrum oprijd, word ik even verblind door de zon die zijn laatste stralen in de middaglucht werpt. Ik zie zijn auto niet meteen, maar dan komt dominee Greene zelf in beeld. Hij maakt zijn kofferbak open, gadegeslagen door Matthew, de broer van Linus.

'Hallo, Clara.'

Ik was vergeten hoe erg Matthew en Linus op elkaar lijken, met hetzelfde forse postuur en dezelfde grote bruine ogen. Matthew is vijf jaar jonger, maar heeft niet de vitaliteit, de oprechte verwondering die Linus uitstraalde, de argeloosheid waarmee hij naar de wereld en de mensen erin keek. Dat dacht ik tenminste.

'Matthew.' Ik knik, nog niet voorbereid op de ontmoeting. Het moet hem pijn doen in de spiegel te kijken, elke keer zijn gemis terug te zien. 'Ik vind het heel erg van je broer.'

'Dank je, Clara.' Hij zet zijn koffer op de bevroren grond en neemt mijn hand in zijn beide handen, net zoals Linus altijd deed. 'Ik weet dat het voor jou ook moeilijk is. Je was als een dochter voor hem.'

Dominee Greene staat vlak achter Matthew, met zijn handen vol bagage en zijn gezicht vol medelijden. Ik vraag me af wat de god van de dominee zou zeggen over een man die week in, week uit zijn kudde vanaf de kansel opriep luid en fier het kwaad te benoemen terwijl hij, toen hij er zelf mee werd geconfronteerd, niet verder kwam dan er vanuit de schaduw over te fluisteren.

'Alma is een van haar maaltijden aan het bereiden,' zegt Matthew. 'Frieda en de kinderen zijn binnen, ze willen je dolgraag zien. Ik hoop dat je met ons mee-eet.'

'Ik moet de uitvaart regelen. De wake is over twee dagen,' zeg ik terwijl ik mijn jas om me heen trek tegen de wind.

Dominee Green stapt naar voren. 'Matthew, als jij nu eens naar boven ging? Dan kom ik de rest zo brengen.'

Zodra Matthew buiten gehoorsafstand is, begint dominee Greene te praten. Hij wil mijn hand pakken.

Ik duik weg. 'Niet doen.'

Hij trekt zijn hand terug en knikt. 'Clara, Alma heeft me verteld wat er is gebeurd.'

'Ik moet weg.' Twee dagen nog maar, dan ben ik van die mensen bevrijd.

Terwijl ik naar mijn huis loop, roept dominee Greene: 'Je begrijpt het niet. Linus hielp dat meisje.'

Het is te veel. Ik denk aan juffrouw Talbot, hoe ze keek als ze zag dat de jongens me tegen de boekenplanken vastpinden; haar complete, volmaakte stilte. Wat snakte ik ernaar haar kreet te horen. Ik keer me om. 'Hij hielp? Hoe dan? Door de politie en mij voor te liegen? Door een klein meisje bij dat monster in die hel te laten blijven? En u bent geen haar beter.'

Dominee Greene kijkt me ongelovig aan. 'Zo was het niet, dat weet je best!'

De wind bevriest het zweet op mijn voorhoofd, maar ik ben te verhit om het koud te krijgen. 'Ik heb Trecie gesproken, die kamer gezien.' Mijn stem stokt, ik wil de rest niet zeggen. 'Alma zei dat het tegennatuurlijk was.'

Dominee Greene staart me met open mond en nog grotere ogen aan. 'God zij je ziel genadig, denk je dat echt?'

Ik voel mijn huis aan me trekken, mijn tuin. Ik zou weg moeten lopen, maar de drang om voet bij stuk te houden is sterker, voor mezelf, voor Trecie en het Lieve Kind, voor alle kinderen die nooit genoeg liefde hebben gekregen. 'Ik weet niet wat ik moet denken.'

Hij doet een stap naar me toe en reikt naar mijn schouder, maar ik duw zijn hand weg. Toch probeert hij het. 'Telkens als dat meisje naar hem toe kwam en hem iets nieuws vertelde, liet hij het me meteen weten, zodat ik het aan Mike kon doorgeven. Linus wist niet alles, Clara, ze vertelde hem elke keer maar een beetje.'

'Waarom kon Linus Mike niet gewoon zelf bellen? Waarom heeft hij mij niets verteld?'

'Het lag gecompliceerd, Clara. Je begrijpt het niet.'

Ik wil weglopen, maar hij gaat door.

'Heb je je nooit afgevraagd waarom ze het niet aan jóú vertelde?'

Zijn woorden stompen de lucht uit mijn longen. Nu moet ik de confrontatie wel aangaan. 'Wat?'

Zijn glimlach doet treurig en verpletterd aan. 'Nou? Ze zei tegen Linus dat jij haar niet geloofde.'

Ik klem mijn kaken op elkaar, knipper niet met mijn ogen, knijp in mijn handpalm; alles om maar niet te hoeven huilen. 'Ze heeft me wel dingen verteld.'

'Heeft ze je ook verteld dat ze haar zusje wilde redden, de kleinste?'

Ik denk aan het jongste meisje, Inez, en dat Adalia haar ook wilde beschermen. Toen Mike en ik bij haar thuis waren, zei Adalia met klem: 'Inez blijft hier.'

'Dat wist je niet, hè?' zegt dominee Greene.

Mijn huis roept me. Ik moet mijn tuin water geven, zaden

verzamelen om mee te nemen naar mijn volgende leven. 'Ik weet genoeg.'

'Nee, dat weet je niet.' Hij lacht. Het klinkt zacht en melancholiek. 'Je moet vertrouwen hebben, Clara.'

Hij kijkt me met schitterende ogen aan. Ik schud mijn hoofd en stap achteruit.

'Kijk in je hart, Clara, heb vertrouwen; als je niet gelooft in iets wat groter is dan jezelf, geloof dan in Linus. Vertrouw op Linus.'

Dan zwijgt hij eindelijk en loopt prevelend terug naar de koffers. Hij pakt ze op en begint te zingen, laag en zacht, een kerkelijk gezang. Hij opent zonder om te kijken de deur naar Alma, maar toch hoor ik hem zingen: '... *was blind, but now I see...*'

30

De bijna volle maan verlicht schaduwen die de lantaarns langs Washington Street nooit bereiken. Ik loop onder Alma's raam door en zie haar in de keuken. Haar mond beweegt en ze wast met een geanimeerd gezicht iets af in de spoelbak. Wanneer ze niet meer tegen de mensen achter haar praat (meer familie en vrienden van buiten de stad), zie ik dat ze het masker dat ze ter wille van hen heeft opgezet laat zakken, en even leef ik in haar verdriet, maar mijn benen blijven me vooruit sturen, naar de straat. Een paar meter verderop aan de overkant is Begraafplaats Colebrook. Ik moet kijken of het graf klaar is om met Linus' kist te worden gevuld. Dat gebeurt natuurlijk pas na de feestdagen; als het weer niet al de ongenadig is, wordt hij op 26 december ter ruste gelegd. Ik blijf voor de wake op kerstavond, waar de hele stad zich ongetwijfeld zal laten zien, maar ik ben vóór de begrafenis weg. Mijn trein vertrekt op eerste kerstdag, overmorgen al. Ik voel de kou door mijn laarzen snijden en grijp die gelegenheid aan om na te denken over wat er voor me in het verschiet ligt: aanhoudende warmte, de vrijheid om buiten te werken, een volkomen nieuwe categorie flora. En de belofte van rust, natuurlijk. Ik zal dit leven met al zijn verraad vergeten zoals ik het vorige ben vergeten.

Het enige geluid rondom de doden komt van de wind die

door de uitgestrekte takken van een gespleten eik fluit. Linus' plek (lang geleden gekocht, naast die van Alma) is niet ver van de straat. De grafdelvers hadden het fatsoen de graafmachine uit het zicht te zetten en ze hebben zelfs de bergen uitgegraven aarde in de afvalwagen geladen en beide achter de gereedschapsschuur geparkeerd. Linus was blijkbaar alom geliefd.

Het is tijd om te gaan; het is allemaal zoals het hoort. Maar eerst moet ik nog afscheid van iemand nemen. Het is zo gebeurd. Ik heb de terracotta pot met jonge margrieten bij me. Ik weet wel dat ze voor de ochtend dood zullen zijn, maar wanneer ik ze voor het laatst zie, leven ze nog. Iets zal leven.

Ik heb het licht van de maan niet nodig; ik zou er in mijn slaap naartoe kunnen lopen. In het begin kwamen er veel mensen op bezoek. Ze legden teddyberen en mutsjes neer, kaarten en foto's van hun uitstapjes naar Disney World, alsof het Lieve Kind hun herinneringen aan zo'n vrolijk oord kon delen. Hun belangstelling nam snel af, evenals die van de media. Alsof om haar rouwen een kortstondige rage was. Het laatste wat er is neergelegd, te veel maanden geleden om nog te tellen, was een pluchen kat met een gele vacht en groene knikkerogen. Hij zag eruit alsof er veel van hem was gehouden.

Ik had nooit naar Mike moeten luisteren, me er nooit mee moeten bemoeien. Ik heb haar drie jaar geleden begraven. Destijds, toen ze nog een vreemde was en ik geen besef had van haar leven, was het niet moeilijk voor me haar dood te aanvaarden, maar nu weet ik te veel. Nu is het alsof ze via Trecie naar me reikt, me smeekt haar te helpen, maar ik heb haar in de steek gelaten. En Trecie. Wij allemaal. Was het Lieve Kind maar weer dood. Dat gaf een zekere rust.

Als ik tot op een paar meter ben genaderd, zie ik hem. Hij staat over het graf van het Lieve Kind gebogen en richt de bundel van zijn zaklamp op een kerstboompje in een pot die in de sneeuw is geplant. Een van de glazen ballen hangt scheef en hij duwt hem terug aan het takje. Als ik langs de plek kom waar zijn vrouw en kind begraven liggen, beschijnt de maan daar ook een kerstboompje. Onder de miniatuurtakken is een pakje met rode en groene linten eromheen weggestopt.

Ik denk dat ik geen geluid heb gemaakt, maar Mike bespeurt mijn aanwezigheid. Zonder zich om te draaien zegt hij: 'Denk je dat ze het weten? Denk je dat een van hen het kan zien en weten?'

Ja, natuurlijk, wil ik zeggen, *ze zullen het prachtig vinden*. Ik wil het wel, maar ik kan het niet.

Mike recht zijn rug en knipt zijn zaklamp uit. De schaduwen nemen hun plaats weer in en ik wacht tot mijn ogen zich aan het maanlicht hebben aangepast voordat ik een volgende stap zet. Ik vraag me af hoe lang hij hier al is, hoe lang hij al wist dat ik op weg was naar deze plek. Een halte op mijn reis bij hem vandaan.

'Ik zat naar de foto's te kijken die we uit de videofilms hebben gehaald en het klopt niet, weet je?' zegt Mike, die als aan de grond genageld naar de zerk van het Lieve Kind kijkt, *blooming – tripping – flowing*. 'De meeste foto's zijn van Trecie, en we denken dat dat andere meisje Adalia is, toch?' Zijn stem klinkt hol, alsof hij in trance is, heel ver weg van hier.

Ik loop met voorzichtige passen naar haar graf. De pot weegt zwaar in mijn handen, mijn armspieren bonzen en mijn handen hunkeren naar mijn wollen zakken. Ik kniel met mijn hoofd naast Mikes benen en zet de pot naast het kerstboompje. De kluit margrieten lijkt opeens levenloos naast het vrolijke groen.

'Maar ik heb ernaar gekeken, en ik heb Adalia zelf gezien, en toen drong het tot me door dat er nóg een meisje moet zijn. Adalia is negen, de meisjes op de foto's en in de videofilms lijken niet ouder dan zes of zeven. Inez is er niet bij, die heeft die moedervlek op haar gezicht, maar ze lijken alle drie sprekend op elkaar. Dat heb je toch gezegd? Dat je dacht dat Trecie een jaar of zeven was?'

Ik ga staan en probeer mijn evenwicht te bewaren op de onder mijn grond deinende voeten. Alsjeblieft, niet nog een. 'Ja.'

'En Linus,' vervolgt Mike met zijn blik strak op de zerk gericht, 'heeft in een van zijn anonieme telefoontjes gezegd dat het Lieve Kind ermee te maken had, dat ze in de videofilms voorkwam.'

'Ja.' Mijn handen willen de troost van mijn zakken zoeken, maar zijn op de een of andere manier verlamd.

'Maar de leeftijden kloppen niet. De patholoog-anatoom heeft vastgesteld dat het Lieve Kind ongeveer zes was toen ze werd vermoord, dus óf we hebben een groter probleem, waar meer meisjes bij betrokken zijn, óf Linus had het mis...'

'Hou op, Mike.' Ik kan het niet meer aan. Ik kan niet in de levens van anderen leven.

'... of het meisje in de videofilm is Trecie niet. Er klopt gewoon iets niet.'

Hij pakt mijn armen en knijpt er te hard in, met een verwrongen gezicht van het piekeren; in gedachten is hij nog steeds elders. 'Loop met me mee naar mijn auto. Ik heb foto's bij me.'

'Ik kan het niet opbrengen.'

'Toe, één keertje nog. Erewoord.'

Hij moet de huivering voelen die door mijn lichaam trekt, want zijn ogen zijn op slag weer in het heden. Zijn gezicht en handen ontspannen zich en hij omvat mijn wangen met zijn handen. 'Ik weet het, ik weet het.'

Pas wanneer zijn duim langs mijn jukbeen glijdt en de welving daar streelt, zwicht ik. Het is het laatste wat ik doe voordat ik rust neem. Eén foto nog. Ik knik en hij laat me los.

Ik kan hem moeilijk bijhouden, met zijn lange benen en doelbewuste tred. Als we eindelijk bij de groene Crown Vic aankomen, ben ik buiten adem. Hij maakt de kofferbak open en rommelt in die kartonnen doos die me zo veel angst is gaan inboezemen.

'Ik heb er een paar laten vergroten om te zien of we een litteken konden vinden, een moedervlek, wat dan ook van die vent, maar we hebben alleen zijn hand en een stuk van zijn onderarm.' Mikes stem klinkt niet mat, zoals ik heb leren verwachten, maar rad en springerig, opgewekt door de een of andere vonk.

Hij pakt een paar foto's uit de stapel en geeft ze aan mij. Ze zijn korrelig en onscherp in het halfdonker, maar ik kan Trecie nog altijd in het oudste meisje herkennen. 'Ze is het.'

Dan richt Mike zijn zaklamp op de foto's en kan ik ze beter zien. De beide meisjes, ja, Trecie en een jongere versie van Adalia. Er is dus nog een zusje, nog een slachtoffer. Dan zie ik de hand van de man. De gescheurde nagels, de ontstoken nagelriemen, de minuscule littekentjes rond de middelvinger. De hand is ivoorwit, met gespreide vingers, en ik denk aan die keer toen ik een man kippenvleugels zag eten.

Mijn knieën knikken en de foto's dwarrelen naar de grond. Mike vangt me meteen op. Hij loodst me naar de passagierskant van de auto, opent het portier en tilt me met een vloeiende beweging op de stoel. Dan knielt hij naast me. 'Het spijt me. Ik heb je genoeg laten doorstaan.'

Nee, wil ik zeggen, maar mijn adem is weg, gesmoord en sliertig. Hij wrijft over mijn rug en stelt me gerust: 'Het is goed.' Ik had niet gedacht dat die woorden, de kracht van zijn hand op mijn rug, zo veel troost zouden bieden. 'Hij is het,' pers ik eruit.

Mikes hand verslapt. 'Hè?'

'Die hand. Kijk dan naar de nagels, hij is het.'

Afgezien van de wind is het enige geluid mijn geklappertand. Mike, die weer in trance is en naar de foto's kijkt, hoort het niet. Dan schrik ik van het geluid van zijn stem.

'Vic-to-rie.' Hij zegt het langgerekt, gedempt fluisterend.

Hij reikt langs me heen, met zijn lichaam tegen het mijne geleund, tastend naar iets aan de bestuurderskant. Onder de kou is Mikes geur, en een fractie van een seconde leg ik mijn wang op zijn schouder. Wanneer hij zich opricht, zie ik zijn mobieltje in zijn hand.

'Hé, Andrew, zit je aan de balie?'

Ik hoor vaag een stem aan de andere kant, maar meer ook niet.

'Kun je een alarmmelding voor me natrekken? Een jaar of vier geleden.'

Stilte.

'Een melding van huiselijk geweld, denk ik. Aan Clarendon Street 452.'

Mike knikt. 'Ja, klopt. Vanity Faire. Appartement 316.'

De tijd lijkt tot stilstand te komen terwijl hij wacht tot Andrew met zijn computer de stemmen uit het verleden heeft opgeroepen. Zijn ogen laten de foto niet los.

'Heb je het gevonden?' Zijn vrije hand vindt de plek vlak boven mijn knie en knijpt erin. 'Wie is er op die melding afgegaan?'

Zijn ogen zoeken de mijne, maar ik weet al wat hij gaat zeggen. 'Ryan.'

31

Het is bijna middernacht en twee dagen na de winterzonnewende, de langste nacht van het jaar. Het is de avond voor kerstavond, de avond voor Linus' wake. In de dagen van weleer was dit de tijd om de vernieuwing van het leven en de hoop te vieren. Als ik de energie kon opbrengen, zou ik mijn vertrek misschien zien als een soort wedergeboorte, een nieuw leven, maar eerst moet ik het oude loslaten.

Mikes huis is net als de andere in deze zijstraat, een witte bungalow tussen de blauwe en grijze. Zijn huis is het enige zonder kerstverlichting of zelfs maar een simpele krans aan de voordeur. Als Mike niet werd omlijst door het erkerraam van de woonkamer, met het licht van een enkele staande lamp in zijn rug, zou je kunnen denken dat het huis leegstond.

Ik wilde er alleen even langsrijden, een laatste, woordeloos afscheid voor mijn vertrek. Toen ik zag dat de enige straatlantaarn tegenover zijn huis het niet deed en er geen andere te bekennen was, dacht ik dat ik hier veilig een paar minuten kon parkeren. Ook al ziet hij de lijkwagen niet in het donker, een van de buren zou hem kunnen opmerken en Mike kunnen bellen om te vragen wie er is overleden in de straat.

Hij telefoneert, met een schijnbaar vergeten pak melk in zijn vrije hand. Achter hem, boven de schouw, hangt een foto. Ik stel me zo voor dat Jenny en hij erop staan, met hun baby veilig in haar baarmoeder. Een familieportret. Een televisie flakkert blauwig in een aan het oog onttrokken hoek en de bovenkant van een stoel en een tweezitsbankje zijn net zichtbaar: plek genoeg voor drie.

Hij loopt naar de andere kant van de kamer, draait zich op zijn hakken om en loopt terug. Wanneer het zijn beurt is om iets te zeggen, blijft hij staan. Hij heft zijn hand boven zijn hoofd, lijkt in de telefoon te schreeuwen, schudt met het pak en gooit het dan tegen een muur die ik niet kan zien; ik zie alleen de donkere spatten die in een hoek naar beneden druipen. Mike staat nu recht voor het raam, met zijn voorhoofd tegen een rechthoekig ruitje en de telefoon nog tegen zijn oor gedrukt. Hij zal wel denken dat hij alleen is in het donker of, zoals zo veel mensen die een geliefde hebben verloren, dat hij onzichtbaar is.

Maar ik zie hem. Ik heb hem altijd gezien. Er zijn misschien zelfs dagen geweest dat ik dacht diep in zijn binnenste te kunnen kijken. Tot gisteravond had ik nooit verwacht dat hij mij ook zou zien.

Ik kijk voorbij Mike en probeer me voor te stellen hoe zijn leven eruitzag toen er nog leven in het huis was. Hoe het moet hebben geroken toen Jenny er nog was om zijn maaltijden te bereiden, met hun toekomst in haar buik, en daarna de geur van moedermelk en fris wasgoed, als het leven goedgunstig was geweest en hun kind geboren had mogen worden. Hoe hun leven dan was geweest. Zijn hele wezen zou vervuld zijn geweest van gelach, het aanzwellen van kindergehuil in de nacht, het gemurmel van zijn vrijpartijen met Jenny. Ik vraag me af of hij tegen haar fluisterde, tedere nonsenswoordjes, of dat ze een hartstochtelijke verhouding hadden die nooit verzandde in sleur.

Ik doe mijn ogen dicht en stel me voor hoe de rest van dat

huis eruit kan hebben gezien: een gele keuken met her en der grappige aardewerken haantjes, een kleine werkkamer met net genoeg ruimte voor een bureau en een boekenkast vol ingebonden boeken over waargebeurde misdrijven en een enkele roman van Maeve Binchy; een kinderkamer met donzige roze dekens en een hemelsblauw plafond met opgeschilderde wolkjes die hoog boven een wiegje zweven. Er moeten nog potten en pannen in die keuken te vinden zijn. Als het leven genadig was, kon ik leren ze te vullen met Alma's recepten. De planken in die studeerkamer zouden ruimte kunnen bieden aan mijn vogelgidsen en Woolf. Een lege hoek voor mijn ficus. Als het leven nog goedgunstiger was, zou Trecie daar een veilig onderkomen hebben, samen met Adalia, Inez en hun broertjes – een tweede kans voor ons allemaal. Hoe zou het zijn om dat leven te leiden, om bestendigheid en toewijding te kennen? Om door die deur te lopen en op die bank in zijn armen te vallen? Om naast elkaar te lezen of naar een film te kijken en, als het laat werd, in bed te kruipen, een van onze eigen bedden, en daar onbekommerd bij elkaar te liggen. Er zouden geen kleren zijn, geen woorden, geen terughoudendheid...

Alleen de afgrond van het verleden.

Ik heb niets om die kinderkamer te vullen; er kan geen onschuld meer in me groeien. Ik ben niet genoeg om Mike tot in alle hoeken en gaatjes te vullen zoals Jenny dat deed. Niets kan die kinderen redden. Er is geen plaats voor hen in dat huis. Voor mij. Misschien wil hij me nu wel om zich heen hebben, zijn maaltijden en zijn bed met me delen, maar ik vermoed dat hij me snel zou doorzien, mijn leegte zou voelen en zou beseffen dat ik te klein ben om zijn leegte te vullen.

Ik zie mijn gezicht in de achteruitkijkspiegel. Mijn huid spant als een dun laagje over mijn schedel, mijn kin en jukbeenderen steken uit. Mijn ogen zijn zo donker dat ze door een speling van de schaduw op lege kassen lijken. O, en mijn haar.

Hoe behendig heb ik lang gedacht te zijn, hoe bedreven met scheidingen, de manier waarop ik krullen over de kale plekken toupeerde en ze allemaal met een paardenstaart bedekte. Ik voel nu aan de littekens. Al die littekens. Iedereen kan ze zien; alleen ik ben er tot nu toe blind voor geweest. De metafoor ontgaat me niet.

Ik klap de spiegel op en start de lijkwagen. Mike kijkt met een ruk op. Alsof hij in het donker kan zien, kijkt hij me aan en drukt zijn handpalm tegen het glas. Voordat ik wegrijd, steek ik mijn eigen hand op achter het zijraam en stel me een allerlaatste keer de mogelijkheden voor.

32

De lichtkoker voor mijn werkruimte in de kelder ligt vol sneeuw. De ochtendzon barst door de ijsbloemen en werpt prismatische kleuren op het glas.

Ik hoor ze boven me; mijn plafond kreunt onder het gezamenlijke gewicht van wat het complete inwonertal van zowel Whitman als Brockton lijkt te zijn, en dat op kerstavond nog wel. Alma wilde bijtijds beginnen in het besef dat de meeste mensen vanavond iets te vieren hebben. Ze wilde niet de hele dag opeisen; de bezoekers hebben de namiddag om dit achter zich te laten, om van de kerstvreugde te genieten. Om het iedereen makkelijker te maken heeft ze voor twee dagen gekookt en drie buffettafels vol gezet met allerlei kerstschotels, en midden op elke tafel de kristallen punchkommen van haar grootmoeder. Zo is ze. Ze zal het uitvaartcentrum tot laat in de avond openhouden voor laatkomers, mensen die nergens anders naartoe kunnen en graag een hapje van de feestdagen meepikken. Ik weet dat Linus geroerd zou zijn door de opkomst.

Voordat ik zijn lichaam naar de rouwkamer reed, heb ik getwijfeld tussen irissen (*geloof, wijsheid, hoop*) en een boeket hortensia's (*harteloosheid*). Het deed me denken aan de verhalen die Linus zo graag over Job vertelde, hoe zijn geloof in zijn god keer op keer op de proef werd gesteld. Ik heb vanochtend mijn eigen geloofscrisis doorgemaakt; ik geloof dat ik goed heb gekozen.

Ik pak mijn bloemenboek uit de kast, waar het tussen de ivoorwitte kaarsen en mijn Mozart genesteld ligt. Ik hoef alleen het boek te hebben. Mijn vingers strelen over de lengte van de kaarsen en een ademtocht lang denk ik dat ik deze plek, dit werk en deze mensen niet achter kan laten. Maar dan wijst de herinnering aan Mikes uitroep, een schrille kreet in het donker voor de dageraad toen ik wakker lag en me afvroeg of Trecie dood of levend was, me op wat ik al weet: ik kan hier niet blijven, omringd door twijfels, in het besef dat de mensen die pijn veroorzaken, die zelf nooit zullen kennen.

Mike heeft gebeld om te zeggen dat Ryan weg is. Het was niet Andrews schuld, niet echt. Hij had het aan Kate en Jorge doorgegeven, zoals Mike had gevraagd, maar daarna heeft hij Ryan ook opgebeld, uit behulpzaamheid. Iedereen wist hoe Ryan erop gebrand was Trecies belager te pakken. Hij had tenslotte in het onderzoeksteam gezeten. Het kwam niet in Andrew op dat hij het monster waarschuwde voor de naderende dorpelingen.

Mike heeft me verteld dat Kate de moeder van Trecie en Adalia heeft opgezocht, die nog in de cel zat maar weer aanspreekbaar was, en haar een foto van Ryan heeft laten zien. Ze heeft erin toegestemd hem te identificeren, mits de aanklager de rechter wil vragen clementie met haar te hebben.

Het zou kunnen dat Mikes stem stokte toen hij me vertelde over zijn bezoek aan Adalia. Hij wilde haar de foto niet laten zien, zei hij. Haar zusje en broertjes waren er eindelijk en haar pleegmoeder vertelde dat ze een beetje had gegeten. Ik denk dat Mike dus nog iets meer doodging vanbinnen toen hij haar de foto moest laten zien, maar hij heeft gekregen wat hij wilde hebben. 'Victorie', zoals Ryan zou zeggen.

Maar Ryan is weg, dus eigenlijk is het zijn victorie. Hij, Tom, meneer Kelly en meneer MacDonnell, ze waren allemaal zo wijs monddode slachtoffers uit te kiezen.

Mike zei dat ze Ryans huis hadden doorzocht en een voorraad films verstopt tussen de dakspanten hadden gevonden. En meth. Wat zal zijn vrouw hebben geprotesteerd.

Hij vertelde ook dat Ryan de hoofdverdachte van de moord op Linus is. Het DNA wordt nu onderzocht. Mike heeft me verzekerd dat niets erop wijst dat ze onder één hoedje speelden. Hij denkt dat het motief voor de moord was dat Ryan bang was dat Linus meer van Trecie had gehoord, niet dat hij op de een of andere manier met Ryan samenspande. Mike zei er niet bij wat de rest van het onderzoeksteam denkt. Dat hoefde ook niet. Ze zijn gisteravond bij Alma geweest om ons nog meer vragen te stellen. Ik heb ook met geen woord gerept over wat Alma had gezegd. Het is afgelopen. De zaak is rond.

Wat mij naar voren stuwt, weg van hier, is wat Mike niet heeft uitgesproken. Dat de politie vermoedt dat Ryan Trecie ook heeft vermoord. Ik ga nu dus weg, voor ik meer te weten kom over die levens. Ik ga weg voordat Mike hierheen kan komen om me te vertellen dat ze nog een dode in het bos hebben gevonden, nog een klein meisje. Als ik er niet ben wanneer hij komt, kan hij het me niet vertellen. Dan kan ze nog in leven zijn. Of ze Ryan vinden of niet, doet er niet meer toe.

Linus' wake duurt nog uren, geen mens zal me missen. Ik hoor de achterdeur om de paar minuten opengaan en dichtslaan, stemmen die naar elkaar roepen. Ik zou naar boven moeten gaan, een laatste keer mijn plek naast Alma moeten innemen, maar zij heeft Matthew en ik heb het hart niet.

Mijn mobieltje gaat over, weifelt en tjirpt nog eens. Het signaal is zwak in de kelder, onder de lagen aarde en beton.

'Cla...' zegt Mike. 'We zijn... helemaal... in...'

Door het geknetter van de slechte verbinding heen hoor ik

zijn vastberadenheid. Nee, ik wil niets meer horen. Het is tijd om verder te gaan. Ik verbreek de verbinding en leg het toestel op mijn werktafel.

Flarden van gesprekken zweven de trap af, ingehouden gelach en een bronchitishoest. En dan hoor ik nog iets. Voetstappen. Zolen die zacht langs gruis op een betonnen trap strijken. Geen verdwaalde nabestaande is ooit hier terechtgekomen, maar Trecie heeft de weg gevonden.

Ik vergeet mijn boek en haast me naar de deur. Mijn voeten bewegen en ik weet niet hoe ik zo snel door deze sombere werkruimte ben gelopen, ik weet alleen dat ik niet wil dat ze nog meer gruwelen moet zien in haar leven, ze hoeft het formaldehyde niet te ruiken, de schuin aflopende roestvrijstalen tafel boven de afvoer niet te zien, het scalpel en de slangetjes op het gereedschapskarretje, de trocart met zijn dreigende, speervormige punt die naast de spoelbak hangt. Ik zet de deur op een kier en iets in me wil bidden, geloven, hopen op wat ik het hardst nodig heb. Een wonder, Trecie die voor me staat.

Maar als ik door de smalle opening de gang in kijk, zie ik alleen duisternis. Het licht is uit en wanneer ik de wandschakelaar overhaal, floept het niet aan. Net als ik de deur dicht wil doen, duwt een gehavende hand vol korsten hem open, zodat ik ruggelings op de betonnen vloer val.

Daar staat Ryan, omlijst door het donker. Hij kijkt me dreigend aan voordat hij de deur achter zich sluit. Zijn bewegingen zijn traag, zijn blik houdt de mijne vast, vier, vijf seconden, en dan sluipt hij op me af. Ik krabbel overeind. Ik kan mijn blik moeilijk losrukken van de zijne, van de manier waarop zijn tong langs zijn lippen glijdt alsof hij een leeuw is die op het punt staat zijn prooi te bespringen. Wanneer het tl-licht afketst op iets glimmends in zijn linkerhand, richt ik mijn blik op het mes en kijk er als gebiologeerd naar.

Het is bijna zo lang als mijn onderarm en gekromd, met een

lelijke kartelrand. Het lijkt te grijnzen. Het hoogglanzende lemmet beweegt op een fascinerende manier mee met Ryans sluipgang.

Ik beweeg me pas als hij op me af duikt.

Ik deins achteruit en val tegen mijn gereedschapskarretje, dat omvalt. Mijn kaarsen en instrumenten vliegen door de kamer.

Ryans lach weerkaatst door de ruimte alsof hij me al heeft omsingeld. 'Wie is nu de kat en wie de muis, Clara? Dacht je dat Linus en jij me uit mijn tent konden lokken?'

Mijn handen tasten achter me naar iets stevigs om me aan op te hijsen. Ik moet oog in oog met hem staan. In plaats daarvan voel ik iets vertrouwds, het cilindrische handvat van het scalpel. Het lemmet valt in het niet bij dat van het jachtmes dat Ryan hanteert, maar het is scherp en het is alles wat ik heb.

Als hij nog eens uithaalt – hij daagt me uit, hij komt amper in de buurt – steek ik mijn arm uit en haal het scalpel over zijn arm. Hij stapt achteruit, niet ver, en kijkt naar de wond. Zijn glimlach verflauwt, hij klemt zijn kaken op elkaar en dan welt er een oerschreeuw uit zijn borst op.

Het is niet veel, maar het geeft me de kans overeind te komen. Ik wil niet bang voor hem zijn, ik wil niet voelen hoe mijn blaas verkrampt en mijn keel wordt dichtgeknepen. Ik wil fel zijn, vechten voor Trecie en mezelf en in zekere zin ook voor Mike, maar ik kan het niet. Ik verdrink in mijn angst.

Hij weet het. Zijn oplaaiende woede heeft weer plaatsgemaakt voor die afschuwelijke grijns.

'Zo, hoe wist je het eigenlijk?'

Mijn aandacht wordt afgeleid door zijn pupillen: de ene is volledig verwijd, de andere maar een speldenprikje. Zijn neusgaten zetten uit en trekken weer samen, en uit het ene loopt een dun stroompje bloed. Hij is high van de meth. Hij steekt zijn tong uit en likt het bloed weg.

'Waar is Trecie?' Mijn stem klinkt zelfs mij blikkerig en zwak in de oren. 'Wat heb je met haar gedaan?'

'Krijg de pest!' Hij komt dichter bij en ik kan zijn metalige adem ruiken. 'Ik was als een vader voor haar, ik hield echt van haar.' Hij veegt over zijn neus. 'Wie heeft het je verteld? Linus?'

Ik geef geen antwoord, ik ben in blinde paniek. In een flits van lemmet en kwaadaardigheid heft hij zijn arm hoog boven zijn hoofd en steekt toe. Hij is te snel, de confrontatie gaat hem te makkelijk af, en het duurt even voordat ik de kerf in mijn schouder voel branden. Ik kijk ernaar en word duizelig bij de aanblik van zo veel van mijn eigen bloed. Ik zie vol afgrijzen hoe het scalpel op de vloer valt.

'Zeg op!' zegt hij.

'Trecie,' fluister ik. Ik schrik van mijn eigen stemgeluid.

'Je wéét dat Trecie dood is! Wie nog meer?'

'Nee!' roep ik uit. Mijn knieën zijn te stram om te buigen, maar mijn voeten blijven achteruit schuifelen. Bij elke beweging voel ik mijn kletsnatte blouse in mijn zij. Dat is op de een of andere manier nog erger dan het gejank van de pijn in mijn schouder, al hoor ik dat liever dan wat Ryan verder nog te zeggen heeft. Ik weiger hem te geloven.

Hij komt al pratend op me af. 'Toen ik haar zusje een beetje aandacht gaf, kreeg dat verwende nest het op haar heupen. Dat is wat er mis is met de jeugd van tegenwoordig, ze hebben geen respect meer voor ouderen. Ik wilde haar niet vermoorden, het was een ongelukje.' Hij blijft staan en glimlacht weer. 'Maar Linus, ja, dat was mijn schuld. Nu jij.'

Ik kan geen kant meer op. Ik sta weer met mijn rug tegen de muur gedrukt, net als al die middagen vroeger. Ik vind het ongelooflijk dat ik zo moet sterven. Dat het laatste wat ik van deze wereld in me zal opnemen de geur van formaldehyde is, de aanblik van de werktafel en de man die Trecie en Linus heeft vermoord.

Elke stap die Ryan in mijn richting zet, wordt vertraagd door mijn angst; elke decimeter van zijn nadering lijkt uren te duren. Onwillekeurig kijk ik naar het kwijl dat zich in zijn mondhoeken verzamelt, naar mijn bloed dat de schacht van zijn mes zwart kleurt en over zijn pols druppelt; ik vind het vreemd dat ik niets meer kan horen, ruiken of proeven, dat alles achter Ryan wazig is.

Pas wanneer hij me tot op een paar centimeter is genaderd, denk ik – nee, ik denk niet – vóél ik de haak van de trocart in mijn rug prikken. Mijn handen bewegen zonder dat ik ze er opdracht toe geef, ze reiken gewoon achter me naar het metalen handvat. Het is een primitief werktuig, als een speer met karteltanden voor het aan flarden scheuren van vlees. De top van mijn rechtermiddelvinger schraapt over de vele naaldscherpe tandjes aan het eind en ik geniet even van het prikkende gevoel.

Dan bespringt hij me. Hij buigt zich diep naar mijn gezicht over, te dichtbij, en zijn handen pinnen me tegen de muur. Ik voel zijn dijen op mijn heupen, zijn lippen vlak bij de mijne, geopend als voor een kus. Ik haat hem.

Ryan giechelt, zacht en hol. 'Vic-to-rie.'

Hij buigt zich nog dieper naar me over. Zijn lippen raken de mijne en ik bijt hard op zijn tong.

Nog voordat ik hem hoor krijsen, ben ik me bewust van een beweging die ik niet zie of hoor, maar voel; zijn hand komt van zijn plek op de muur naast mijn hoofd, het mes schraapt over de betonblokken, even, heel even maar, en dan flitst er iets naast me.

Ik beweeg ook. Een hand, ik weet niet welke, zwaait de trocart naar voren en de andere, die erop wacht, sluit zich ook om het handvat. Zoals ik al honderden, duizenden keren eerder heb gedaan, steek ik hem diep in de buikwand en haal hem naar boven, hoger en harder dan ik ooit heb gedaan, zij het nooit bij een levende. Van het ene moment op het andere gutst het bloed uit zijn buik en mond, uit zijn neus. Zijn lichaam verslapt vrijwel meteen en zijn hele gewicht hangt aan de trocart. Het is moeilijk om het handvat los te laten, ik wil hem niet nog een kans geven me pijn te doen, maar zijn gewicht aan het eind maakt het zwaar. Ik laat los en hij zakt met zijn benen vreemd gebogen op de vloer. Ik ben merkwaardig genoeg dankbaar voor de afvoergoten. Ik schuif langs de muur terwijl hij kronkelt, zonder hem uit het oog te verliezen. Hij reikt naar me en zijn hand slaat naar mijn been, maar ik schuif sneller bij hem weg.

Het bloed volgt me. Het smeert zich op mijn pad langs de muur. Ik vergroot de afstand tussen Ryan en mezelf: een halve meter, een hele, anderhalve meter. En dan voel ik het. Zonder te kijken weet ik dat ik zijn mes in me heb, diep in mijn zij. Daar is het: het zwarte plastic heft is het enige wat ervan te zien is, het lemmet is verdwenen, mijn witte blouse (is dat wit geweest?) is doordrenkt, geruïneerd.

Mijn knieën buigen door en ik glijd langs de muur naar beneden. Ik ben wel zo verstandig op mijn rechterzij te zakken, niet op het mes. Naast me liggen de verspreide resten van mijn kaarsen, mijn instrumenten, mijn bloemenboek. Het ligt wijd opengeslagen en telkens als ik uitadem, fladderen de bladzijden. Ik steek mijn hand uit om het dicht te slaan en voel mijn nagels over de vloer krassen. Het boek ligt open bij een foto van een wei, een enorme groene vlakte, bezaaid met witte, stervormige bloemen.

Geen mens weet dat ik hier ben.

Het is hier kouder dan zelfs ik het hier ooit heb gehad, en op de vloer is het nog kouder. Nu ik weet dat het er zit, voel ik het mes bij elke ademhaling (*een-twee-drie*) in me drukken. Ik probeer oppervlakkig te ademen, dat doet minder pijn, maar zelfs dat wordt me te veel. Ik hoor Ryan aan de andere kant van de ruimte kreunen. Hij is er dus nog.

Wanneer ik mijn ogen open (*wanneer heb ik ze gesloten, hoe lang?*) zie ik het schilderij. Linus' schilderij van de herder, tot de gouden stralenkrans wazig wordt. Nu weet ik dat ik echt alleen ben.

En koud. Ik heb het zo verschrikkelijk koud.

33

Ik doe mijn ogen weer open (*na hoe lang deze keer?*) en word door een hevige rilling klaarwakker geschud. Ryan is er nog en hij ligt stil, griezelig stil, tot zijn borst iets rijst en zijn buik borrelt. Mijn instrumenten liggen her en der verspreid, en de rug van het boek is nu geknakt. Ik moet hier weg. Zijn open ogen staren mijn kant op en een rivier van bloed druipt naar de afvoer. Hij knippert met zijn ogen en zijn mond beweegt, maar er komt geen geluid uit.

Als hij de kans krijgt, maakt hij me af. Een adrenalinestoot neemt de pijn in mijn borst weg; ik kan eerst moeiteloos gaan zitten en dan opstaan. Als de adrenaline maar zo lang door mijn bloedsomloop blijft stromen dat ik de korte afstand door de gang en de trap op kan afleggen. Ik zet de ene voet voor de andere, in de richting van de deur. Ik hoor niets van mijn schoenen die over de tegels slepen of de onwillig toegevende scharnieren van de deur; ik ben alleen gespitst op een geluid van Ryan, te bang om te kijken. Ik werk me omhoog naar de bezoekers en Linus' wake, naar hulp en een snel bezoekje aan het ziekenhuis. Echt, de pijn is niet noemenswaardig, ik neem aan dat ik alleen een paar hechtingen nodig heb. Ondanks wat er is gebeurd, hoop ik voor Alma dat ze dit niet hoeft te zien. Ze heeft al genoeg te verduren gehad.

Het is aardedonker in de gang, zo zwart dat het licht uit mijn werkruimte er niet kan doordringen. Ik tast met mijn handen langs de muur en denk erom dat ik ze hard tegen het beton moet drukken, anders zou het adrenalinegehalte kunnen dalen. Het is te ver naar de buitendeur, en ik ben bang dat ik de trap al voorbij ben. Dan vinden mijn handen de knop en duw ik de deur open.

Het licht is oogverblindend, zuiver wit. De ochtendzon weerkaatst in de sneeuw die de grond bedekt, de auto's, alles. Ik loop op de tast door. Er zullen nog steeds wel mensen aankomen, mensen die me kunnen opvangen, want ik ga vast en zeker omvallen. Er was zo veel bloed. Nog één stap, dan ben ik er.

Maar nee.

Ik ben niet op het parkeerterrein van Uitvaartcentrum Bartholomew. Er is geen huisje; mijn poort met de wilde overwinterende blauweregens staat niet aan de andere kant. In plaats daarvan word ik omringd door een veld vol wild gras, waartussen stervormige gele bloemen in weelderige boeketten groeien. Kilometers verderop zijn bergen met een azuurblauwe zweem, hoog uitlopend in cadmiumwitte pieken en diep aflopend in valleien vol guldenroede. En aan de voet daarvan een zacht kabbelende oceaan. Er zeilen schepen, opbollende spikkels van aan masten geknoopte scharlaken, smaragden en amethisten zeilen, afgezet tegen een onmogelijk blauwe lucht. Een septemberblauwe lucht. Er zijn geen woorden voor.

Dichter bij is een rivier. Mensen wandelen langs de kant en anderen kijken zittend hoe het water stroomt. Het water zelf is niet transparant, wit of doorschijnend blauw, nee, het is een aanhoudende zindering van alle kleuren die ik ooit heb gezien en nog een paar die ik niet ken. Ik hoor het tegen de oevers gorgelen. En ik hoor muziek. Mozart? Iets bekends. Een wilg, vorstelijker dan alle andere, doopt zijn wortels in het water. Zijn takken zijn een uitbarsting van dunne twijgen, alsof hij de oudere zus is van de wilg op Begraafplaats Colebrook. Een kruipende laurier (*trouwe liefde*) kronkelt vanaf de kruin naar beneden, tot aan de blootliggende wortels, met roze en witte bloemen die zijn bespikkeld met druppels verstuifd water uit de rivier. Een jongen van niet ouder dan zeven met een bos kastanjebruine krulletjes struikelt en valt in de woeste golven. Voordat iemand hem kan vangen, niet dat iemand het probeert, er schrikt zelfs niemand, wordt hij onder water gesleurd en meegevoerd. Ik ren naar de oever, maar kan weinig onder het wateroppervlak onderscheiden, alleen die krullen en dan niets meer.

Een zwart met rode kat draait tussen de benen van een jonge, oosterse vrouw in een witte *ao dai*. De vrouw glimlacht en klapt in haar handen, en als het kind weg is, wendt ze zich tot mij. 'Hallo, Clara.'

Voordat ik kan bedenken, vragen hoe ze mijn naam weet, rollen de woorden uit mijn mond. 'Dat jongetje...'

'Ja,' zegt ze. Haar glimlach verflauwt. 'Zo gaat dat soms.'

'Niemand heeft geprobeerd hem te redden.'

'Hij redt zichzelf wel,' zegt ze, en dan heeft ze de kat plotseling in haar armen. 'O, Thuy, waar zijn je manieren? Clara, ik ben Thuy.'

Thuy (ik kén haar; hoe?) draait zich weer om naar de anderen, die de verdwijning van het kind niet opgemerkt lijken te hebben. Onverstaanbare gesprekken wervelen om ons heen. Mijn aandacht wordt opgeëist door tinkelend gelach uit een bos met kornoelje en wilde appelbomen, een overvloed aan roze bloesem en groen gespikkelde bladeren. Er komen een man en een vrouw uit het bos gerend, van mijn leeftijd, denk ik. Ze steken een witte, houten brug over naar een volgende groep bomen, Japanse essen en kersen, gevolgd door een stoeiende en blaffende labrador en een golden retriever; ze verzamelen zich onder een regen van bloesem. Velden vol wilde bloemen, een doolhof van hagen en zomercipressen liggen tussen hier en daar. Niet ver weg rimpelt de lucht van sneeuwvlokken die naar alle kanten zweven, losgelaten door fantastische wolken. Als ik goed kijk, lijkt elke vlok een caleidoscoop te bevatten.

Ik weet wat dit is, ik heb over zulke ervaringen gelezen. Het is een neurologisch fenomeen; zuurstoftekort door te veel bloedverlies. Een simpele chemische reactie. Ik tast naar de greep van het mes in mijn zij, maar vind niets. Laat het dan een droom zijn, een kunstige hallucinatie. Ik moet naar boven, naar Alma, naar een ziekenhuis, al blijf ik liever nog even hier uitrusten. Ja, een droom, ik weet het. Maar toch.

'Clara,' zegt Thuy. De kat is weg. 'Er is niet veel tijd.'

Ik zoek naar een korst op mijn hoofd, een troostend plekje, maar er is er geen. Er is wel haar, mijn eigen haar, al voelt het niet ruw en lelijk meer. Alle wonden zijn gladgestreken, en er is iets weelderigs voor in de plaats gekomen. Ik probeer het te laten bezinken, orde te scheppen in het onbevattelijke. Ik zie alleen Thuy nog scherp, al het andere wordt zo wazig alsof ik het door bewegend water zie.

Dan dringt het tot me door dat ik niet adem. Ik heb geen pijn in mijn zij, geen honger of dorst, geen verlangen mijn hoofd neer te leggen, mijn ogen te sluiten en weg te glijden. Wat kostte het allemaal veel moeite! Wat een opluchting om bevrijd te zijn van de aanhoudende strijd van het leven, om alles op te geven wat gepaard gaat met de inspanningen van het bestaan. Niet meer gevangenzitten in een cyclus van eindeloze consumptie – van voedsel, lucht, ruimte – en toch nooit verzadigd zijn.

Ik wil Thuy over mijn ontdekking vertellen, maar er is geen tijd, helemaal geen tijd. Ze reikt naar mijn pols, maar raakt hem niet echt aan. Het lijkt eerder of haar hand is versmolten met de mijne, of de grenzen van de huid zijn vervaagd. We zijn een en dezelfde, een dwarreling, en opeens steken we het veld over en staan voor een overwoekerde jungle, bespikkeld met bloedrode bloemen ter grootte van watermeloenen, allemaal van binnenuit verlicht. Een pad ontvouwt zich langs de zee van gras die in golven tussen hier en daar groeit, geplet door onzichtbare voeten.

'Ze komen,' zegt Thuy.

Ik draai me om, want ik wil haar vragen wie er komen, maar ze is weg. Dan verschijnt er een vrouw in het veld. Ik herken haar niet meteen. Ze is jong, jonger dan ik, met lang, bruin haar en kostelijk granaatrode lippen. Mooier dan in mijn herinnering. Ze heeft een baby in haar armen, die uit mijn droom, bloot en mollig.

'Poppetje,' zegt de jonge vrouw, die haar arm naar me uitstrekt zonder me aan te raken, terwijl ze met de andere hand het kind vasthoudt. Nu ruik ik haar geur, die zo herkenbaar is als de mijne. Ze is zonneschijn en melk, wol en welbehagen.

Van ver hoor ik mijn eigen stem. 'Mammie?'

Ze knikt en houdt me het kind voor. Ik kijk naar het zachte gouden heuveltje babyhaar, de plooi in haar nek, de ronding van haar billetjes, de vetrolletjes op haar dijen, haar ogen, mond en bolle buikje. Kon ik het allemaal maar aanraken in deze waterige droom. 'Mijn baby.'

'Clara,' zegt mijn moeder. Mijn euforie verdwijnt wanneer er een oudere vrouw naast mijn moeder en het kind verschijnt. 'Je herinnert je je grootmoeder toch nog wel?'

Ja, natuurlijk herinner ik me haar. Mijn grootmoeder kijkt me aan en begint te huilen. Ik denk eerst dat het gewone tranen zijn, maar dan zie ik de starheid, hoe ze twinkelend het licht vangen. Die tranen zijn hypnotiserend, fascinerend als vuur. In elke traan ligt een zee van berouw besloten.

'Wat gebeurt er?' Ik wil dat het ophoudt. Mijn grootmoeder lijkt gevild tot op het bot en ik wil mijn blik afwenden, maar kan het niet.

'Nu kent ze je pijn,' zegt mijn moeder.

Ik kijk in het gezicht van mijn grootmoeder en herinner het me, al wil ik het niet. Hoe het was om in haar huis te wonen, hoe het voelde om een kind te zijn dat niet meer was dan een etterende puist. Ik herinner het me wel degelijk.

'Laat haar ophouden,' zeg ik.

Mijn moeder schudt haar hoofd alleen maar en neemt mijn dochter van me over. 'Dat kan ik niet.'

Mijn grootmoeder met haar gehavende gezicht en gezwollen ogen wordt hypnotisch. Ze trekt me in een werveling van licht en zwart, zuigt me diep in haar maalstroom. Ze toont me de verschrikkingen van haar eigen leven, hoe ze de vrouw is geworden die ik heb gekend. Het volgende moment zijn we weer terug bij mijn moeder en mijn dochter op het paradijselijke veld. Ik hoor de rivier weer. Ginds beschaduwt een koepel van magnoliabloesem een man die tegen de stam leunt. Hij staat met zijn rug naar me toe, maar ik zie dat hij bijna net zo breed is als de magnolia, en lang. Hij draait zich om en ik herken hem, bijna. Ik weet zeker dat ik hem ken. Ik wil het aan mijn moeder vragen, maar mijn grootmoeder staat nog gebogen voor me. 'Vergeef het me, alsjeblieft…'

'Alleen als je het kunt,' zegt mijn moeder, die de baby wiegt.

Ik denk terug aan mijn jeugd vol striemen en kneuzingen. Had ik maar geweten dat mijn grootmoeder naar me toe kwam als ik sliep en me over mijn hoofd aaide. Hoe ze ernaar verlangde van me te houden.

'Ik vergeef het je.' Zodra ik de woorden heb uitgesproken, voel ik iets hards in mijn borst. Het baant zich schrapend langs mijn ingewanden een weg omhoog en naar buiten. Het bereikt mijn mond en ik spuug het in mijn hand. Een zwarte steen, zo scherp als een scheermes en zo zwaar dat ik hem nauwelijks met beide armen kan tillen.

'Laat het los,' zegt mijn moeder. 'Het is maar ballast.'

Ik laat de steen vallen, die verandert in een witte pluis, een zaailing. Een warm briesje zweeft door me heen en ik voel dat er weer een leeg plekje in me wordt gevuld. De zaailing wordt meegevoerd door de bries. Ik zie hem duiken en dansen tot hij in de rivier landt en zijn plek tussen de vele kleuren vindt. Hij licht even zuiver wit op en is dan verdwenen, weggedragen door het stromende water.

Mijn grootmoeder kijkt me aan en nu is haar gezicht bevrijd van de spanning, het verdriet en de verbittering. 'Clara.'

Ik wil iets zeggen, maar er prikt iets scherps in mijn zij dat me de adem beneemt. Dan is het weg.

'Moeder, kunnen we nu weg?' Ik heb alles wat ik nodig heb, bijna. Bijna moet genoeg zijn, dat is het altijd geweest.

Ze schudt haar hoofd. Onder het prieel van de magnoliatakken, naast die man (*ik ken hem*), staat een rij van honderden mensen. De meesten staan, en ze hebben hun armen vol bloemen. Mijn moeder gaat me voor, met de baby nog in haar armen en mijn grootmoeder aan haar zij. Ik volg. We lopen samen naar de anderen en als we dichter bij komen, herken ik de afzonderlijke gezichten in de menigte. Ik ken ze allemaal. Ik snak naar adem, verlies mijn evenwicht en steek mijn arm uit om op mijn grootmoeder te steunen.

De voorste in de rij is een jong meisje met losse blonde krullen. Ze huppelt naar me toe en ik herken haar exquise mond en korenbloemblauwe ogen. Zelfs voor een driejarige was Mary Katherine piepklein toen ze stierf. Ze geeft me een boeket kamille (*adeldom bij tegenspoed*), zoent me op mijn wang en danst weg.

Er volgen er meer, met vriendelijke, enthousiaste gezichten. Binnen de kortste keren sta ik op een eiland van bloemen, dicht op elkaar gepakt en geurig. Ze verleppen niet. Ik krijg ze van Brooks en Tommy, Juan en Martha, Greg en Melanie. De bloemen strekken zich kilometers ver uit over de velden, klimmen in de bomen en kruipen nog verder, tot ze de sterren opeisen en de oceaan bespikkelen. Ze zijn allemaal met elkaar verstrengeld. Er golft weer een stoot lucht door me heen, zo hevig dat ik me herinner hoe het is om echte pijn te voelen. Ik adem diep in en word getroffen door de geuren die ons omringen. Ik kan weer ruiken.

Ik zie een vrouw die ik zowel bij haar leven als dood heb gekend, en daarna van de foto die Mike op zijn bureau had staan. Hoewel Jenny me haar bloemen aanreikt, incalelies, vind ik dat ik haar vergiffenis moet vragen vanwege Mike, maar ik heb geen spijt. Jenny raakt mijn arm bijna aan. 'Je houdt van hem, je mist hem.'

Hoe zou ik hem kunnen missen? Hier heb ik iedereen bij me. Bijna. Hier is geen angst, alleen af en toe een steekje fantoompijn, en voornamelijk gerieflijkheid, maar ik knik, ik mis hem inderdaad. Ik weet dat Jenny zonder spijt van hem hield. Kon ik dat ook maar zeggen.

Een nieuwe luchtstoot striemt door mijn keel, uitzettend en samentrekkend, en ik word erdoor omgegooid. Ik rol me om en voel diep in mijn binnenste kramp opkomen. Ik blijf verslapt op mijn buik liggen. Alles deint voor mijn ogen. Dan zie ik hem, de man die de hele tijd onder de magnolia heeft gestaan. Hij komt naar me toe, zijn kolossale, sjokkende zelf. Zelfs hier straalt hij een warmte uit die onweerstaanbaar is voor de anderen, maar ze trekken zich terug en mijn gezichtsveld vernauwt zich tot ik alleen hem zie.

Ik kan mijn wang amper van de grond tillen, zo vreselijk is de pijn die zich in mijn borst en schouder nestelt, scherp en zwaar. Hij torent boven me uit en ik wil hem aanraken, maar het is alsof we door een glazen wand zijn gescheiden.

'Clara,' zegt hij.

Ik voel alleen een hunkering, de behoefte zijn hand te pakken, op zijn schoot te kruipen en mijn hoofd tegen hem aan te vlijen. Daar weg te kruipen als een kind, met mijn neus in zijn muskusgeur gedrukt, in de wetenschap dat hij me zal beschermen: *Ik zal voor je zorgen.* Hij heeft het tegen me gezegd, maar ik geloofde het niet.

Ik draai mijn hoofd om Linus duidelijker te zien en voel elke draai van mijn gewrichtsbanden, elke buiging en kier tussen mijn wervels. Ik klamp me vast aan de pijn, zwelg erin, verblind, en wanneer ik weer kan zien, staat er een meisje naast hem.

Trecie. Ze komt tussen Linus en mij in staan en nu begrijp ik het. Eindelijk weet ik het.

'Linus,' zeg ik en hij tilt me overeind.

Trecie trekt aan mijn arm en wijst naar de velden vol wilde bloemen voorbij het veld waarin ik lig. 'Net als je huis.'

Dan bukt ze zich en ik voel een kriebeling langs mijn enkels en kuiten. Ze trekt een paar bloemen uit de grond, maar ze groeien zo dicht op elkaar dat er geen kale plek achterblijft. Ze geeft me een bos.

'Ik heb op je gewacht.' Haar stem klinkt gedempt, want ze drukt haar gezicht in mijn zij. Wat een heerlijke droom.

'Gewacht?'

Ze heft haar gezicht naar me op om me aan te kijken. 'We zijn er eindelijk.'

Ik strengel mijn vingers door die van haar. Ik wil haar nog altijd troosten. Ik wil iets zeggen, maar het is alsof ik word gesmoord door iets wat zich door mijn mond naar binnen perst, en dan trekt er een bliksemschicht door mijn zij.

'Zijn we dood?' vraag ik aan Linus.

Ik word overrompeld door een verschrikkelijke huivering en ben weer in mijn werkruimte in de kelder. Ik zie wazig, maar daar liggen mijn over de grond gerolde instrumenten en het bloemenboek, tegen de muur naast Ryan, die is verschoven. En boven me staat Mike. Ik ruik het formaldehyde en de haarlak, het bloed. Dat van Ryan en het mijne. Ik proef het mijne. En ik proef Mike. Hij blaast de inhoud van zijn longen in mijn mond en het gaat van *woesj* diep vanbinnen. Hij drukt zijn lippen op de mijne en dwingt zijn adem in me. *Een-twee-drie,* hoor ik hem tellen; elke seconde duurt een uur. Zijn angst is de mijne. Hij verstrengelt zijn vingers en drukt op mijn hart, maar hij neemt niet de moeite om te tellen. Er komen alleen keelklanken uit zijn mond, oergeluiden, tot hij duidelijk zegt: *Ademen, Clara!* Onder zijn aanraking voel ik het meegeven van mijn borst, mijn slappe mond en de kracht waarmee hij me wil laten leven. Ik voel alles. Dit is echt, weet ik.

Een razende orkaan neemt me mee terug naar deze mooie droom, naar Linus en Trecie. We zijn in een eindeloos veld van zoet geurende slaaplelies met in de verte de rivier. Verder is er niets, niemand. Ik richt me op en het begint te bonzen in mijn schouder en langs mijn zij. Het is bijna erg genoeg om me van dit moment af te leiden.

'Hij roept je terug,' zegt Linus. 'Hij probeert uit alle macht je te redden. Je zult moeten kiezen. Er is niet veel tijd meer, heel weinig nog maar.'

'Ik wil jullie niet nog eens achterlaten, maar...' De pijn die vanuit mijn schouder naar mijn zij trekt, laait op als vuur.

Linus laat zijn stem dalen tot een zacht gerommel, donder aan de horizon. 'Clara, je bent dood. Het probleem is dat je nooit hebt geleefd. Al die bloemen... wat heb je ooit wortel laten schieten?'

Ik kijk naar Trecie.

'Dat is waar, je hebt het geprobeerd.' Hij legt een hand op Trecies schouder. 'Zo gaat dat soms. Het is natuurlijk verschrikkelijk, maar af en toe raken er een paar zoek. Misschien blijven ze in die schemerwereld steken omdat ze op iemand wachten, of op een soort gerechtigheid. Voor Trecie hier was het een beetje van allebei, hè?'

Ze knikt en kijkt me in de ogen. Ik begrijp niet wat Linus zegt. Ze schuift naar me toe en drukt haar hoofd tegen mijn middel. Ik kan haar voelen.

'Trecie?' zeg ik en ik trek haar dichter tegen me aan.

'Er was nog nooit iemand zo lief voor me geweest,' zegt ze. 'Je stopte me tussen al die mooie bloemen. Ik wilde niet bij je weg. Je hield van me.'

Opeens heeft ze haar armen vol margrieten, stelen die knoppen vormen die zich tot bloesems ontvouwen. Trecie houdt haar gebogen hoofd tegen mijn buik gedrukt. Mijn eigen handen zakken erheen. Ik weet al wat ik zal vinden, maar toch zoek ik het. Ik strijk het haar naar achteren, het haar dat ooit is afgeschoren, en daar is het: een volmaakte roze ster.

'Kind,' zeg ik. 'Lieve Kind.'

Weer een windstoot, maar nu voelt het alsof Mike zijn lippen op de mijne drukt. Ik kan Linus en Trecie niet meer zien, deze plek niet meer zien. Ik voel alleen Mike, zijn adem in me, de druk van zijn handen op mijn hart.

De rivier is op de een of andere manier dichter bij gekomen. Ik ben zonder te bewegen het veld overgestoken en nu lig ik hier op de oever, te vermoeid en met te veel pijn om me op te richten. De anderen hebben me vergezeld. Mijn moeder staat naast me en houdt mijn baby verlokkend dicht bij me, en mijn grootmoeder staat naast haar. En Thuy. En daar is Linus, met Trecie aan zijn zij, haar handje in zijn grote hand verstopt. Ik kan de anderen niet meer zien.

Mijn moeder knielt naast me en ik herinner me hoe het was, hoe het voelde om aanbeden te worden.

'Alsjeblieft,' fluistert ze. Mijn dochter reikt naar me en ik wil haar pakken, maar haar huid is te glad.

Daar is Trecie ook. Haar hand in de mijne, maar te zwaar om vast te houden.

Het geluid van de wind binnen in me overstemt Linus bijna

wanneer hij zegt: 'Het is tijd om te kiezen, Clara.'

Ik steek mijn teen in de rivier, die gruwelijk koud is en aan me trekt. Hij slaat tegen zijn oevers en binnen het gebulder hoor ik nog iets, een stem, die van Mike. Hij roept me, smeekt me. De pijn in mijn schouder en flank neemt af en er komt een veel groter verlangen voor in de plaats. Ik wil hem. 'Ik wil leven.'

Linus zet Trecie naast me. Ze fluistert tegen me. Ik hoor haar niet, maar ik weet wat ze zegt. Dan legt Linus zijn hand op mijn hoofd. 'Ach, nu heb je de kans niet gehad om mijn zoon te ontmoeten. De volgende keer dan maar.'

Zijn vingers, de enige warmte die er nog is, duwen me weg. Mijn lichaam glijdt in de rivier en voordat de stroom me naar beneden en weg kan trekken, zie ik Linus een boeket irissen (*geloof, wijsheid, hoop*) in het water gooien.

De hevige stroming slaat me als een zweepslag tegen de zanderige bodem. Ik voel de klap van de bodem op mijn hoofd en het ijs in mijn aderen. Ik moet nu meteen ademhalen, maar ik kan het niet. De druk in mijn borst spat uiteen tegen mijn longen. Overal is pijn. Ik word dieper en sneller meegesleurd, en ik heb het zo ontzettend koud.

Ik probeer de oever te pakken, maar raak in plaats daarvan de arm aan van een man die langs me snelt. Hij glimlacht net voordat de stroming hem om een bocht sleurt. Er zijn meer mensen om me heen, en iedereen wordt langs zijn eigen route gedreven.

Het geluid van water beukt in me, het duwt en trekt. Een dreun. Een felle lichtflits en ik sla tegen iets hards.

Ik hoor van dichtbij: *Mike, laat ons het van je overnemen.*

We raken haar kwijt, roept een andere stem.

Nog steeds geen pols, zegt weer iemand anders.

Dan fluistert een stem die ik ken in mijn oor: 'Laat me niet alleen.'

Het is alsof ik onder in een put zit, in het zwart dat me omhult. Van bovenaf sijpelt licht naar binnen, een waas van kleuren en gestaltes, de scherpe geur van bloed en het prikken in mijn neus van alcohol. Mijn armen en benen branden, de zak over mijn mond en neus doorklieft me met lucht, de handen die telkens opnieuw op mijn borst drukken, de prik van een naald in mijn elleboog; loodzware pijn.

Het wordt me bijna te veel, maar dan hoor ik Mikes stem weer. 'Kom bij me terug.'

Zijn stem is zacht en smekend, angstig en oprecht. Ik wil me aan dat geluid vastklampen, erin wegkruipen en mijn leven aan die belofte verbinden. Zijn handen bij mijn slapen strelen mijn huid met lange, zachte streken, zijn lippen zijn bij mijn oor. Hij is bij me. Hij is bij me.

'Clara…'

Een woord, een enkel woord, doortrokken van een toon, een ernst die alles zegt.

En dan kies ik ervoor adem te halen.

DANKWOORD

Hoewel algemeen wordt aangenomen dat schrijvers een solitair bestaan leiden, kan ik me niet voorstellen dat zoiets mogelijk zou zijn. Mijn eigen levensreis heeft me toetsstenen en ankers geboden, mensen die me al of niet bewust hebben geïnspireerd en mensen die me bij elke stap hebben gesteund:

De leden van The Writers' Group: Lynne Griffin, Lisa Marnell en Hannah Roveto; drie bijzondere auteurs. Dit was zonder jullie allemaal nooit tot stand gekomen. Jullie zijn mijn rotsen in de branding.

Mijn oom Richard D. MacKinnon, uitvaartondernemer bij MacKinnon Funeral Home in Whitman, Massachusetts, lid van de brandweer van Boston en een man met een rotsvast vertrouwen en eergevoel. Door jou kan ik geloven.

Steve Marcolini, rechercheur bij de politie van Marshfield, een goudeerlijke held die me zijn ervaring in de frontlinies van de strijd tegen kindermisbruikers ter beschikking heeft gesteld.

Agent Michael MacKinnon, die me alle facetten van het politiewerk heeft bijgebracht en een paar van zijn eigen verhalen heeft verteld. Je bent niet alleen de grote broer van wie een zus droomt, je hebt je leven gewijd aan het beschermen van de rest van onze gemeenschap.

Agent Al Gazerro van de politie van Brockton heeft me in

zijn kennis van het bureau laten delen. Ieder lid van je korps is een sieraad voor de fantastische stad Brockton.

Scott Murray, wiens werk met kinderen me heeft geholpen dit verhaal vorm te geven.

Iedere schrijver zou moeten kunnen leunen op een schrijversgroep, en de mijne is te vinden in het enige onafhankelijke schrijfcentrum van Boston, Grub Street. Een speciaal bedankje aan Eve Bridburg, Chris Castellani, Whitney Scharer, Sonya Larson en een paar van de docenten die me versteld hebben laten staan: Arthur Golden, Hallie Ephron, Lara J.K. Wilson, Michael Lowenthal en Scott Heim.

Jaren geleden, toen ik nog dacht dat het schrijven van een boek een wereldvreemde klus was, hoorde ik Jonathan Franzen in *Fresh Air* van Terry Gross zeggen dat hij de periode waarin hij *De correcties* schreef tot een van de gelukkigste van zijn leven rekende. Zonder het zelf te weten, spoorden Terry Gross en hij me aan het ook eens te proberen, en ik ben nog diezelfde dag begonnen. *Self-Reliance* van Edith Pearlman gaf me moed en Susan Landry leerde me schrijven aan de hand van voorbeelden. Dank jullie wel.

Ik bedank iedere redacteur die me ooit een kans heeft gegeven, in het bijzonder Clara Germani, Beverly Beckham, dr. Danielle Ofri, JoAnn Fitzpatrick, Sarah Snyder, Irene Driscoll, Linda Shepherd, Viki Merrick, Jay Allison en Cathy Hoang.

De volgende mensen wezen me de juiste richting toen ik dacht dat ik de weg kwijt was: Heather Grant Murray, Hank Phillippi Ryan, Kristy Kiernan, Gail Konop Baker, Michelle l'Italien Harris en mijn docente Engels van de middelbare school, Roberta Erickson.

De beste agent die een schrijver zich kan wensen, Emma Sweeney. Bedankt dat je me niet hebt afgeschreven, zelfs niet toen ik overwoog het bijltje erbij neer te gooien.

Mijn redacteur, Sally Kim, is zowel geniaal als nederig en in staat het beste uit elk verhaal te krijgen. Woorden schieten tekort.

Jaren geleden interviewde ik mijn uitgever, Shaye Areheart, voor een verhaal dat nooit uitkwam. Ze weet het zelf niet meer, maar het is mij altijd bijgebleven. Het is letterlijk een droom die waarheid is geworden om met je te werken, maar de steun van het hele team van Shaye Areheart Books en Crown krijgen, is meer dan ik me ooit had kunnen voorstellen. Veel dank aan jullie allemaal.

Mijn redacteur in het Verenigd Koninkrijk, Sara O'Keeffe, heeft me geweldige inzichten en suggesties gegeven om het verhaal te verbeteren. Veel dank.

Had ieder kind maar zulke ouders als Robert en Mary MacKinnon. Ik bedank jullie voor de grootste geschenken waarop een kind mag hopen: onvoorwaardelijke liefde en steun.

Ik bedank mijn dierbare kinderen Alex, Ian en Devon Crittenden voor de tijd, het geduld en de liefde die ze me schenken. Jullie hebben veel geloof in me, maar mijn geloof in jullie is nog duizend keer groter.

En ten slotte bedank ik Jules, mijn man, mijn liefste. Je had gelijk.